土屋　聡著

六朝寒門文人鮑照の研究

汲古書院

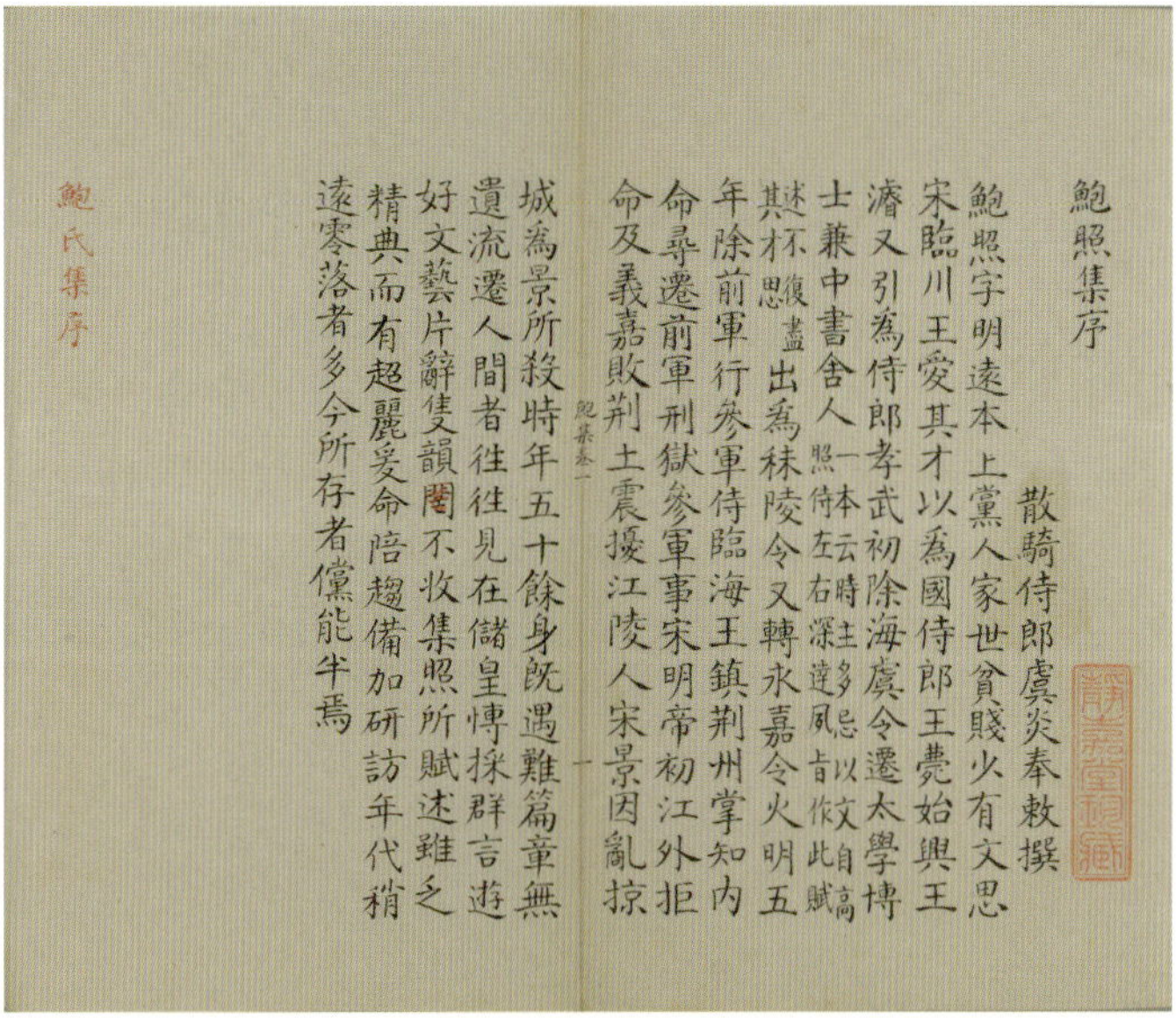

鮑照集序

散騎侍郎虞炎奉敕撰

鮑照字明遠本上黨人家世貧賤少有文思宋臨川王愛其才以為國侍郎王薨始興王濬又引為侍郎孝武初除海虞令遷太學博士兼中書舍人一本云時主多忌以文自高照侍左右深達風旨作此賦述其杯思不復盡出為秣陵令又轉永嘉令火明五年除前軍行參軍侍臨海王鎮荊州掌知內命尋遷前軍刑獄參軍事宋明帝初江外拒命及義嘉敗荊土震擾江陵人宋景因亂掠城為景所殺時年五十餘身既遇難篇章無遺流遷人間者往往見在儲皇博採群言遊好文藝片辭隻韻罔不收集照所賦述雖乏精典而有超麗爰命陪趨備加研訪年代稍遠零落者多今所存者儻能半焉

鮑集卷一　一

鮑氏集序

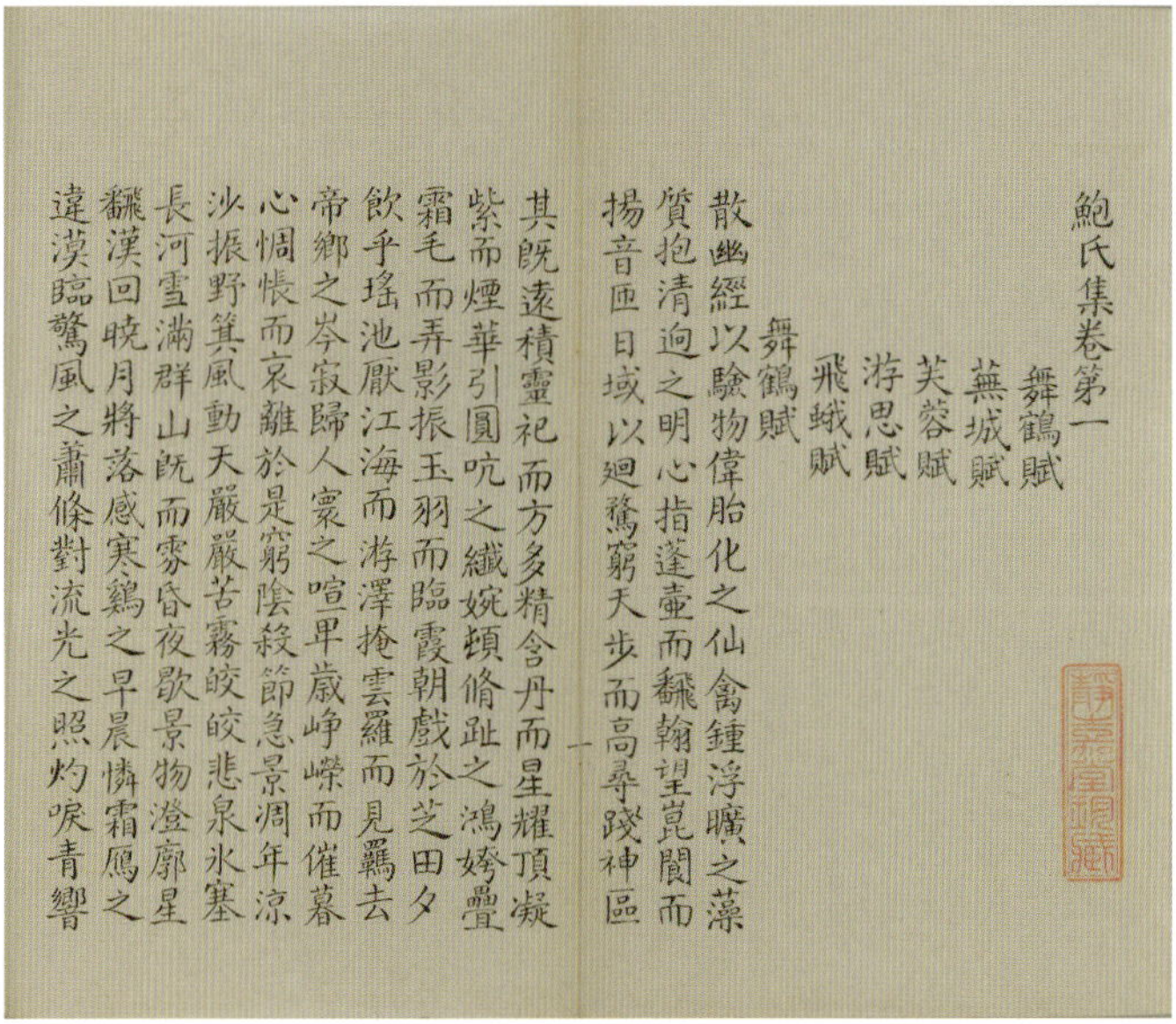

鮑氏集卷第一

舞鶴賦
蕪城賦
芙蓉賦
游思賦
飛蛾賦

舞鶴賦

散幽經以驗物偉胎化之仙禽鍾浮曠之藻質抱清迥之明心指蓬壺而翻翰望崑閬而揚音匝日域以迴騖窮天步而高尋踐神區其既遠積靈祀而方多精含丹而星耀頂凝紫而煙華引圓吭之纖婉頓脩趾之鴻姱疊霜毛而弄影振玉羽而臨霞朝戲於芝田夕飲乎瑤池厭江海而游澤掩雲羅而見羈去帝鄉之岑寂歸人寰之喧卑歲崢嶸而催暮心惆悵而哀離於是窮陰殺節急景凋年涼沙振野箕風動天嚴嚴苦霧皎皎悲泉冰塞長河雪滿群山既而氛昏夜歇景物澄廓星翻漢回曉月將落感寒雞之早晨憐霜雁之違漢臨驚風之蕭條對流光之照灼唳清響

一

静嘉堂文庫蔵『鮑氏集』

序に代えて

天上に日月が巡り、夜には星星が綺羅の如く瞬くように、また、大地に山河が幾重にも連なり、陽春には草木が爛漫の花を咲かせるように、この世に生をうけた人間にはひとしく美しい言葉があり、その喜怒哀楽の折節には、おのずから歌い、舞うことが許されている。すなわち「人文」というのがこれである。

その文章の成果において、後世「俊逸なり」との最高級の賛辞を得た人物こそが、本書の標題に取り上げられている中国六朝宋の文人、鮑照である。今日に伝わる作品は二百数十首と決して多くはないものの、かの梁の昭明太子が撰した『文選』には賦二首、詩十八首の作品が選ばれ、また徐陵の撰する『玉台新詠』にも十七首の詩歌が採られている。間違いなく六朝を代表する詩人の一人である。

しかし、ここにこのたび公刊された土屋君の研究は、ただ単に六朝期の詩人の一人を随意に取り上げて展開したものではない。その標題に堂堂と冠せられた「寒門」の二字が示しているように、六朝時代の貴族社会の中にあって、その中下層に位置し、自己の文才のみによって、懸命にその存在の証を残した新しい知識人たちの典型を、この五世紀中葉の一文人に見定めようとしたものである。すなわち再び我が冒頭の言を繰り返すならば、古代中国において、文字、そしてそれを綴り合わせた文章とは、我々の頭上に広がる「天文」、そして足下を彩る「地文」に対するものであり、それは二十一世紀の我々が思い描くような「個人」の所有物ではなく、まずは詩人が近侍する君主に捧げられるものであり、また最終的にはその君主の発言として、あまねく世の中に披露されるものであったのである。このことは、本書の上篇に収められている「上潯陽還都道中作」、そして「蕪城賦」における土屋君独自の秀抜な新解釈の根拠となっているものである。

中国の文学史において、六朝の詩歌は他のどの時代にも増して流麗で華美なものとして捉えられてきた。鮑照のそれは、その中でも特に美しく、そして難解なものとされる。しかしその因って来たる淵源には、六朝期の知識人のこのような言葉への篤い信仰があったのである。

その一方、鮑照の作品には、後の隋唐時代の詩人たちの意識にも繫がってゆく「個人」としての自覚も萌芽している。本書の下篇に展開される楽府や五言短篇詩、そして酒と友情の表出とに関する考察には、そのような黎明期としての鮑照の文学史上の位置づけについて、有効な論証が展開されている。

鮑照の五言詩の名句に曰く、

帰華先委露　帰《しを》れし華は　先《ま》づ露とともに委《お》ち
別葉早辞風　別《か》れし葉は　早《たちま》ち風とともに辞《さ》りぬ

彼のまことに鋭敏な感覚を伺わせるこの一聯は、単にその見事な観察力だけでなく、「華・辞」字を平声、「委・葉」字を仄声に発音することによって、偶然にも唐代の律詩の法則に先見的に合致している。ある唐詩人はこの句を取り上げて、「美麗と言えばなるほど美麗だが、内容がどうも……」と酷評してみせるが、それはただその唐詩人のプライドが然らしめた虚勢の発言であって、実はかく申すその詩人の代表作中にこの鮑照の詩語は次のように使われている——「花鈿　地に委して　人の収むる無し」と。「委」という字は、単に頭上の物が落下するだけでなく、あたかもニュートンの万有引力の法則を知っているかのように、物体が地面に引き寄せられ、そして、やがて頃刻の間に跡形もなく消え失せてゆく現象を表現するものである。このような鮑照の開拓した言語感覚こそ、後に唐詩を隆盛に導いてゆく大きな原動力となったのである。

六朝を代表し、かつ古代の伝統詩歌と後世の今体詩との間に「橋を架けた詩人」。これが本書によって明らかにされた鮑照の実像である。

本書の著者、土屋聡君は、我が大学院中国文学講座の二十一世紀の卒業生の一人である。かつ私とは、更に奇しき因縁ながら、富士北麓に位置する小さな単科大学の同じ研究室に学んだ先輩後輩の関係に当たる。いまだ軽輩の身ながら、私がここに本書巻頭の小文を寄せるに至ったのは、この私との奇しき間柄を土屋君が重んじてくれたお蔭である。

富士の嶺は高い。私も土屋君もお互いにいまだ山登りの途中であるが、ここに彼の記念すべき第一著作の発刊を言祝いで、序の代わりとするものである。

二〇一三年、富士山の世界遺産登録を慶ぶ夏に

九州大学准教授　静永　健

六朝寒門文人鮑照の研究　目次

下篇　六朝文学の中の鮑照

六朝寒門文人鮑照の研究

序論

第一節　寒門文人とは何か

本書は、六朝宋の鮑照（字は明遠。四一四?～四六六）を主たる考察対象として取り上げるものであり、その題名を『六朝寒門文人鮑照の研究』とする。

はじめに、本書の題名に用いた「寒門文人」という用語について述べておきたい。実は、この「寒門文人」という語は、現在のところ学術用語として未だ定着しているとは言えないのである。まず、鮑照の官歴に沿って、彼がどのような階層に属していたのかを確認しておこう。

鮑照の事績については今なお未詳の点が多いが、現在までに明らかにされている官歴をまとめると、およそ次のようになる。[2]

臨川王国侍郎―始興王国侍郎―海虞令―太学博士、兼中書舎人―秣陵令―永安令―臨海王前軍（征虜）行参軍―前軍刑獄参軍事―記室参軍

鮑照が解褐したのは、元嘉十六年（四三九）、臨川王劉義慶（四〇三～四四四）の王国侍郎である。王国侍郎は、越智

重明『魏晋南朝の貴族制』(一九八二年、研文出版。256頁)に、王国常侍・員外散騎侍郎・奉朝請とともに宋斉時代の「次門層(下級士人層)」の起家の官として挙げられている。また、中村圭爾『六朝貴族制研究』(一九八七年、風間書房)では、国官は奉朝請・太学博士・八品府佐と並んで、秘書郎や著作佐郎・七品府佐よりも低い起家官であり(第二篇第一章、173～226頁)、その官歴も第二流の「次流官序」(第二篇第二章、227～283頁)を歩んだことが指摘されている。

その後、鮑照は海虞令・秣陵令・永安令などの県令にも就任している。県令は、中村氏前掲書に「次流官序」よりも上位の「高流官序」には見られない官職のひとつとして挙げられている(同前、259頁)。

また、鮑照は孝武帝期に入ってから太学博士にも就任しているが、これも起家の官としては奉朝請や八品府佐、王国侍郎と同格とされる。

次に、中書舍人は『南斉書』倖臣伝序に「孝武以來、士庶雜選。如東海鮑照、以才學知名(孝武以来、士庶雑選す。東海の鮑照の如きは、才学を以て名を知らる)」とあるが、文中の「士庶雑選」という一文が示しているように、士人も庶人もともに任用されたものである。したがって、鮑照が士・庶いずれの出身であったのか議論が分かれるところであるが、少なくとも中書舍人就任のみを根拠として、彼が庶人出身であったと判断することはできないであろう。この問題については、丁福林『鮑照研究』(二〇〇九年、鳳凰出版社。「鮑照家世的幾箇問題」、36～62頁)に詳論があり、そこでは鮑照が「低級士族」に属する者であったと結論づけられている。筆者も丁氏の説に賛同したい。鮑照の場合、国官に起家していることや、またその後の就任官の格づけを見ても、その官歴は当初から「次流官序」を歩む下級士人層のものと見なすことができるためである。

最後に、晩年に歴任した参軍であるが、これについては、府主である臨海王劉子頊(四五六～四六六)の将軍号に基づいて分析したい。中村氏前掲書(第二篇第一章、173～226頁)では、起家官の格づけとして七品府佐は著作佐郎に、八品府佐は奉朝請・太学博士に対応することが指摘されている。臨海王劉子頊は、『宋書』本伝に拠れば、大明五年（四六一）に征虜将軍、同八年（四六四）に前将軍となっている。征虜将軍と前将軍とはともに三品であるため、その属僚は八品府佐として奉朝請・太学博士に相当する格づけであったと考えられる。
以上をまとめるならば、鮑照の官歴は中村氏前掲書に言う「次流官序」にほぼ当てはまり、しかも主に起家の官とされるものの間で推移したと言うことができる。[3]
かかる下級士人層に対する呼称には様々なものがあるが、本書ではこれを「寒門」と呼び、この階層にあって文学活動を展開した鮑照を「寒門文人」と称することとする。但し、この呼称は、所謂「貴族文人」と対立させるためのものではない。むしろ両者は本質的には同じものと思われるが、筆者は、数多の六朝文人に共通する性格が「寒門文人」にこそ凝集されていると考えるものである。本書の題名として、敢えてこの呼称を用いた所以である。

第二節　鮑照の研究史とその課題

六朝時代は、漢と唐との中間に位置しており、文学史上決して忽視できない時代である。就中、五世紀中葉の元嘉年間（四二四〜四五三）は、前代の建安文学や太康文学の後を承け、後代の斉梁文学や遠く唐代の文学を切り拓く基礎を築いたとされる文学の黄金時代であった。この時代には、謝霊運（三八五〜四三三）や顔延之（三八四〜四五六）をはじめとする錚々たる文人が輩出した。

文人（生卒年）	起家の官職および第二の官職	『文選』収録作品数	『詩品』品等
陶淵明（365～427）	江州別駕祭酒(4)—州主簿（不就）—鎮軍（劉裕）参軍	9首	中品
傅亮（374～426）	建威参軍—中軍（桓謙）行参軍	4首	下品
顔延之（384～456）	後将軍呉国内史（劉柳）行参軍—主簿	27首	中品
謝霊運（385～433）	員外散騎侍郎（不就）—琅邪王（司馬徳文）大司馬行参軍—撫軍（劉毅）記室参軍	40首	上品
謝瞻（387～421）	安西（桓偉）参軍—桓玄楚の秘書郎	5首	中品
范曄（398～445）	州主簿（不就）—相国（劉裕）掾—彭城王（劉義康）冠軍参軍	6首	下品
謝恵連（407～433）	州主簿（不就）—彭城王（劉義康）法曹参軍—未詳	7首	中品
袁淑（408～453）	州主簿・著作佐郎・太子舎人（並びに不就）—彭城王（劉義康）司徒祭酒—衛軍（劉義慶）諮議参軍	2首	中品
鮑照（411?～466）	**臨川王（劉義慶）国侍郎—始興王（劉濬）国侍郎**	**20首**	**中品**
王微（415～443）	衡陽王（劉義季）右軍参軍（不就）—司徒祭酒—主簿	1首	中品
謝荘（421～466）	始興王（劉濬）後軍法曹参軍—太子舎人	2首	下品
王僧達（423～458）	始興王（劉濬）後軍参軍—太子舎人	3首	中品

※中華書局版『宋書』の各伝、胡克家重刻宋淳熙刊本『文選』、曹旭『詩品集注』（一九九四年、上海古籍出版社）に基づいて作成。

前頁に挙げた表は、六朝宋の主要な文人の起家の官職及びその次に就任した第二の官職（未就任の場合は「(不就)」とし、第三の官職までを挙げた。なお、括弧内が人名の場合は、公府・将軍府の府主を表す）、そして『文選』収録作品数、鍾嶸『詩品』の品等をそれぞれまとめたものである。各文人の配列は生年順とする。

この表に多く見られる府佐（主に行参軍）での起家の場合、単純に官品で比較することは困難であるが、謝荘や王僧達は、第二の官職として太子舎人に就任しており、これは中村氏前掲書に言う「高流官序」に相当する。袁淑の著作佐郎・太子舎人も、彼が「高流官序」を歩むべき資格を有していたことを物語る。また、謝霊運が員外散騎侍郎に任じられているのは、祖父謝玄の康楽公を継いだことによるものである。この他、表中には記載していないことであるが、顔延之は後に中書侍郎に就き、その後「高流官序」の太子中庶子や司徒左長史を歴任しており、范曄は代表的清官の秘書丞に就いたことがある。これらの人々と比較した場合、前節に示したような官途を辿った鮑照は、やはり宋の主要文人の中でも、いささか格下の存在であったと考えられる。

ところが、その文学に対する評価（ここでは『文選』収録作品数と『詩品』の品等を比較基準とした）となると、鮑照は決して他の文人に劣らないのである。鮑照の『文選』収録作品の数は、謝霊運の四十首、顔延之の二十七首に次ぐ二十首を数え、また鍾嶸『詩品』では中品に配されており、上品の謝霊運には及ばないものの、同じく中品の陶淵明・顔延之・謝瞻・謝恵連・袁淑・王微・王僧達と肩を並べ、下品に置かれた傅亮・范曄・謝荘を凌ぐ評価が与えられているのである。このことは、彼の文学が当時の文学界から孤立した存在ではなかったということを示す一証左である。ちなみに、鮑照の現存作品数は、賦十首・詩歌二百四首・散文二十七首を数える。これは他の六朝文人に比べても決して遜色ない数量である[5]。

なぜ寒門文人鮑照の文学が、他の文人に伍して、高い評価を得たのか。そして、彼の作品が時の人々を魅了したとすれば、その魅力はどのような創作態度から産み出されたのであろうか。この問題を解く関鍵は、鮑照のあるべき姿、その文学活動の実態を解明することにあるであろう。

これまでの鮑照研究では、階級社会の様々な制約を乗り越えようとする野心、官途への執着と才能に対する自負心、その裏がえしとも言える諦観や孤独感など、微賤出身者の心情の振幅を読み解くことに主眼が置かれてきた。また、伊藤正文「鮑照伝論」（『建安詩人とその伝統』二〇〇二年、創文社。223～262頁。初出は神戸大学『研究』第14号、一九五七年）では、その創作活動が文学を媒介とした権力者への接近であり、時に屈折した心情を吐露することはあったとしても、文名の獲得こそが鮑照になしうる栄達の手段であった、と指摘されている。伊藤氏論文の「栄達」がどのようなものかは未詳であるが、それが鮑照よりも上位層の人々と同等の出世を果たすことを指すとすれば、それは原則的に不可能なことであった。野田俊昭「南朝の『寒士』―その極官とその理解をめぐって―」（『東方学』第97輯、一九九九年）に論じられているように、当時「次門（下級士人層）」以下については「止法」が存在していたのであり、その官界における昇進には限界があったのである。

ところで、野田氏の論文では、才学を評価されることによって、例外的な昇進があり得ることが指摘されている。実際に、鮑照がそうした昇進を目指していたかどうかは不明であるが、才学への評価が官職の就任に影響したという点は注目される。鮑照の官歴を検討してみると、「止法」を超えた昇進とまでは言えないが、彼は「才学を以て名を知られ」（『南斉書』倖臣伝序）、中書舎人に選ばれているのである。この場合、中書舎人が皇帝の側近として詔勅を起草する要職であった点に、彼の才学に対する評価が現れていると考えられる。ここで想起されるのは、最初の主君である劉義慶が「辞章の美」（『宋書』宗室・劉義慶伝）によって鮑照を登用したことや、晩年に就任した記室参軍が、「記室之局、實惟華要、自非文行秀敏、莫或居之（記室の局、実に惟れ華要にして、文行秀敏に非ざる自《よ》りは、或はこれに居る莫し）」（『宋書』孔覬伝）と言われているように、「文行秀敏」でなければ務まらない「華要」の職であったことである。このように考えてくると、鮑照の官歴は、必ずしも彼が不当な評価に苦しめられていたことを示すものではなさそうである。むしろ我々は、鮑照がその文学的才能をもって仕える官僚であった、という事実をあらためて見直す必要があると言えよう。

また、門閥貴族（制度）に対する反抗として鮑照の作品を捉えようとする考え方も、従来根強いものであった。しかし、このような視角に対しては既に批判も提出されているのであって、そのひとつに王長発「論鮑照的懐才不遇」（『江海学刊』一九八二年、第5期）が挙げられる。王氏の論文では、門閥貴族とそこに属さない鮑照との間に排斥や軋轢が生じることはないと指摘されている。確かに、王僧達をはじめとする門閥貴族との交流を示す作品を検討してみると、そこには、創作の場を同じくする際の上下関係を保ちつつも、共感を寄せようとする鮑照の心遣いが窺われるのである（このことについては、本書上篇の第一章第四節及び第三章第三節を参照されたい）。ただ、王氏の論文では鮑照と恩倖寒人との間に新たな対立軸を見いだそうとしているが、この点については、筆者は賛同しない。川合安「『宋書』と劉宋政治史」（『東洋史研究』第61巻第2号、二〇〇二年）に拠れば、沈約『宋書』は皇帝と恩倖寒人との結びつきを過度に強調する傾向があり、皇帝と官僚層（貴族・寒門・寒人出身者を含む）とは大局的にはむしろ一体であったという。したがって、門閥貴族あるいは恩倖寒人との対立という図式に当てはめて鮑照を捉えようとすることは、却って彼の本質を見誤る恐れがあるであろう。

近年の鮑照研究では、従来のような「懐才不遇」の人物像に当てはめた解釈を乗り越えようとする新たな動きがある。松家裕子「鮑照楽府の一人称は何処まで鮑照か」（『桃の会論集』第4集、鮑照専号、二〇〇八年。27～42頁）では、鮑照の作品にその不遇とされる生涯を重ねあわせることの問題点が指摘されており、また、幸福香織「鮑照楽府詩の構図とモチーフについて」（同誌。43～62頁）では、不分明な寒門という語が却って鮑照の理解に限界を生じさせているとの指摘がある。さらに、両氏の論文を収載する『桃の会論集』第４集の堂薗淑子「序文」では、不遇であったとする彼の立場や境遇とその作品との関係を見直そうとする方針が打ち出されている。従来の鮑照研究に対する反省として、極めて重要な提言である。本書執筆に当たって大いに啓発を受けた。

第三節　本書の構成と目的

本書は次のような構成をとっている。

上篇「鮑照の文学とその立場」は、主として鮑照の生涯を追いながら、彼を取り巻く創作環境や社会状況を踏まえて、様々な場面における彼の文学活動のあり方について考究したものである。

上篇第一章「鮑照の行旅詩について」は、行旅の場における「代作」・「即興」・「唱和」の三点から、鮑照の文学と立場とについて考察したものである。鮑照が生涯官途にあったことや、その位階から見て王侯貴族に追従する立場にあった点に鑑みると、この三点は彼の文学活動の根幹をなすものと考えられる。まず「上潯陽還都道中作」詩について、これが主君の感懐を代弁した代作詩であることを闡明した。また、即興による詩文創作が高い評価に繋がる六朝文壇においては、彼の即興詩「還都口号」詩制作が、その文学的才能の豊かさを周囲に知らしめるための有効な手段であったことについて確認した。さらに、従来、彼の内面的葛藤の問題とされてきた隠逸志向の詩について、その志向が唱和の場に調子を合わせたことに起因するものであったことを解明した。以上の結果、鮑照の文学活動は、いわば文学を事とする職業的専門技術者としての立場から行われていたことが明らかとなった。

上篇第二章「鮑照『蕪城賦』編年考」は、鮑照の代表作のひとつである「蕪城賦」について、その編年を改めて見直した上で、彼の撰述意図の解明を試みたものである。まず「蕪城賦」本文中の避諱字・季節描写・広陵の沿革を調査することによって、従来の諸説及び筆者が提唱する元嘉十七年（四四〇）の作とする説の当否について検討した。次に、漢魏以来の廃墟を詠じた文学作品との比較を通じて、「蕪城賦」が広陵に縁の深い呉楚七国の乱やその首魁である呉王劉濞をタブーとして避けていることを明らかにした。そして、当時の主君劉義慶をめぐる政治的状況、特に劉義康廃黜事件後の文帝と劉義慶との関係について考察を加え、「蕪城賦」が劉義慶幕下における宣伝戦略に多大な役割を担っていたことを論証した。

上篇第三章「鮑照の後半生について」は、南朝宋の政権構造を念頭に置きつつ、鮑照の後半生における代表作を取り上げて、その創作活動の実態を探ろうとしたものである。その結果、北伐の大号令のもとに群臣が糾合されてゆく潮流の中、鮑照が宮廷文人としての意識に目覚めていたことや、その後の一流貴族との交流を経て、その活動の場を徐々に宮廷外にも広げてゆく過程が明らかとなった。

下篇「六朝文学の中の鮑照」は、主に前代の文人や文学作品との継承関係を明らかにすることによって、六朝文学の中における鮑照の位置づけについて考究したものである。また、鮑照の別集に対する書誌学的考察も加えた。

下篇第一章「鮑照『代東門行』と古辞『東門行』―宮廷楽府に対する鮑照の見識―」は、戦乱によって混乱をきたした宮廷楽府の伝統と、それに対する鮑照の創作態度についての考察である。ここでは鮑照「代東門行」と古楽府「東門行」とを取り上げ、両作品の内容や表現の関連性について検討した。その結果、「代東門行」の制作時期が、王僧虔『大明三年宴楽技録』の著録によって整理される以前のものであることが判明した。鮑照は、所謂「楽府断絶の時代」である東晋時代に失われた伝統的歌辞を再構成し、「代」というかたちでの新作によって、その見識を示そうとしていたのである。

下篇第二章「鮑照『学劉公幹体五首』考—六朝宋における五言八句詩—」は、建安時代から拡充発展してきた五言八句形式の詩作において、鮑照がどのような工夫を加えたかということについて考察するものである。建安の文人劉楨（?～二一七）のスタイルを模倣したという鮑照の連作「学劉公幹体五首」に注目し、五言八句形式の継承過程について検討を加えた。その結果、この連作が劉楨の措辞を踏襲していることに加えて、短詩型の随所に卓抜な比喩表現を盛り込むことによって、餘韻を持たせる修辞的効果を狙った作品であることを明らかにした。「学劉公幹体五首」の制作は、五言八句形式が発展してゆく中での新たな実践的取り組みであって、冗長煩瑣を嫌う建安文学以来の伝統を再発見した点にその価値が認められよう。

下篇第三章「陶淵明及び鮑照の『酒』—宋斉の陶詩受容について—」は、陶淵明（三六五～四二七）と鮑照との関連性について検討を加えたものである。また、謝朓（四六四～四九九）についても可能な限り考察を加えた。言うまでもなく、陶淵明の文学は後世の文人に多大な影響を及ぼした。その受容経路の一端を闡明するために、陶淵明が詠じた様々な性格を持つ「酒」に着目し、鮑照から謝朓へと継承されてゆく過程を明らかにした。陶淵明受容史は、その劈頭に鮑照や謝朓を配置することによって、はじめてその展開過程を説明づけられるものであり、唐代以降の陶淵明再評価も、この延長線上にあると考えられる。

下篇第四章「上海図書館蔵『鮑氏集』十巻と孫毓修—第二の毛斧季校宋本『鮑氏集』について—」は、上海図書館蔵『鮑氏集』十巻の資料的価値を明らかにしたものである。筆者が同本の調査を行ったところ、旧蔵者である孫毓修（一八七一～一九二二、また一八六九～一九三九とも）が、『四部叢刊』所収上海涵芬楼影印毛斧季校宋本『鮑氏集』の異本を写したと思われる異同が検出された。『四部叢刊』本は、汲古閣毛扆（一六四〇～一七一三）が宋本に拠って校讎したものであり、現在の『鮑氏集』のテキストの中で最も重んじられているものである。上海図書館本はこれを補正できる新出資料として、鮑照の本文批判研究において重要なものであることが判明した。なお、本書巻末に附した『鮑氏集』校勘表は、本章執筆時の版本調査に基づいて作成したものである。

本書は、以上の考察を通じて鮑照の文学活動の実態及びその文学史における意義を再検討し、以て六朝文人のひとつの典型を把捉しようとしたものである。さらに、これによって、同時代の他の文人との共時的繫がりや、前後の時代の文人との通時的繫がりを説明することも可能になると考えられる。

注

（1）本書では、現存する鮑照の別集のうち、上海涵芬楼影印毛斧季校宋本『鮑氏集』（『四部叢刊』所収）を底本とした。但し底本の譌字と思われるものについては、以下の諸本を適宜参照して改めた。

上海図書館蔵孫毓修旧蔵本
北京図書館（現中国国家図書館）蔵毛氏影宋抄本
静嘉堂文庫蔵影宋鈔本
盧文弨『群書拾補』所収「鮑照集校補」所用影宋本
汪士賢『漢魏諸名家集』所収本
張溥『漢魏六朝一百三名家集』所収本
薛応旂『六朝詩集』所収本
銭仲聯『鮑参軍集注』（二〇〇五年、上海古籍出版社。初版は一九五八年、古典文学出版社。のち一九八〇年、上海古籍出版社より再刊）

（2）鮑照の官歴については、以下の諸文献を参照。

呉丕績『鮑照年譜』（一九四〇年、商務印書館。のち一九七四年に再刊）
銭仲聯『鮑参軍集注』附録「鮑照年表」（前掲）
曹道衡「鮑照幾篇詩文的写作時間」（『文史』第16号、一九八二年。のち『中古文学史論文集』一九八六年、中華書局。403～426頁）
幸福香織「鮑照」（興膳宏編『六朝詩人伝』二〇〇〇年、大修館書店。462～466頁）
鈴木敏雄『鮑参軍詩集』（二〇〇一年、白帝社）
丁福林『鮑照年譜』（二〇〇四年、上海古籍出版社）
丁福林『鮑照研究』（二〇〇九年、鳳凰出版社）
竹内真彦「鮑照略年譜」（『桃の会論集』第4集、鮑照専号、二〇〇八年）

（3）征虜将軍・前将軍の官品については、『宋書』百官志、『通典』巻三十七「晋官品」「宋官品」、及び呂宗力『中国歴代官制辞典』（一九九五年、北京出版社。「南朝宋職官品位表」、874頁）を参照。

（4）陶淵明の起家の官については、逯欽立『陶淵明集』（二〇〇八年、中華書局。「陶淵明事迹詩文繫年」、201頁。初版は一九七九年）、松岡榮志「陶淵明研究四十年―石川忠久著『陶淵明とその時代』書評」（『二松学舎大学人文論叢』第54輯、一九九五年。のち『歴史書の文体』一九九六年、星雲社。298～309頁）を参照。

（5）作品数の算出に当たっては、山田英雄『鮑参軍集索引』（一九八七年、崑崙書房）を参照した。

上篇　鮑照の文学とその立場

第一章　鮑照の行旅詩について

第一節　鮑照の文学における行旅詩の位置づけ

鮑照の事績を通覧するに、その生涯は、主君の転任に随従する形での行旅の連続であった。(1) 六朝時代における行旅は、後世の物見遊山とは根本的に異なり、主に官僚として地方軍府へ赴任することや軍団の移動に随行すること等の公務である。本章では『文選』行旅部に収められた作品を基準として、これに類する作品を「行旅詩」と位置づける。以下に列挙するのは、『文選』行旅部（李善注本、巻二十六及び巻二十七）に収められた詩である。

潘　岳（247〜300）「河陽県作」「在懐県二首」
潘　尼（250?〜311?）「迎大駕」
陸　機（261〜303）「赴洛」二首「赴洛道中作」二首「呉王郎中時従梁陳作」
陶淵明（365〜427）「始作鎮軍参軍経曲阿作」「辛丑歳七月赴仮還江陵夜行塗口作」
顔延之（384〜456）「北使洛」「還至梁城作」「始安郡還都与張湘州登巴陵城楼作」
謝霊運（385〜433）「永初三年七月十六日之郡初発郡」「過始寧墅」「富春渚」「七里瀬」「登江中孤嶼」「初去郡」「初発石首城」「道路憶山中」「入彭蠡湖口」「入華子崗是麻源第三谷」

◎**鮑　照**（414?～466）　**「還都道中作」**（李善注所引の原題は「上潯陽還都道中作」に作る）
沈　約（441～513）「早発定山」「新安江水至清浅深見底貽京邑遊好」
江　淹（444～505）「望荊山」
謝　朓（464～499）「之宣城出新林浦向版橋」「敬亭山詩」「休沐重還道中」「晩登三山還望京邑」
「京路夜発」
丘　遅（464～508）「旦発魚浦潭」
（配列は生年順）

鮑照の文学活動は、公務としての行旅を舞臺として、常に主君と行動を共にする官僚の立場からなされたものである。また、鮑照と交流のあった貴族の多くが、琅邪の王氏や陳郡の謝氏といった当代一流の門閥貴族であったことを考えると、家格や位階の面から見て、そうした場においても、鮑照はパトロンである王侯貴族に追従する立場に立たざるを得ない格下の存在であった、と考えられる。

本章は、鮑照の立脚する「立場」に重点を置きつつ、彼の文学活動の実態を明らかにしようとするものである。

第二節　「上潯陽還都道中作」詩の問題点

鮑照の生涯が行旅の連続であったことから考えて、その文学活動の実態を解き明かす関鍵は、行旅詩と呼ばれる一連の作品、就中、従来問題点の多い作品とされる「上潯陽還都道中作」詩にある、と筆者は考える。この節では、同詩が抱える問題点を提起し、併せてそれに対する筆者なりの解答を提示することにする。

元嘉十七年（四四〇）、江州刺史であった劉義慶（四〇三〜四四四）は南兗州刺史に転じた。その転任の経路は江州潯陽から首都建康を経て、南兗州（州治は広陵）へ向かうというものであった。鮑照「上潯陽還都道中作」詩は建康へ戻る道中で詠じられた作品である。

昨夜宿南陵　　昨夜　南陵に宿し
今旦入蘆洲　　今旦　蘆洲に入る
客行惜日月　　客行　日月を惜しむも
崩波不可留　　崩波　留むべからず
侵星赴早路　　星を侵して早路に赴き
畢景逐前儔　　景《ひかり》を畢《つ》くして前儔を逐ふ
鱗鱗夕雲起　　鱗鱗として夕雲起こり
獵獵晩風遒　　獵獵として晩風遒《つよ》し
騰沙鬱黃霧　　騰沙　黃霧のごとく鬱として
翻浪揚白鷗　　翻浪　白鷗のごとく揚ぐ
登艫眺淮甸　　艫に登りて淮甸を眺め
掩泣望荊流　　掩泣して荊流を望む
絕目盡平原　　目を絕《きは》めて平原を尽くし
時見遠煙浮　　時に見る　遠煙の浮かべるを

倏忽坐還合
俄思甚兼秋
未嘗違戸庭
安能千里遊
誰令乏古節
貽此越郷憂

倏忽として坐《そぞろ》に還《めぐ》り合し
俄に思ふ 甚だ兼秋なるを
未だ嘗て戸庭を違《さ》らざるに
安くんぞ能く千里に遊ばんや
誰か古節を乏しくし
此の越郷の憂ひを貽《のこ》さしむ

（『鮑氏集』巻五）

この詩は、一見すると鮑照自身のことを詠じた詩のように思われるが、実はそのように解釈しては理解できない矛盾を孕んでいる。作中の人物は、第三句・第四句において「客行 日月を惜しむも、崩波 留むべからず。星を侵して早路に赴き、景《ひかり》を畢《つ》くして前儔を逐ふ」と述べるように、流れ行く月日を崩れる波に喩え、早朝から日暮れまで先に進む仲間を追うという状況に置かれている。またその船は、強い風が吹き荒れ、濃霧のような砂塵の中、まるで白鴎が乱舞するかのように高く翻る波頭を蹴立てて進んでいる。そして第十六句「俄に思ふ 甚だ兼秋なるを」と、（故郷を遠く離れた土地で）長い年月を過ごしてしまったことが思い出されると言う。[2] 疑問に思われるのは、この「**俄思甚兼秋**」の句である。

「兼秋」について、李善注は「**兼、猶三也**（兼とは、猶ほ三のごときなり）」と言い、『詩経』王風「采葛」の「一日不見如三秋兮」句を引く。孔穎達の『正義』は「**年有四時、時皆三月。三秋謂九月也。設言三春・三夏、其義亦同。作者取其韻耳**（年に四時有り、時 皆な三月なり。三秋は九月を謂ふなり。設《かり》に三春・三夏と言ふも、其の義 亦た同じ。作者 其の韻を取るのみ)」と言う。毛伝・鄭箋は「三秋」の注記をしていない。従来は、孔穎達の解釈によって「兼秋」を秋の三箇月、乃至は九箇月とする解釈がなされてきた。しかし、ここで改めて「兼秋」の時間的長さがどの程度であるのか検討したい。

『文選』では「三秋」の用例が三例ある。これに対する李善注の注釈態度を分析すると、以下のようになる。

A. 三秋猶足收　　三秋 猶ほ収むるに足るも
萬世安可思　　万世 安んぞ思ふべけん
【李善注】毛詩曰、一日不見如三秋兮。
（巻二十八　陸機「挽歌詩」三首　其一）

B. 四氣代謝　　四気は代謝し
懸景運周　　懸景は運周す
別如俯仰　　別れは俯仰の如く
脱若三秋　　脱《はな》るること三秋の若し
【李善注】毛詩曰、一日不見如三秋兮。
（巻二十九　曹植「朔風詩」）

右の二首は鮑照詩に同じく、『詩経』「采葛」詩を引く例である。ところが、次のように明らかに秋三箇月を表す「三秋」の場合には、李善は『詩経』「采葛」詩を引かない。

C．幸四境無虞、三秋式稔。
幸ひにして四境　虞《おそれ》無く、三秋　式《もっ》て稔りあり。

【李善注】秋有三月、故曰三秋。『春秋元命苞』曰、陽氣數成於三、故時別三月。

秋に三月有り、故に三秋と曰ふ。『春秋元命苞』に曰く、陽気の数は三に成る。故に時は三月に別る。

（巻三十六　王融「永明十一年策秀才文」）


このような注釈の相異は、鮑照詩を含め「采葛」詩を出典とする用例が、秋三箇月の意ではないという李善の解釈を示すと思われる。

次に陸機詩と曹植詩の「三秋」の用例について、孔穎達の言う如く九箇月とする解釈の妥当性を考えてみたい。陸機（二六一～三〇三）の「挽歌詩」の例では九箇月と解する餘地があるようにも思われるが、三首連作である同詩の其三詩[3]、第九・十句に、

人往有反歳　人は往きて反《かへ》る歳有るも
我行無歸年　我れは行きて帰る年無し

とあり、これは右に挙げた其一詩の二句と共に、「たとえどれほどの時間を経ても、生きていれば再会できるが、死んでしまっては永遠に再会できない」という同様のことを、生者の立場（其二）と死者の立場（其三）からそれぞれ述べたものである。其三詩では生存中の別離と再会を「反《かへ》る歳」という一年単位で表現している。したがって三首全体の構想から見て、其一詩の「受け入れうる別離の期間」である「三秋」も、一年単位と考える方が妥当である。

曹植（一九二～二三二）の「朔風詩」は、遠隔地にいる作者が北風に事寄せて魏の都を思う内容である。前掲の部分は「四季は入れ替わり立ち替わり訪れては去り、日や月も巡り去る。別れは顔を上げ下げする一瞬のようであり、早くも三秋が過ぎたようである」と言うものである。ここでの「三秋」は『詩経』に言うあの〈三秋〉のような長い別れ」の意で用いられており、必ずしも九箇月という実数を示したものではない。事実、作中では「四気（四季）は代謝し」と言い、魏の都を離れてから最低でも一年が経過していることになっている。したがって陸機詩と曹植詩の「三」は概数であり、「三秋」は一年を最低単位として、それ以上の時間的長さを表す語と考えられる。

以上の用例から見て、李善が「采葛」詩を引いた鮑照詩の「兼秋」の時間的長さも、同様に一年単位と考えられる。ところで鮑照は、出典とされる「三秋」を「兼秋」に改めている。そこで次に「兼」字に込められた表現の意図を検討したい。

管見の限りでは鮑照以前に「兼秋」の用例は見当たらないが、「兼秋」と同様に「〈兼〉＋〈時間を表す語〉」という語彙として「兼年」がある。元嘉十八年（四四一）の作[4]とされる顔延之「赭白馬賦」序（『文選』巻十四）に「齒歷雖衰、而藝美不忒。襲養兼年、恩隱周渥、歲老氣殫、斃于內棧（歯歴 衰ふと雖も、藝の美 忒《たが》はず。養を襲《う》け年を兼ね、恩隠周渥なるも、歳老い 気殫《つ》き、内桟に斃る）」とある。同序に拠れば、この「赭白馬」は高祖劉裕（三六三～四二二）が宋朝を開いた際に献上されたもので、以来天子の愛馬として長年恩寵を受けてきたという。つまり、ここでの「兼年」は宋建国（四二〇）以来の「二十有二載」という時間を表す語である。李善注は出典として『逸周書』文伝解に「夏箴曰、小人無兼年之食、遇天饑、妻子非其有也。大夫無兼年之食、遇天饑、臣妾輿馬非其有也（夏箴に曰く、小人に兼年の食無くして、天飢に遇はば、妻子は其れ有《たも》つに非ざるなり。大夫に兼年の食無くして、天飢に遇はば、臣妾輿馬は其れ有《たも》つに非ざるなり）」とあるのを引く。この「兼年」とは、晋の五経博士孔晁の注に拠れば「古者、國家三年必有一年之儲。非其有言流亡（古は、国家三年にして必ず一年の儲有り。『非其有』とは流亡するを言ふ）」とあり、これに拠れば「兼年」とは三年と解釈される。ここで顔延之の用例が二十二年間を表していることを考え合わせると、鮑照が、三箇月とも解釈しうる「三秋」ではなく「兼秋」としたのは、具体的な年数をぼかしながらも三年以上の比較的長期に渡る時間を表現する意図であったと考えられる。

唐代の用例であるが、「遠い過去」を示す「兼秋」の用例として、銭起「晩春永寧墅小園独坐寄上王相公」詩がある。その第一～四句に、

東閣一何靜　　東閣　一に何ぞ静かなる
鶯聲落日愁　　鶯声　落日　愁ふ
夔龍暫爲別　　夔龍　暫らく別れを為し
昏旦思兼秋　　昏旦　兼秋を思ふ

（『四部叢刊』所収『銭考功集』巻五）

とある。これは舜の臣下「夔龍」に比定された王相公（王維の弟、王縉）が去り、かつて多くの文人が集っていた王相

公の「東閣」には今や「鶯」の声ばかり、というものである。ここでは過去の「東閣」の賑やかさを回想する場面で「兼秋」が用いられている。以上の諸例から考えて、「俄に思ふ　甚だ兼秋なるを」とは、三年以上に及ぶ過去を回想する句と言える。

ところが、鮑照自身はこの時それほど長い年月を任地で過ごしていたわけではない。この詩が詠じられたのは、元嘉十七年秋、鮑照の主君劉義慶が江州刺史から南兗州刺史に転任したのに伴って、江州から都の建康に戻る道中である。そして鮑照が劉義慶の幕下に加わったのは元嘉十六年（四三九）秋のことであり、劉義慶の南兗州転任は翌年秋のことである。つまり、この詩を詠じた時点ではまだ一年間しか経っていない計算になるのである。

実はこの詩の主人公に相応しいのは、鮑照ではなく、その主君劉義慶なのである。『宋書』『南史』『資治通鑑』から宋の王族の刺史在任期間を割り出すと、劉義慶の前任に当たる荊州刺史は二人、まず彭城王劉義康は元嘉三年（四二六）から六年（四二九）までの三年間、続いて江夏王劉義恭は元嘉六年から九年（四三二）までの三年間である。ところが劉義慶は元嘉九年から十六年（四三九）までの七年間を荊州刺史として過ごし、しかも、劉義慶はさらに一年間の江州刺史を経た上で南兗州刺史に任命されたのである。この詩は、その途上、建康へ向かう際のものである。また、荊州刺史赴任以前の劉義慶は九年間「京尹」にいたようであり、末四句「未だ嘗て戸庭を違《さ》らざるに、安くんぞ能く千里に遊ばんや。誰か古節を乏しくし、此の越郷の憂ひを貽《のこ》さしむ」は、そのような経歴の劉義慶に成り代わって、「越郷の憂ひ」という心情を詠じたものと考えられる。

さらに、第十二句「荊流」は、これまで潯陽周辺を指すものとする解釈がなされてきた。[5] しかし鮑照詩文中の「荊」字の用例（十三例）には、潯陽周辺を指すものは見当たらない。

旦登荊山頭
崎嶇道難遊

旦に登る　荊山の頭
崎嶇として　道　遊び難し

（『鮑氏集』巻三「代陽春登荊山行」）

人言荊江狹
荊江定自闊

人は言ふ　荊江　狹しと
荊江　定自《さだ》めて闊からん

（『鮑氏集』巻七「呉歌」三首　其二）

梁珪分楚牧
羽鷁指全荊

梁珪　楚牧に分かたれ
羽鷁　全荊を指す

（『鮑氏集』巻七「従臨海王上荊初発新渚」）

右の用例は全て荊州及びその周辺の地名を表している。(6) とすれば、「荊流」のみが潯陽周辺を指すとは考え難く、劉義慶の前任地の荊州の河川を指す言葉と考えられる。

以上の点から見て、この詩の作者は鮑照であるが、その内容は主君劉義慶の立場に立って詠じられた詩、つまり代作詩と考えるべきではあるまいか。

六朝における代作詩は専ら恋愛詩が残存しており、代作詩とは私的になされるものが中心であったと思われる。また、肉親の死を悼む詩文にも代作が残っている。(7) しかし、その一方で鮑照「上潯陽還都道中作」詩の如き、主君のための代作も少なからず行われてきたのである。

　以下、魏晋六朝を通じての代作について見てみよう。

　鈴木修次氏は、曹操（一五五～二二〇）の側近文人が、主君の名のもとに、いかにも王者らしい気概を示すべく代作していた可能性を指摘しており、具体的に曹操楽府のうち「度関山」及び「対酒」（ともに『宋書』楽志）を、その可能性ありとして挙げている[8]。

　また、曹操の子曹植も、

　年十歳餘、誦讀詩論及辭賦數十萬言、善屬文。太祖嘗視其文、謂植曰、「汝倩人邪」。

（曹植）年十歳餘りにして、詩・論及び辞・賦数十万言を誦読し、善く文を属す。太祖嘗て其の文を視、植に謂ひて曰く、「汝人を倩《やと》ふか」と。

（『三国志』陳思王伝）


とあり、その文学創作に対して代作者の疑惑を持たれたことは、代作を業とする者の存在を暗に示すものである。

　晋代に入ると、『文選』巻二十四に収められた潘岳「為賈謐作贈陸機」詩がある。西晋王朝の元勲賈充の後嗣たる賈謐が主催する文壇には、当代一流の文人たちが集った。所謂「二十四友」である。潘岳（二四七～三〇〇）もまた賈謐の文壇に参集した文人の一人であり、「為賈謐作贈陸機」詩は、パトロンである賈謐のための代作詩である[9]。

　さらに、東晋末期にも次のような代作詩の事例がある。

帝深加愛賞、従征關洛、内外要任悉委之。帝於彭城大會、命紙筆賦詩。晦恐帝有失、起諫帝、即代作曰、「先蕩臨淄穢、卻清河洛塵。華陽有逸驥、桃林無伏輪」。於是群臣竝作。

帝（劉裕）深く愛賞を（謝晦に）加へ、関洛に従征するに、内外の要任は悉くこれに委ぬ。帝彭城に於いて大いに会し、紙筆を命じて詩を賦さんとす。晦帝に失有らんことを恐れ、起ちて帝を諫め、即ち代作して曰く「先に臨淄の穢れを蕩《はら》ひ、却《かへ》りて河洛の塵を清む。華陽に逸驥有り、桃林に伏輪無し」と。是に於て群臣並びに作る。

（『南史』謝晦伝）

東晋末に北伐から凱旋した劉裕は根拠地の彭城にて大宴会を催した。席上、彼は自ら詩を作ろうとしたが、腹心の謝晦（三九〇〜四二六）は劉裕が失態を演じることを心配し「彭城会」詩を代作した、という。(10)

この記事が事実であるという確証はない。ただ、前後の文に、謝晦が三国魏の楊修（一七五〜二一九）に比擬されたことや、(11)当代一流の文人である謝混（三六八?〜四一二）とともに「玉人」と賞された記事があることから考えるならば、右の例も、その機転の効いた才知を示すための挿話であると考えられる。(12)少なくとも『南史』の著者は、文学を事とする文人の才覚のあらわれとして、かかる代作詩の制作を取り上げているのである。

また、鮑照自身にも「侍宴覆舟山」詩二首（『鮑氏集』巻八）がある。その原注に「敕爲柳元景作（勅ありて柳元景の為に作る）」とあることから、この詩は孝武帝の勅命によって宿将柳元景のために代作したものと言える。(13)

以上述べてきた事例から見て、魏晋以来の代作詩の制作は、文壇に参集して活動する文人が、その主君のためにしばしば行っていたことなのである。鮑照「上潯陽還都道中作」詩も、その延長線上にあると考えて良いであろう。「上潯陽還都道中作」詩は、劉義慶幕下における鮑照の文学活動の実態を示す重要な作品である。[14]

第三節　即興詩の制作とその背景

ところで、劉義慶幕下には鮑照のほか袁淑（四〇八～四五三）・何長瑜（生卒未詳）・陸展（生卒未詳）らが参加していたが、このような複数の文人が蝟集している文壇では、いかに主君の注視を得るか、熾烈な競争があったことと思われる。[15]他の文人の現存作品が僅少なため、ここでは即興という作詩の演出例として鮑照「還都口号」詩を取り上げ、詩作の背景と詩才の認定について考察したい。

「還都口号」詩の詩題に見える「口号」とは、例えば馬上などで紙に書き付けることが困難な場合に、口頭で作詩し吟ずることである。[16]したがって、その性質上、推敲することのできないものであり、口から発したものがそのまま詩にならなくてはならない。

「還都口号」詩が詠じられたのは、「上潯陽還都道中作」詩の制作とほぼ同時期、元嘉十七年（四四〇）に南兗州刺史を命じられた劉義慶が、江州潯陽を出発する時に当たる。

分壌蕃帝華　　分壌　帝華を蕃《しげ》らせ
列正藹皇宮　　列正　皇宮を藹《さかん》にす
禮讌及年暇　　礼讌　年暇に及び
朝奏因歳通　　朝奏　歳通に因る

維舟歇金景
結棹俟昌風
鉦歌首寒物
歸吹踐開冬
陰沈煙塞合
蕭瑟涼海空
馳霜急歸節
幽雲慘天容
旌鼓貫玄塗
羽鷁被長江
君王遲京國
遊子思鄉邦
恩世共渝洽
身願兩扳逢
勉哉河濟客
勤爾尺波功

舟を維《つな》ぎて金景を歇《つ》くし
棹を結びて昌風を俟《ま》つ
鉦歌　寒物を首《はじ》め
帰吹　開冬を践《ふ》む
陰沈として　煙塞　合し
蕭瑟として　涼海　空し
馳霜　帰節を急がせ
幽雲　天容を惨《いた》ましくす
旌鼓　玄塗を貫き
羽鷁　長江を被《おほ》ふ
君王　京国を遅《おも》ひ
遊子　郷邦を思ふ
恩世　共に渝洽し
身願　両《とも》に扳逢す
勉めん哉　河済の客
勤むるのみ　尺波の功

（『鮑氏集』巻五）

その内容は、帝室の藩屛たる劉義慶が都に帰還することから詠み起こされ、第十五・十六句に、「君王」劉義慶は京師建康を思い、「遊子」鮑照は故郷を思う、と言うように君臣共に江州から都に帰ることができる喜びを詠じたものである。そして、これからも「尺波の功」を立てよう、と職務に精励することを宣言して詩を結んでいる。特に、出航の時を待つ第五・第六句から、荘重な音楽が演奏される第七・第八句、大船団が発進する第十三・第十四句までの叙景部分は、昂揚する気分と相俟ってクライマックスとなっている。

右の内容から見て、この詩が詠じられたのは、劉義慶や鮑照を乗せた船団が出発する時と考えられる。したがってこの詩の読者として想定されていたのは劉義慶に他ならない。そして、全二十句の比較的長い詩にも関わらず、末聯の「河済の客」「尺波の功」まで一貫して川や水のイメージで詠じている点、冒頭四句が宋朝を盛り立てる立場にある劉義慶の存在の大きさを賛美し、第十五句では劉義慶の心情をも代弁したものになっている点など、周到な技巧を凝らした詩を即興で詠じるという俊敏なパフォーマンスによって、鮑照は劉義慶の絶大な賞讃を得られたものと思われる。

建安時代以来の事例を調べた限りでは、即興で詩文を創作することは、文学的才能の豊かさ、当意即妙の俊敏さを周囲に知らしめる頗る効果的な手段であった。

禰衡（一七三〜一九八）の「鸚鵡賦」序（『文選』巻十三）には次のようにある。

時黄祖太子射賓客大會。有獻鸚鵡者。擧酒於衡前曰、「禰處士、今日無用娛賓。竊以此鳥自遠而至、明慧聰善、羽族之可貴。願先生爲之賦、使四坐咸共榮觀、不亦可乎」。衡因爲賦、筆不停綴、文不加點。

時に黄祖の太子射　賓客を大いに会す。鸚鵡を献ずる者有り。酒を衡の前に挙げて曰く、「禰処士、今日　用て賓を娯ましむる無し。窃かに以《おも》ふに此の鳥遠き自《よ》りして至り、明慧聡善にして、羽族の貴ぶべきなり。願はくは先生これが賦を為《つく》り、四坐をして咸な共に栄観せしむれば、亦た可ならずや」と。衡因りて賦を為《つく》り、筆は停綴せず、文は点を加へず。

これに拠れば、彼が黄祖のもとに身を寄せていた時、黄祖の子である射の依頼によって、即興で「鸚鵡賦」を制作したという。そして、「筆不停綴、文不加點（筆は停綴せず、文は点を加へず）」と、即興であるにも関わらず、全く推敲を必要としなかったことが特筆されている。

建安文人の中には、実用文の制作において即興の才能を発揮する者がいた。書記官として曹操に仕えた阮瑀（一六五？〜二一二）に、次の故事がある。

太祖嘗使瑀作書與韓遂。時太祖適近出。瑀隨從、因於馬上具草、書成呈之。太祖擥筆欲有所定、而竟不能增損。

太祖嘗て瑀をして書を作り、韓遂に与へしむ。時に太祖適《たま》たま近くに出づ。瑀随従し、因りて馬上に於いて具草し、書成りてこれを呈す。太祖筆を擥りて定する所あらんと欲するも、而るに竟に増損する能はず。

（『三国志』王粲伝所引『典略』）

また、曹植が呉質（一七七〜二三〇）に宛てた「与呉季重書」（『文選』巻四十二）の末に「適對嘉賓、口授不悉（適《たま》たま嘉賓に対すれば、口授して悉《つ》くさず）」と、この書簡文が口述筆記されたものであるという記述がある。このことについて、岡村繁氏は、曹植の意識的な虚栄のポーズであったと指摘している。[17] 文人相互の間で切磋琢磨していた建安文壇の基本的性格は、例えば『南史』顔延之伝に、文帝の勅命を受けて、顔延之と謝霊運という当時の二大文人が楽府「北上篇」を即興で競作した、という記事[18]があるように、宋朝の文壇においても踏襲されていた、と筆者は考えるものである。[19]

第四節　鮑照の隠逸

『文選』行旅部所収詩のうち、晋代の行旅詩においては、望郷の念を詠じる作品が中心であったが、南朝では望郷の念がやがて帰隠に結びつけられた。

本章第一節に挙げた『文選』行旅部所収詩のうち、次のような作品には隠逸志向の表現が見られる。行旅と隠逸が結びつけられる傾向は、特に陶淵明・謝霊運に顕著である。

陶淵明（365～427）「始作鎮軍参軍経曲阿作」「辛丑歳七月赴仮還江陵夜行塗口作」

顔延之（384～456）「始安郡還都与張湘州登巴陵城楼作」

謝霊運（385～433）「永初三年七月十六日之郡初発郡」「過始寧墅」「富春渚」「初去郡」「道路憶山中」

◎**鮑　照**（414?～466）**「還都道中作」**

謝　朓（464～499）「之宣城出新林浦向版橋」「休沐重還道中」

（配列は生年順）

鮑照には、「上潯陽還都道中作」詩の他にも、隠逸志向を詠じた詩がある。この問題について、従来の研究では、官途に執着することへの懐疑という、鮑照の心理分析を中心に検討がなされてきた。

例えば、鮑照の「答客」詩（『鮑氏集』巻五）は、出仕と帰隠といずれを是とするかについて、客と問答を行う内容であるが、曾君一氏は、これを出処進退に対する鮑照の懐疑の念を表出したものとして挙げている。[20]また、近藤泉氏は、隠逸志向と反隠逸志向、機を見て出仕・隠棲を選択する思考法が鮑照の詩文に混在しているという矛盾について、鮑照が、時と場合によって、自己の心の支えとなりうる思想を選び取った結果である、としている。[21]

なるほど、ひとりの人間がその全生涯を通じて、たったひとつの生き方を貫徹することは、蓋し稀有であろう。時には全く異なる生き方に思いを馳せることがあっても不思議ではない。鮑照には、逆に隠逸を否定する作品があるが、それらを併せ読む限り、曾氏及び近藤氏の説は充分に首肯できる。

しかしながら、鮑照の場合、隠逸志向の作品が存在することは、そうした単なる内面的葛藤のゆえであるとは限らないように思われる。というのも、彼の隠逸志向の作品について、その制作状況を出来る限り分析すると、そこには或る程度共通して外在の要因が働いていることが看て取れるからである。

本章第二節に引いた「上潯陽還都道中作」詩には、その末四句に故郷を出たことを後悔する心情が吐露されているが、既に論述した如く、この詩は、臨川王劉義慶に随従して江州潯陽から建康に戻る道中で詠じられた代作詩であった。このほか、鮑照の隠逸志向が見受けられる作品のうち、制作の場を推定しうるものに次の三首がある。[22]「和王丞」詩（『鮑氏集』巻五）は、始興王の文学秘書丞であった王僧綽（四二三～四五三）に唱和した詩である。また、「従拝陵登京峴」詩（『鮑氏集』巻五）は、始興王劉濬に従って京峴山に登った時の作である。さらに、「学陶彭沢体」詩（『鮑氏集』巻四）は、宋本『鮑氏集』における題下注に「王義興に奉和す」とあって、当時義興郡の太守であった王僧達（四二三

～四五八）に唱和した詩であることが分かる。つまり、少なくともこれら四作品は、いずれも王侯貴族の文壇の中で詠じられた作品であり、そこに描かれる仕官を辞め隠逸を願うというテーマは、読者である王族や貴族の好尚を率先して取り入れたものと考えられるのである。

例えば、「学陶彭沢体」詩では、友人とともに酒を酌み交わしたり音楽を楽しむ充足した退隠生活を、次のように詠じている。

長憂非生意　　長憂は生意に非ずして
短願不須多　　短願は多きを須《もち》いず
但使罇酒滿　　但だ罇酒を満たし
朋舊數相過　　朋旧をして数《しば》しば相ひ過《よぎ》らしむるのみ
秋風七八月　　秋風　七八月
清露潤綺羅　　清露　綺羅を潤す
提琴當戶坐　　琴を提《さ》げて戸に当たりて坐し
歎息望天河　　歎息して天河を望む
保此無傾動　　此れを保ちて傾動する無くば
寧復滯風波　　寧《なん》ぞ復た風波に滞《とど》められん

（『鮑氏集』巻四）

第三・四句に言う酒を介しての交遊は、陶淵明（三六五～四二七）の詩文にしばしば見られるものである。ここで想起されるのは、「五柳先生伝」の「性嗜酒、家貧不能常得。親舊知其如此、或置酒而招之。造飲輒盡、期在必醉。既醉而退、曾不吝情去留（性 酒を嗜《この》むも、家 貧しくして常には得る能はず。親旧 其の此くの如きを知り、或《とき》に置酒してこれを招く。造《いた》りて飲めば輒ち尽くし、期《ねが》ふところは必ず酔ふことに在り。既に酔へば退き、曾《いささ》かも情を去留に吝《やぶさ》かにせず）」（陶澍注『靖節先生集』巻六）という一節である。これは、陶淵明が無欲恬淡な隠者「五柳先生」に仮託して描いた理想的な脱俗生活の一齣である。その他にも、官界から退いて農村で暮らす陶淵明が、近隣の人々と楽しく酒を酌み交わすものとして、次のような例がある。

山澗清且淺　　山澗 清く且つ浅く
可以濯吾足　　以て吾が足を濯ふべし
漉我新熟酒　　我が新たに熟せる酒を漉し
隻雞招近局　　隻鶏もて近局を招く
過門更相呼　　門に過《よぎ》りて更に相ひ呼び
有酒斟酌之　　酒有らば これを斟酌す
農務各自歸　　農務 各自 帰り
閒暇輒相思　　間暇 輒ち相ひ思ふ

（『靖節先生集』巻二「帰園田居」五首 其五）

（『靖節先生集』巻二「移居」二首 其二）

鮑詩の第三・四句はこれらの諸作品を借景としたものであって、陶淵明のような理想的隠逸生活を表現したものと考えられる。

そして「学陶彭沢体」詩の尾聯は、このような生活を送って世俗のことに動かされることがなければ、決して「風波」に苦しめられることはない、と言うものであるが、ここでの「風波」とは、次の作品を踏まえたものである。

在昔曾遠遊
直至東海隅
道路迴且長
風波阻中塗
此行誰使然
似爲飢所驅
傾身營一飽
少許便有餘
恐此非名計
息駕歸間居

在昔《むかし》 曾て遠遊し
直ちに東海の隅に至る
道路 迴《はる》かにして且つ長く
風波に中塗に阻まる
此の行《たび》 誰か然らしむ
飢ゑの駆る所と為るに似たり
身を傾けて一飽を営めば
少許にして便ち餘り有らん
此の名計に非ざるを恐れ
駕を息《や》めて間居に帰れり

（『靖節先生集』巻三「飲酒」二十首 其十）

この詩は、王瑤『陶淵明集』（一九五七年、人民文学出版社。65頁）に拠れば、淵明が劉裕の鎮軍参軍として出仕したことを描いたものと解釈される。飢寒のために出仕したことを「此の行《たび》」と言っていることから見ても、「風波」とは単に行旅の困難を指すばかりではなく、官僚社会における様々な苦労を含めた表現であろう。鮑照「学陶彭沢体」詩は、やはり出仕することに否定的な態度で詠じられたものなのである。

鮑照が唱和したという王僧達の作品が現存していないため、未詳の部分を多く含むが、そもそも、「陶淵明のスタイルに学《まね》ぶ」という形で唱和するという発想は、王僧達が主導したように見受けられる。このことは、「王義興に奉和す」という注釈が雄弁に物語っている。恐らく「学陶彭沢体」詩は、王僧達から示された陶淵明風の作品に対して逆照射する形で制作されたのであろう。つけ加えるならば、顔延之「陶徴士誄」（『文選』巻五十七）という名作によって、隠逸詩人陶淵明の名は既に広く知れ渡っていたことと思われるが、そうした受容状況の中において、王僧達こそは、かつて陶淵明と厚い親交を結んでいた王弘（三七九〜四三二）の子であって、陶淵明文学に対する造詣の深さや好尚という点では、当時有数の格別な存在であったと考えられるのである。[23]

この場合、鮑照は、陶淵明文学に対する王僧達の興味関心や、彼の置かれた境遇などをいち早く察知して、詩作に反映させた筈である。淵明には「乞食」詩（『靖節先生集』巻二）や「有会作」詩（『靖節先生集』巻三）などの飢餓貧困を詠じた詩もあるが、「学陶彭沢体」詩においてそのような側面に触れなかったことは、このことを裏書きしている。かかる取捨選択は、王僧達との唱和という場の性格に起因するのではあるまいか。つまり、鮑照が「学陶彭沢体」詩において陶淵明風の隠逸生活を詠じる際に、唱和の場の雰囲気を損ねないようにするという配慮があった可能性は、充分に考えうることなのである。

だとすれば、鮑照自身は帰隠することを一体どのように捉えていたのであろうか、という疑問が生じる。このことを探るには、その生涯のうち、短期間ながら実際に帰郷していたと考えられている時期の言動を見るのが有効であろう。最初の主君である劉義慶の没後、その服喪期間を終えて故郷に帰った時の作に「臨川王服竟還田里」詩がある。

送往禮有終　往くを送りて有終に礼し
事居慙儒薄　居るを事として儒薄なるを慙づ
稅駕罷朝衣　駕を稅《と》きて朝衣を罷め
歸志願巢壑　帰志 巣壑を願ふ
尋思邈無報　尋思しては邈として報ゆる無く
退命愧天爵　命を退きては天爵に愧づ
捨耨將十齡　耨を捨てて将に十齢ならんとし
還得守場藿　還《ま》た場藿を守るを得たり
道經盈竹笥　道経 竹笥に盈ち
農書滿塵閣　農書 塵閣に満つ
愴愴秋風生　愴愴として秋風生じ
慼慼寒緯作　慼慼として寒緯作《おこ》る
豐霧粲草華　豊霧 草華に粲《かがや》き
高月麗雲崿　高月 雲崿に麗し

屏跡勤躬稼　跡を屏《かく》して躬稼に勤め
衰疾倚芝藥　衰疾ありて芝薬に倚《たよ》る
顧此謝人羣　此れを顧みて人群を謝《さ》る
豈直止商洛　豈に直だに商洛に止まるのみならんや

（『鮑氏集』巻五）

この詩において、鮑照は、生前の劉義慶の恩義に報いるだけの働きがなかったことを、ひたすら悔いている。このように、主君に対して羞恥心や後悔の念を抱くことは、例えば謝霊運「過始寧墅」詩（『文選』巻二十六）の第五・第六句に、「淄磷謝清曠、疲薾慙貞堅（淄磷　清曠に謝《は》ぢ、疲薾　貞堅に慙づ）」と、清らかで貞節ある隠者に対して、世俗にまみれた自分を恥じることとは対照的である。

そして、第七句から末句「農業を捨てて出仕してから十年ほどが過ぎた。今また官を辞めて故郷へ帰ってみれば道家の書や農学書が埃をかぶっているばかり。秋風や蟋蟀の声に侘びしさが増す。私が帰郷したのは危険な乱世を避けるためではなくて、病気の療養のためなのだ」と言うように、この詩は、今は亡き主君に対する羞恥と自己弁護とで綴られている。いわば失意の隠遁を詠じているのである。ここには、隠逸を慰めとしたり、隠逸生活を満喫する詩句は見当たらない。

ところが、門閥貴族との唱和詩では一転して、野山での散策や音楽、酒を楽しむ平和で豊かな隠逸生活への憧れが描かれるのである。

遯迹倶浮海　　迹を遯《かく》して倶に海に浮かび
採藥共還山　　薬を採りて共に山に還る
夜聽横石波　　夜は石に横たはる波を聴き
朝望宿巖煙　　朝は巖に宿る煙を望む
（『鮑氏集』巻五「和王丞」）

滅志身世表　　志を身世の表に滅し
藏名琴酒間　　名を琴酒の間に蔵《かく》さん
（『鮑氏集』巻五「和王丞」）

但使罇酒滿　　但だ罇酒を満たし
朋舊數相過　　朋旧をして数《しば》しば相ひ過《よぎ》らしむるのみ
（『鮑氏集』巻四「学陶彭沢体」）

以上のように、鮑照は、一流門閥貴族と唱和する時には、帰隠を無上の喜びとして詠じているのである。その際、貧困等の隠逸生活に対する現実的な危惧は表面にあらわれない。

ここには、時と場合によって隠逸を肯定することもあれば否定することもあるという、鮑照の二面性を解く関鍵が潜んでいるように思われる。それは、決して彼の内心の変化ではなく、その場の要求という外的要因に左右されて、描かれるべき隠逸生活の方向が決定される、ということに他ならない。つまり、鮑照の唱和詩に見られる隠逸志向は、彼の心理面の問題というよりも、唱和という「場」に由来するものと考えられるのである。

第五節　寒門文人の創作環境

以上、本章では鮑照の文学活動の実態について、その主な舞臺となった行旅の詩を中心に、「代作」・「即興」・「唱和」の三点から考察してきた。その結果、鮑照は、主君に成り代わって詩を詠じる「代作」詩や、主君の前で機知頓才を示す「即興」詩、場の要求に応じた受け答えを何よりも重んじる「唱和」詩など、いわば文学を事とする職業的専門技術者として、王侯貴族の無聊を慰めていたことが明らかとなった。

上位者に追従する立場にあった鮑照にとって、主体的に個人の心情を表白することは極力抑制するべきものであった。このような性格は他の文人の場合にも、例えば宴集や儀式などの集団創作の場面において、ある程度共通する普遍性を持っているように思われる。その一方で、かかる抑制が常態となっている点は、寒門文人鮑照の特徴として認めてよいであろう。

更に注目すべきは、本章においてこれまで検討してきた通り、鮑照が、王侯貴族と常に行動を共にする中で、その心血を注いだ作品を生み出してきたことである。確かに、彼の行動原則は迎合とも他律とも呼び得るが、実は、そのような立場での活動こそ彼の本領なのである。(24) だとすれば、我々が鮑照の文学を理解するためには、従来のように宮廷や貴族社交界に背を向ける屈折の心理を見ようとするのではなく、上流階級に供するためにその才筆を傾ける実直な奉仕の精神に注意を払うべきである。

思うに、王侯貴族を中軸として形成される文壇こそは、鮑照が獲得しうる唯一の文学創作の場である。そして、その家格や位階からすれば、彼は文壇の主導者にはなり得ない。しかし、寒門文人にとって、それは当然あり得べき創作環境なのである。このような視点から鮑照を見直すことによって、はじめて、彼が生涯にわたってその宿命的とも言える行旅に身を置いたこと、またそうした生活の中で作品の彫琢刻鏤に精魂を傾けていたこと、そして結果的に彼の作品群が同時代人から高い評価を獲得したことなど、幾つかの事実が有機的に繋がってくるように思われる。鮑照は自己の当意即妙の詩才を十全に活用することによって、彼にとって当然あり得べき環境の中で活躍を見せていたのであった。

注

（1）鮑照詩の編年については、銭仲聯『鮑参軍集注』（二〇〇五年、上海古籍出版社。初版は一九五八年、古典文学出版社。のち一九八〇年、上海古籍出版社より再刊。引用頁数は二〇〇五年版に拠る）、曹道衡「鮑照幾篇詩文的写作時間」（『文史』第16号、一九八二年。のち『中古文学史論文集』一九八六年、中華書局。403～426頁）、丁福林『鮑照年譜』（二〇〇四年、上海古籍出版社）を参照。

（2）五臣注は、この句を鮑照晩年の主君である臨海王劉子頊との別離を悲しむものであるとして、（臨海王に対する思いが）「三秋」を経たよりも慕わしいと解釈する。しかし、この詩が臨海王に随従して荊州に赴任していた時期の作品とは考え難い。五臣注の説に対しては、方東樹『昭昧詹言』巻六に「且子項以拒命死、其幕僚尚敢還都也。五臣之注、昧於事理矣（且つ子項命を拒むを以て死し、其の幕僚 尚ほ敢へて都に還らんや。五臣の注、事理に昧し）」との反駁がある。

（3）『文選』では其二に配列される。なお、一海知義「文選挽歌詩考」（京都大学中国文学会『中国文学報』第12冊、一九六〇年四月）に、この詩が納棺・葬送・埋葬の三場面から構成される三首一連の連作詩であることが論じられている。

（4）編年は曹道衡・劉躍進『南北朝文学編年史』（二〇〇〇年、人民文学出版社。129頁）及び諶東飈『顔延之研究』（二〇〇八年、湖南人民出版社。附録「顔延之年表」、284頁）を参照。「上潯陽還都道中作」詩よりも後の作品であるが、同時代のものとして検討の材料としたい。

（5）方東樹『昭昧詹言』巻六に「竊意荊流・淮甸、特泛指潯陽地勢耳（窃かに意《おも》ふに荊流・淮甸は、特だ泛《ひろ》く潯陽の地勢を指すのみ）」とある。また、銭仲聯氏も「荊流」を潯陽周辺の数多の河川の意としている（銭氏前掲書、313頁）。

（6）銭氏前掲書に拠る（199・207・306頁）。

（7）『顔氏家訓』文章篇には、タブーに触れることの多い代作の制作を戒めており、そうした作品として、蔡邕「母霊表頌」・「為胡顥作其父銘」・「袁三公頌」、王粲「思親詩」を挙げている。

（8）鈴木修次『漢魏詩の研究』（一九六七年、大修館書店。「曹操論」560～561頁）を参照。また鈴木氏は、魏明帝曹叡の楽府作品も代作の可能性を考えなければならない、と指摘する（同書、677頁）。詩歌以外では建安文人による書簡文の代作が残っているが、斯波六郎「文筆考」（『支那学』小島・本田二博士還暦記念特別号、一九四二年四月。一九六九年、清水弘文堂書房編、287～362頁。のち『六朝文学への思索』二〇〇四年、創文社。422～482頁）では、後漢から六朝までの書簡文の代作についての言及があり、当時書簡文に対して深い関心が持たれていたため、代作させる側は競って文才に富む者を集めたことが指摘されている。

（9）松本幸男『魏晋詩壇の研究』（一九九五年、朋友書店。初出は「潘岳の伝記」『立命館文学』第321号、一九七二年）においては、賈謐が服喪中であったために潘岳がこの詩を代作した、との指摘がある（546頁）。

（10）『太平御覧』巻五百九十一（文部　御製上）に引く『宋書』では、高祖（劉裕）自身の作とされている。

（11）時人以方楊徳祖、微將不及（時人　以て楊徳祖〔修〕に方《くら》ぶるも、微かに将に及ばざらんとす）。

（12）時謝混風華爲江左第一。嘗與晦在武帝前、帝目之曰「一時頓有兩玉人耳」（時に謝混の風華　江左第一為《た》り。嘗て晦と武帝の前に在り、帝これを目して曰く「一時に頓に両玉人有るのみ」と）。

（13）このほか、鮑照は、柳元景のために「為柳令譲驃騎表」（『鮑氏集』巻九）という上奏文を代作している。

(14) 六朝期では、行旅の詩を代作することは稀である。憶測ながら、彭城王劉義康の廃黜事件によって、劉義慶本人が批判めいた作品を作ることは憚られたのではないか。この事件については、本書上篇第二章を参照されたい。

(15) 鮑照が劉義慶に仕官した頃、何長瑜は同僚の陸展を侮辱した事件で左遷されていた。中森健二「鮑照の文学」(『立命館文学』第364・365・366合併号、一九七五年)を参照。劉義慶に仕えた文人については、曹道衡・沈玉成『中古文学史料叢考』(二〇〇三年、中華書局。「劉義慶幕中文士」、325頁)を参照。

(16) 汪涌豪・駱玉明主編『中国詩学』第四冊(一九九九年、東方出版中心)には、唐以前の口号詩として、この鮑照「還都口号」詩を挙げている(171頁)。管見の及ぶ限り、鮑照以前には、即興詩と考えられる作品であっても、詩題に「口号」を用いる例は見られない。即興であることを示す「口号」の語を詩題に附することは、鮑照に始まる可能性がある。

(17) 岡村繁「建安文壇への視角」(『中国中世文学研究』第5号、一九六六年)を参照。

(18) **延之與陳郡謝靈運倶以辭采齊名、而遲速縣絶。文帝嘗各敕擬樂府北上篇。延之受詔便成、靈運久之乃就**(延之 陳郡の謝霊運と倶に辞采を以て名を斉しくするも、而るに遅速縣絶す。文帝 嘗て各おの勅して楽府「北上篇」に擬せしむ。延之 詔を受けて便ち成り、霊運 これを久しくして乃ち就《な》る)。

(19) 『世説新語』文学篇所収の故事のうち、即興のものとして、曹植「七歩詩」制作故事、阮籍「為鄭沖勧九錫文」制作故事、潘岳「譲河南尹表」制作故事、桓温北征の際における袁宏の布告文制作故事などがある。即興の詩文制作は六朝人にとって興味ある話柄のひとつであったと思われる。なお、『世説新語』の撰者について、同書が劉義慶一人の手になるものではなく、実質的撰者が幕下の文人たちであった可能性は、つとに魯迅『中国小説史略』の指摘するところである。その実質的撰者として、川勝義雄「『世説新語』の編纂をめぐって」(『六朝貴族制社会の研究』一九八二年、岩波書店。327～347頁。初出は『東方学報』第41冊、一九七〇年)では、何長瑜、若しくは何長瑜に近い人物、矢淵孝良「世説の撰者について」(川勝義雄・礪波護編『中国貴族制社会の研究』一九八七年、京都大学人文科学研究所。447～473頁)では、鮑照の名が挙げられている。また、興膳宏「玉臺新詠成立考」(『東方学』第63号、一九八二年。のち『新版 中国の文学理論』二〇〇八年、清文堂出版。363～386頁)や、清水凱夫「『文選』撰者考」(中国芸文研究会『学林』第3号、一九八四年。のち『新文選学』一九九九年、研文出版、

51～110頁）、岡村繁「『文選』編纂の実態と編纂当初の『文選』評価」（『日本中国学会報』第38集、一九八六年。のち『文選の研究』一九九九年、岩波書店。47～81頁）に既に論じられているように、実質的撰者の名を冠するか否かを問わず、こうした詩文集の編纂は幕下の文人が主君のために行ったものである。鮑照も『世説新語』等の編纂事業の中核的存在であった可能性がある。

（20）曾君一「鮑照研究」（『四川大学学報』一九五七年、第4期）を参照。

（21）近藤泉「鮑照における陶淵明について」（『竹田晃先生退官記念東アジア文化論叢』一九九一年、汲古書院。99～126頁）を参照。

（22）制作状況は未詳ながら、「秋夜」二首（『鮑氏集』巻五）、「答客」（『鮑氏集』巻五）、「自礪山東望震沢」（『鮑氏集』巻六）、「和傅大農与僚故別」（『鮑氏集』巻六）、「園中秋散」（『鮑氏集』巻八）などの詩にも、隠逸志向の表現が見られる。

（23）劉宋時代における陶淵明の受容については、上田武「鮑照とその時代の陶淵明の受容」（『六朝学術学会報』第3集、二〇〇二年）を参照。また、鮑照と王僧達との関係、「学陶彭沢体」詩の制作背景については、本書上篇第三章を参照されたい。

（24）向嶋成美「鮑照の詩風」（東京教育大学『漢文学会会報』第28号、一九六九年）では、鮑照文学の貴族への迎合面が指摘されている。また、同氏「鮑照山水詩考」（『大久保隆郎教授退官紀念論集　漢意とは何か』二〇〇一年、東方書店）では、鮑照が主君や時の権貴に随従して山水詩を詠じる場合、「陳腐な表現を避け、極力新奇な表現を追究することによって、その存在を誇示」しようとした、と指摘する（356～357頁）。確かに、鮑照の場合、王侯貴族に従属する立場にあり、そうした立場から修辞面での彫琢に文学的才能を発揮したと考えられる。

第二章　鮑照「蕪城賦」編年考

第一節　「蕪城賦」の編年に関する従来の研究

盛者必衰、おごれるものは久しからず。一読、そのような感想を抱かしめずには置かない「蕪城賦」は、全文僅か四百五字の短篇ながら、栄枯盛衰のあまりにも大きな落差を鮮やかに描いた賦であり、鮑照の文学を代表する珠玉の名品である。また、本作は、謝朓や呉均ら六朝後期の文豪も、つとに読んでいたらしく、斉梁という鮑照からさほど遠くない時期には、既にかなり広範囲の文人たちによって支持されていたようである。(1)

本作の成立背景については、序文やその他の記録もないため、はっきりしたところは判っていない。ただ、『文選』李善注に「集云、登廣陵故城（集に云ふ、広陵故城に登る、と）」とあり、この作品の舞臺が広陵（江蘇省揚州市）を指すという点では、諸家の見解は一致している。一方、その編年については、諸説紛々として未だ定説を見ない。

今、従来の代表的な説を列挙するならば、次の通りである。(2)

Ⅰ　泰始二年（四六六）説…………『文選』五臣注。

Ⅱ　大明三年（四五九）説…………何焯『義門読書記』・銭仲聯『鮑参軍集注』。

Ⅲ　元嘉三十年（四五三）説………曹道衡「鮑照幾篇詩文的写作時間」。

Ⅳ　元嘉二十八年（四五一）説……丁福林『鮑照年譜』。

思うに、文学作品の制作状況を見定めようとする場合、よほど疑わしいものでない限り、まず伝記資料に沿って制作年代を仮定し、検討を進めるのが穏当である。本作に即して言えば、幸いにも制作地点＝広陵ということが判明しているため、まず鮑照が広陵にいた時期こそ第一に検討されなければなるまい。

ところが、試みに従前の諸説と鮑照の閲歴とを見比べると、意外にも、彼が最も確実に広陵に居たであろう時期が見落とされていることに気づく。すなわち、元嘉十七年（四四〇）から二十年（四四三）まで、臨川王劉義慶の南兗州刺史転任に伴い、鮑照がこれに随従して広陵に赴任した時期である。

そこで本章では、「蕪城賦」編年に関する第五の説として、

Ⅴ　元嘉十七年（四四〇）説。

を提出し、その当否を論じたい(3)。

僅か一作品の編年考証という小さな問題提起から出発することになるが、筆者が見るところ、「蕪城賦」制作時の状況や撰述意図の解明は、最終的に鮑照の文学の本質にまで関わる重要問題のように思われる。

本章は、以上の見通しのもとに、鮑照「蕪城賦」の編年について可能な限り考証を加えた上で、改めて本作の撰述意図を抜本的に問い直そうとする一試論である。

第二節　「蕪城賦」編年考証

ここで「蕪城賦」全文八十四句を挙げることとする。

1　瀰池平原　　瀰池たる平原、
2　南馳蒼梧漲海　　南のかた蒼梧漲海に馳せ、
3　北走紫塞鴈門」　　北のかた紫塞鴈門に走る。
4　拖以漕渠　　拖《ひ》くに漕渠を以てし、
5　軸以崑崗　　軸するに崑崗を以てす。
6　重關複江之奥　　重関複江の奥、
7　四會五達之莊」　　四会五達の荘なり。
8　當昔全盛之時　　当昔《むかし》　全盛の時、
9　車掛轊人駕肩　　車は　轊《ちくがしら》　を掛け　人は肩を駕《しの》ぐ。
10　廛閈撲地　　廛閈　地を撲《つく》し、
11　歌吹沸天　　歌吹　天に沸く。
12　孶貨鹽田　　貨を塩田に孶《しげ》くし、
13　鏟利銅山　　利を銅山に鏟《けづ》る。

才力雄富
士馬精妍」
故能侈秦法
伕周令
劃崇墉刳濬洫
圖脩世以休命」
是以板築雉堞之殷
井幹烽櫓之勤
格高五嶽
袤廣三墳
崪若斷岸
矗似長雲
製磁石以禦衝
糊頳壤以飛文
觀基扃之固護
將萬祀而一君
出入三代五百餘載

才力は雄富にして、
士馬は精妍なり。
故に能く秦法より侈《おご》り、
周令に伕《す》ぐ。
崇墉を劃《きざ》み、濬洫を刳《ほ》り、
図るに脩世以て休命あらんとす。
是を以て板築雉堞の殷、
井幹烽櫓の勤あり。
格《たか》きこと五岳より高く、
袤《ひろ》きこと三墳より広し。
崪として断岸の若《ごと》く、
矗として長雲に似たり。
磁石を製して以て衝を禦ぎ、
頳壌《あかつち》を糊して以て文を飛ばす。
基扃の固護を観るに、
将に万祀にして一君ならんとす。
出入(4)三代五百餘載、

31　竟瓜割而豆分」　　　　竟に瓜のごとく割《さ》け豆のごとく分かる。

【現代語訳】

なだらかな平原は、南のかた蒼梧や漲海に連なり、北のかた長城や雁門にまで続く。（この街は）運河を引きめぐらせ、崑崗を軸としており、幾重もの河川や関門の奥深きところであり、四方八方へ通じる交通の要所である。むかし全盛の時には、車同士が車軸の先をこすり、人々が肩を押しのけあうほど賑わった。住宅や門は地面いっぱいに広がり、歌舞音曲が空に響き渡る。財貨を塩田に増やし、利益を銅山から削り出す。財力は豊かに、人馬は精強で華麗であった。そのために秦や周の規格を超えて、高い城壁を切り出すように築き、深い壕をくりぬくように掘り、永遠に良き天命を受けようと図ったのである。突き固めた城壁や姫垣の充実していること、井桁のように組まれた基礎とその上に立つ望楼の周到なこと。その高さは五岳よりも高く、その広さは大河の堤防よりも広い。高く聳える様子は断崖絶壁のようであり、まっすぐに広がる様子はたなびく雲のようである。磁石の門を作って暗殺者を防ぎ、城壁に赤土を塗って装飾を施した。その土臺やかんぬきをはじめとする城闕の堅牢さを見れば、それは一万年先までも一人の君を戴こうとするものであった。（しかし）およそ三代の王朝、五百年あまりで、瓜のように裂け、豆のようにばらばらになってしまった。

以上が、栄耀栄華を極めた繁栄期を描くものである。しかし、その繁栄ぶりも永遠に続くものではなかった。次いで後半では、一転して廃墟となった「蕪城」が描かれる。

32　澤葵依井　　　　沢葵　井に依り、

33　荒葛罥塗　　　　荒葛　塗《みち》に罥《かか》る。

34 壇羅虺蜮
35 階鬭麏鼯
36 木魅山鬼
37 野鼠城狐
38 風嗥雨嘯
39 昏見晨趨
40 飢鷹礪吻
41 寒鴟嚇雛
42 伏暴藏虎
43 乳血飡膚」
44 崩榛塞路
45 崢嶸古馗
46 白楊早落
47 塞草前衰
48 稜稜霜氣
49 蔌蔌風威
50 孤蓬自振
51 驚沙坐飛

壇に虺《まむし》蜮《いさごむし》を羅《つら》ね、
階に麏《のろ》鼯《むささび》を闘はす。
木魅 山鬼、
野鼠 城狐、
風に嗥《ほ》え雨に嘯き、
昏に見《あらは》れ晨に趨る。
飢鷹 吻を礪《と》ぎ、
寒鴟 雛を嚇《おど》す。
伏暴 蔵虎、
血を乳とし膚を飡《くら》ふ。
崩榛 路を塞ぎ、
崢嶸たる古馗あり。
白楊 早《つと》に落ち、
塞草 前《さき》に衰ふ。
稜稜たる霜気、
蔌蔌たる風威。
孤蓬 自ら振るひ、
驚沙 坐《そぞろ》に飛ぶ。

52　灌莽杳而無際　　灌莽 杳として 際《きはまり》無く、
53　叢薄紛其相依」　　叢薄 紛として其れ相ひ依る。
54　通池既已夷　　通池 既已《すで》に夷《たひら》ぎ、
55　峻隅又已頽　　峻隅 又た已に頽る。
56　直視千里外　　千里の外を直視すれば、
57　唯見起黄埃　　唯だ見る 黄埃を起こすを。
58　凝思寂聴　　思ひを凝《とど》めて寂《しづ》かに聴けば、
59　心傷已摧」　　心傷 已に摧《くだ》かる。

【現代語訳】

水草は井戸に沿って生え、蔓草が道にはびこる。基壇には毒蛇や害虫が群れをなし、階段ではのろやむささびが争う。木の精や山の神、野生の鼠や街に住みついた狐が、風に吠え、雨に嘯き、日が暮れては姿を現し、夜が明けてもうろつき回る。飢えた鷹が嘴を研ぎ、凍えたとびが雛鳥を脅し、物陰に潜む虎は、血をすすり、肉を食らう。群がり生えた木々が崩れて道を塞ぎ、昔の街路はどんよりと暗く、白楊はつとに葉を落とし、砦の草はもう萎れている。りんとした厳冬の気配、ごうごうと鳴る強い風。飛蓬がころがってゆき、ぱっと砂塵が巻き上がる。草むらは先が見えないほど果てしなく続き、草木は入り乱れて絡みつく。深く掘られた壕もすっかり埋まって平らになり、すらりと聳えていた城壁の角も崩れてしまった。千里の遠くまでじっと見つめれば、黄塵が舞うほか何も見えない。心静かに耳を澄ませば、悲しみに砕かれてしまう。

魑魅魍魎や野獣の徘徊する廃墟。この凄惨極まりない光景の中で、過去の栄光を振り返る第六十句~七十五句は、本作のクライマックスと言って良いであろう。

60　若夫藻扃黼帳　　夫《か》の藻扃 黼帳、
61　歌堂舞閣之基　　歌堂 舞閣の基、
62　琁淵碧樹　　琁淵 碧樹、
63　弋林釣渚之館　　弋林 釣渚の館、
64　吳蔡齊秦之聲　　呉蔡斉秦の声、
65　魚龍爵馬之玩」　　魚龍爵馬の玩の若きは、
66　皆薰歇燼滅　　皆な 薫 歇《つ》き 燼 滅《き》え、
67　光沈響絕」　　光 沈み 響 絶ゆ。
68　東都妙姬　　東都の妙姫、
69　南國佳人　　南国の佳人。
70　蕙心紈質　　蕙心 紈質、
71　玉貌絳脣　　玉貌 絳脣なるも、
72　莫不埋魂幽石　　魂を幽石に埋め、
73　委骨窮塵　　骨を窮塵に委ねざる莫し。
74　豈憶同輦之愉樂　　豈に同輦の愉楽、
75　離宮之苦辛哉」　　離宮の苦辛を憶はんや。

76 天道如何　　天道 如何ぞ、
77 呑恨者多　　恨みを呑む者多し。
78 抽琴命操　　琴を抽《つまび》きて操《うた》に命《なづ》け、
79 爲蕪城之歌」　　蕪城の歌と為す。
80 歌曰　　歌に曰く、
81 邊風起兮城上寒　　辺風起こりて城上寒く、
82 井徑滅兮丘隴殘　　井徑滅して丘隴残《そこな》はる。
83 千齡兮萬代　　千齢 万代、
84 共盡兮何言」　　共に尽きぬれば何をか言はん。

【現代語訳】

かの色彩豊かな扉や黒白のとばり、歌舞音曲が行われた堂閣の基壇、玉を敷いた池や玉のなる木、狩りや釣りが行われた館、呉・蔡・斉・秦の歌、魚・龍・雀・馬の奇術などは、全てその香りも尽き、燃え残りも消え、光も失われ、餘韻も絶えてしまった。洛陽の美姫や南国の美人。芳しい心や白い肌、玉のかんばせや赤いくちびるの彼女らも、その魂を仄暗い石に埋め、その骨を荒遠の彼方へとなすがままにしない者はなかった。もはや王侯と同乗した喜びや離宮に遠ざけられた辛さを思うこともない。天道はどうすればよいのであろう、恨みを呑み込んだ者は多いというのに。琴を爪弾き、歌に名づけて、「蕪城の歌」とした。その歌は、「辺境の風が吹きはじめて、街はずれは寒く、かつての街並みも田畑も消え、墳墓も崩れている。千年万年の間には、全てが尽きてしまうのだから、何を言ってもしかたがない」というものである。

（『鮑氏集』巻一）

それでは、以上のような作品がいかなる背景の元に制作されたのか、その問題に踏み込んで行きたい。

劉義慶は、『宋書』宗室・劉義慶伝に拠れば、元嘉十七年（四四〇）に江州刺史から南兗州刺史に遷り、同二十年（四四三）に病を得て、刺史を解かれて建康に戻り、翌二十一年（四四四）正月に没した。享年四十二。そして、その最期に至るまで、鮑照が義慶幕下にあったことは、彼の「通世子自解（啓）」（『鮑氏集』巻九）に「今請解所職、願蒙矜許。自奉清塵、于茲六祀、墜辰永往、遺恩在心（今　職とする所を解くことを請ひ、矜許を蒙ることを願ふ。清塵を奉りしより、茲に于て六祀にして、墜辰　永往するも、遺恩　心に在り）」とあることによって確認される。この書簡文は、義慶の死後、その世子哀王燁に提出されたものである。[5]王国における「所職」を自ら解くことを求めるものであるが、文中に「清塵を奉りしより、茲に于て六祀」と、彼が仕官して以来六年が経過したことを記している。なお、元嘉二十一年から六年を遡れば元嘉十六年（四三九）であり、義慶が江州刺史であった時期である。

これらの鮑照及び劉義慶をめぐる伝記資料から、本作を元嘉十七年の作と仮定する餘地があることが確認できる。そこで、次に「蕪城賦」本文に基づきつつ、筆者の提唱するV説を検証しようと思う。

18「劃崇墉刳濬洫」……作品の編年考証において、重大な手掛かりを与えるものとして、避諱字の使用状況からの推定という手段がある。この方法は、本作の場合にも有効であろう。興味深いことに、本作前半第十八句「劃崇墉刳濬洫」において、始興王（文帝の第二子）の諱である「濬」字が用いられているのである。確かに鮑照は、劉義慶の没後、始興王に仕えた時期もあるが、もしもその頃の作品とするならば、この「濬」字は使われない筈である。

当時、このような場合には、避諱の方法として、別字に置き換えるということが行われていたようである。[6]しかし、「蕪城賦」の現存諸本では、別の字に作る例は見当たらなかった。[7]このことは、本作の制作を始興王幕下時とすることの困難さを裏づけるものである。

　ところで、皇祖や皇帝の避諱については既に贅言を要しないであろうが、皇子の諱字の扱われ方については確認が必要であろう。V説を採用した場合、直接仕えていなかったとはいえ、劉濬は既に始興王に封ぜられ（元嘉十三年＝四三六）、揚州刺史となっている。そこで皇子の諱字に対する配慮について調査したところ、次のような例があった。元嘉十八年（四四一）の作とされる顔延之(8)「赭白馬賦」（『文選』巻十四）の「揔六服以收賢、掩七戎而得駿」句に、「駿」字が用いられている。当時の武陵王劉駿（後の孝武帝）は南豫州刺史であって、延之（始興王諮議參軍、御史中丞）とは直接の主従関係にない。そうした場合、皇子の諱字を使用することもあったことが判る。


46「白楊早落」・47「塞草前衰」・48「稜稜霜氣」……「蕪城賦」後半には、その季節が冬であることを示す表現が散見する。例えば、第四十六句の「白楊」は、ヤナギ科の落葉高木であり、葉は秋に黄色に変色して落ち始める。本作では「早落」とあり、既に葉を落としきった冬の状態であることが示されている。(9)

　また、第四十七句「塞草前衰」について、李善注は李陵「答蘇武書」（『文選』巻四十一）に「涼秋九月、塞外草衰」とあるのを引く。したがって、この句は一見すると晩秋九月を示すようにも思われるが、「答蘇武書」のこの箇所は北方匈奴特有の気候風土を訴えたものであることに留意する必要がある。草が枯れる時期は、長城以北（「答蘇武書」）では「涼秋九月」であるが、江北広陵（「蕪城賦」）では、それ以降のこととして解釈されるべきであろう。

　そして、第四十八句「稜稜霜氣」に対する李善注が、これを「嚴冬之貌」とまで断言していることは、以上のような筆者の推定を有力に支持するように思われる。

　このように「蕪城賦」後半の季節描写を論じたのは、次の史実と考え合わせた時、従来の編年説では、矛盾が生じると考えたためである。次に列挙するのは、それぞれの編年説において本作の撰述動機とされる事件である。

Ⅰ説……泰始二年八月、晋安王子勛の乱が平定される。臨海王劉子頊ら、死を賜る。
Ⅱ説……大明三年七月、竟陵王誕の乱が平定される。
Ⅲ説……元嘉三十年二月、太子劭と始興王濬の廃太子及び賜死の決定。
Ⅳ説……元嘉二十八年二月、一時的に瓜歩山まで進出していた北魏軍が退却。

以上のように、冬に起きた事件はひとつもないのである。[10]これら諸説に対し、本作が冬の作だとした場合に整合性が生じるのは、Ⅴ元嘉十七年説のみである。というのも、劉義慶が南兗州刺史に任ぜられたのが、まさに元嘉十七年冬十月のことであった。[11]

30「出入三代五百餘載」……この問題については、文献資料よりも、考古学的調査を踏まえて考証するのが有効であろう。まず、漢から六朝までの広陵の位置的変遷の有無を確認しておきたい。一九七八年に行われた揚州古城発掘調査報告に拠れば、漢代の堆積層（第二層）の上層（第三層）から、一部に磚築を用いた城壁跡と磚甓で舗装された路面が出土したという。[12]また同報告では、この調査に先立って発見された「北門壁」磚について、その字体から東晋時代のものと推定しており、第三層を桓温（三一二～三七三）による修築の遺構と結論づけている。つまり、考古学的に見た場合、広陵城址は、漢代から六朝期までほぼ同一地点に存在していたと考えられるのである。[13]

さて、以上の位置関係を踏まえた上で、第三十句「三代五百餘載」の問題を検討しよう。李善注をはじめとする従来の諸注釈は、「三代」・「五百餘載」を、漢から魏（呉）、そして晋までの三王朝、五百餘年間と解釈する。これは前漢の呉王劉濞に着目し、その時代（呉楚七国の乱の挙兵は前一五四）を「五百餘載」の起点としたものであって、その五百年後は、確かに東晋期に当たる。その点では従来の解釈に異論はない。しかし、問題はそうした王朝名の比定で解決できるわけではない。より重要な点は、鮑照が「五百餘載」という数値を設定したことの意義を解明することである。

次頁の表は[14]、前漢から劉宋までの広陵の沿革を年表にしたものである。従来は、広陵が戦乱によって被災した時期から、「蕪城賦」の編年が推定されてきたのであるが、ここではそうした方法を採らず、視点を変えて広陵の修築に注目することとしたい。

呉王濞挙兵の直接的原因は、諸王の勢力拡大を憂えた御史大夫鼂錯の領地削減政策に対する反発であって、広陵を王都とする呉国の繁栄がピークに達していたのは挙兵直前と見て良い[15]。そこで、この年（前一五四）を基準（0年）として計算すると、桓温による修築まで五百二十二年を数える。前述の発掘報告に拠れば、四層の堆積のうち、第二層は漢代、第三層は東晋時代と推定されており、その間の大規模な修築の形跡は認められていない。つまり、桓温による修築が行われるまで、広陵は漢代の城郭を存する古都であったと考えられる。

このことから、「三代五百餘載」とは、「蕪城賦」の舞臺が呉王濞から桓温の修築直前までの「古都」広陵であることを示すための設定であると考えられる。

ところで、従来のように「蕪城賦」の廃墟の様子を戦火の傷痕と見なすことは、果たして本当に正しいのであろうか。このことについては、曹道衡氏前掲論文において、既に同様の批判が提出されている。確かに「澤葵依井、荒葛罥塗（沢葵　井に依り、荒葛　塗《みち》に罥《かか》る）」、「崩榛塞路、崢嶸古馗（崩榛　路を塞ぎ、崢嶸たる古馗あり）」等の野生植物のはびこる様子や、「通池既已夷、峻隅又已頽（通池　既《すで》已に夷《たひら》ぎ、峻隅　又た已に頽る）」という埋もれた堀や崩落した城壁の描写は、これを素直に読む限り、相当長期に及ぶ時間的劣化を表現したもののように見受けられる。また、「蕪城賦」の字句を襲用した謝朓「和伏武昌登孫権故城」詩や呉均「呉城賦」は、いずれも故城を詠じたものであって、このこ

【広陵沿革略年表】

王朝	年号（西暦）	事項	年数
前漢景帝	前三年（前154）	呉王劉濞が広陵にて挙兵する（呉楚七国の乱）。	0
東晋成帝	咸和四年（329）	蘇峻の乱が平定される。	482
廃帝	太和四年（369）	桓温による広陵城の修築が行われる。	522
宋　文帝	元嘉八年（431）	南徐州を分割し、広陵を南兗州治、京口を南徐州治とする。	584
		Ⅴ元嘉十七年（440）説（筆者）	593
	元嘉二十四年（447）	徐湛之による楼閣や園池の改築・起工が行われる。	600
	元嘉二十七年（450）	北魏が南侵し、瓜歩山まで至る。翌年、退却する。	603
		Ⅳ元嘉二十八年（451）説（丁福林）	604
		Ⅲ元嘉三十年（453）説（曹道衡）	606
孝武帝	大明二年（458）	竟陵王劉誕による広陵城の修築が行われる。	611
	大明三年（459）	竟陵王誕の乱。同年、平定される。	612
		Ⅱ大明三年（459）説（何焯・銭仲聯）	612
明帝	泰始二年（466）	晋安王劉子勛の乱。同年、平定される。	619
		Ⅰ泰始二年（466）説（五臣注）	619

とは、鮑照に比較的近い時代において、「蕪城賦」が時間経過による荒廃を描写したものと解釈されていたことを示すものである。さらに、『太平寰宇記』巻百二十三「淮南道　一　揚州」には、「蕪城卽州城、古爲邗溝城也。漢巳後荒毀。宋文士鮑明遠爲賦卽此（蕪城　即ち州城にして、古　邗溝城と為すなり。漢巳後荒毀す。宋の文士鮑明遠　賦を為《つく》るは即ち此れなり）」とあり、鮑照が漢代以後に荒廃した州城を題材とした、と指摘されているのである。だとすれば、やはり「蕪城賦」後半は、一時的な戦災を描いたものとは言えないであろう。

ここで、桓温の修築直前の出来事として、次の点も指摘しておきたい。広陵は、長江対岸の京口（江蘇省　鎮江市）とともに、「北府兵」の根拠地として知られているが、両都市にはそれぞれに消長があった。田餘慶「北府兵始末」（『紀念陳寅恪先生誕辰百年学術論文集』一九八九年、北京大学出版社。199～220頁）、及び同氏『東晋門閥政治』（一九八九年、北京大学出版社。「論郗鑒——兼論京口重鎮的形成」、38～104頁）では、はじめ広陵に拠った郗鑒（二六九～三三九）の軍事勢力（北府兵の前身とされる）がその拠点を移して以来、京口が重鎮化してゆく過程が論じられている。また、呉慧蓮『東晋劉宋時期之北府』（一九八五年、国立臺湾大学出版委員会。附録一「東晋劉宋北府都督年表」）に拠れば、蘇峻の乱を平定した郗鑒が拠守した成帝咸和四年（三二九）から、荀羨（三二二～三五九）が下邳に鎮を移す永和八年（三五二）まで、歴代の北府都督が京口を拠点としている（193～196頁）。再び広陵が脚光を浴びるのは、前述した桓温の修築やその後の謝玄（三四三～三八八）・劉牢之（?～四〇二）による「北府兵」の編成（太元年間初＝三七六～）を待たなければならない。このように新たな軍事拠点として京口が擡頭することによって、江淮随一の重要軍事都市としての広陵の地位は揺らぎはじめていたのである。

それでは、V元嘉十七年説に立った場合、以上のことと鮑照をめぐる状況とはどのように重なり合うであろうか。それは、劉宋朝において広陵に対する京口の優位がより顕在化したこと、そして彼が仕えた劉義慶がそのことを否応なく意識せざるを得ない立場に置かれたことに求められよう。このことについては、第四節に後述する。

以上、「蕪城賦」本文に拠りつつ、本作が元嘉十七年の作であることについて検証した。「蕪城賦」が前漢から東晋までのこととして制作されたものであるとすれば、賦後半が実景でない可能性もあろう(16)。しかし、我々にはそのことを確認する方法はない。判明しているのは、鮑照がそのように描いた、ということのみである。そこで、次に廃墟や遺蹟を詠じる一連の文学作品との比較を通して、鮑照の撰述意図を推定する端緒をつかみたいと思う。

第三節　廃墟の文学作品と「蕪城賦」の構想

廃墟や遺蹟を描いた文学作品(17)には、滅亡の原因に対する批判と反省に主眼を置いたものがある。

箕子朝周、過故殷虚、感宮室毀壊、生禾黍。箕子傷之、欲哭則不可、欲泣爲其近婦人、乃作麥秀之詩以歌詠之。其詩曰、「麥秀漸漸兮、禾黍油油。彼狡僮兮、不與我好兮」。所謂狡童者、紂也。殷民聞之、皆爲流涕。

箕子 周に朝し、故《もと》の殷虚に過《よ》ぎり、宮室の毀壊せられ、禾黍を生ずるに感ず。箕子これを傷み、哭さんと欲すれども則ち可ならず、泣かんと欲すれども其れ婦人に近しと為し、乃ち麦秀の詩を作りて以てこれを歌詠す。其の詩に曰く、「麦秀 漸漸たり、禾黍 油油たり。彼の狡僮、我と好からず」と。謂ふ所の狡童とは、紂なり。殷の民これを聞き、皆な為《ため》に流涕す。

（『史記』宋微子世家）

殷の旧臣箕子が「哭」することができなかったのは、周王朝に対する遠慮であろう。そこで箕子は「麦秀」の詩を詠じるのであるが、『史記』では、詩中の「狡童」を殷王朝を滅亡に導いた紂王に比定しており、彼に対する非難を盛り込んだ作品として解釈されている。

また、時代はくだって東晋末の顔延之の「北使洛」詩[18]にも、

前登陽城路　前《すす》みて陽城の路に登り
日夕望三川　日夕　三川を望む
在昔輟期運　在昔《むかし》　期運を輟し
經始闔聖賢　経始するも聖賢を闔《むな》しくす
伊穀絶津濟　伊穀　津済　絶え
臺館無尺椽　臺館　尺椽　無し
宮陛多巣穴　宮陛　巣穴　多く
城闕生雲煙　城闕　雲煙　生ず

（『文選』巻二十七）

と、「聖賢」を得られなかった西晋の失政を詠じるくだりがある。

鮑照「蕪城賦」は、廃墟を描くという点ではこれらの系列に連なるものの、「麦秀」詩や「北使洛」詩等、前王朝の滅亡の原因を追及する作品とは性格を異にしている。「蕪城賦」では、過去の栄光を回想した後、「天道 如何ぞ、恨み

を呑む者多し」と、「恨」みを「呑」みこんで眠る者たちへのひたすらな哀惜を詠じるのみであって、荒廃するに至った責任の所在については、全く言及していないのである。

この「天道如何」という句は、一見すると達観や諦念のようにも解釈されるが、呉王劉濞＝劉義慶、漢室＝宋室という比定が成り立つならば（第四節に後述）、巧みに責任問題の追及を回避した世俗的政治的発言としての側面が認められる。なぜならば、呉王濞（＝劉義慶）に責を負わせないとすれば、漢室（＝宋室）を指弾せざるを得ないにも関わらず、「蕪城賦」では「天道」に問いかけることによって、いずれの罪も問わないことになるためである。[19]

このことと密接に関連するであろうが、表現面においても「蕪城賦」には特異な点がある。従来の辞賦作品では、廃墟に関連深い人物が詠み込まれ、また、その人物と故事に作者の境遇や心情が投影される。賦というものが具体的事物を敷陳してゆく手法を採ることから考えれば、当然のことである。その一例として、後漢期の代表的な紀行賦である曹大家「東征賦」を挙げよう。目的地の陳留郡長垣県（河南省）に到着した彼女が目にしたのは、荊棘の生い茂る「蒲城」の廃墟と蘧伯玉の塚であった。

睹蒲城之丘墟兮
生荊棘之榛榛
惕覺寤而顧問兮
想子路之威神
衞人嘉其勇義兮
訖于今而稱云

蒲城の丘墟を睹れば、
荊棘の榛榛たるを生ず。
惕として覚寤して顧みて問ひ、
子路の威神を想ふ。
衛人 其の勇義を嘉し、
今に訖《いた》るも称すと云ふ。

蘧氏在城之東南兮　蘧氏 城の東南に在り、
民亦尙其丘墳　民 亦た其の丘墳を尚ぶ。
唯令德爲不朽兮　唯だ令徳は不朽を為し、
身既沒而名存　身 既に没するも 名 存す。
惟經典之所美兮　惟れ経典の美《よみ》する所、
貴道德與仁賢　道徳と仁賢とを貴ぶ。
（『文選』巻九）

ここで彼女が廃墟を詠じたのは、息子の左遷という失意の境遇の中で、当地に縁の深い子路と蘧伯玉とに処世の規範を求め、一地方官の母としての新生活の抱負を詠み起こすためである。

他にも、荊州に乱を避けた王粲「登楼賦」の冒頭に楚昭王や范蠡（ともに敗亡の身から逆転劇を果たした）の墳墓を詠み込んでいることや、長安令として赴任した潘岳「西征賦」（『文選』巻十）において、長安宮殿跡を詠じる際に、漢の功臣を列挙したことも、同様の手法と言える。[20]

これらの先行作品と比べた場合、「蕪城賦」は、舞臺が広陵であることや呉王劉濞のことについて注意深く明言を避けているところに、その特徴が求められる。

例えば、それは賦に用いられる固有名詞の寡少さにも表れている。冒頭の「蒼梧」・「漲海」・「鴈門」等は具体的地名ではあるが、これは中国全体の広さを言うものであって、ここから直接に広陵という都市が導き出されるものではない。ただ、僅かに「**拖以漕渠、軸以崑崗**（拖《ひ》くに漕渠を以てし、軸するに崑崗を以てす）」の二句が、縦横に走る運河とこれに囲まれた丘陵（「崑岡」＝蜀岡）という広陵の地理的特徴を示唆するのみである。また、往昔の人物も登場しない。鮑照に僅かに先行する謝霊運「撰征賦」と見比べてみれば、その差異は一層判然とするであろう。

登高堞以詳覽　　高堞に登りて以て詳覧し、
知吳濞之衰盛　　呉濞の衰盛を知る。
戒東南之逆氣　　東南の逆気を戒め、
成劉后之駴聖　　劉后の駴聖を成す。
藉鹽鐵之殷阜　　塩鉄の殷阜に藉《よ》り、
臨淮楚之剽輕　　淮楚の剽軽に臨む。
盛几杖而弭心　　几杖を盛んにして心を弭《やす》んずるも、
怒抵局而遂爭　　局を抵《う》つに怒りて遂に争ふ。
忿爰盎之扶禍　　爰盎の禍を扶くるに忿り、
惜徒傷於家令　　徒《いたづら》に家令を傷つくるを惜しむ。
匪條侯之忠毅　　條侯の忠毅に匪ずんば、
將七國之陵正　　将に七国の正を陵《しの》ぐことあらんとす。
褒漢藩之治民　　漢藩の民を治めて、
竝訪賢以招明　　並びに賢を訪ねて以て明を招くを褒む。

俟文辯其誰在　文辯を俟《ま》つに其れ誰か在らん、
曰鄒陽與枚生　曰く鄒陽と枚生と。
據忠辭於呉朝　忠に拠りて呉朝を辞し、
執義説於梁庭　義を執りて梁庭に説く。
敷高才於兔園　高才を兔園に敷き、
雖正言而免刑　正言すと雖も刑を免る。

（『宋書』謝霊運伝）

右は、彭城（江蘇省　徐州市）に向かう途上、広陵にて呉王濞と呉楚七国の乱のことを回想した箇所である。書き下し部分に傍点を附したように「呉濞」・「劉后（邦）」・「爰盎」・「家令（鼂錯）」・「條侯（周亜夫）」・「鄒陽」・「枚生（乗）」等、呉楚七国の乱をめぐる主要人物が登場しており、固有人名の使用という観点からすれば、鮑謝の作風の違いは明白である。

ここまで論じてくれば、「蕪城」とは一体何か、という素朴な疑問が生じよう。むろん第一義としては、従来通り、荒「蕪」した「城」という解釈で問題ない。しかし、考えてみれば、都市を描く賦題には「《国名》＋都」・「《方向名詞》＋都／京」等はあるが[21]、「蕪城賦」は「《形容詞》＋城」であって、この賦題もまた直接に広陵を指し示すものではない。思うに、「蕪城」とは「無城」、すなわち実在しない架空の都市の意ではあるまいか。というのも、『広韻』に拠れば「蕪」・「無」ともに「上平声　十　虞」、反切もともに「武夫の切」であって、音通すると考えられるためである。

また、先行する作品には、馮虚公子・安処先生（張衡「西京賦」・「東京賦」）や子虚・烏有先生・亡是公（司馬相如「子虚賦」・「上林賦」）など、実在しないことを示す架空の人名の例がある。ここから着想を得た可能性は充分に考えられるであろう。(22)

以上のように「蕪城賦」には、「蕪城」が広陵であることを仄めかしつつも、一方でそれを隠そうとする鮑照の意図が看取される。換言するならば、本作は、広陵が舞臺であることや、呉王濞と呉楚七国の乱のことを明示せずとも、それとなく悟られることを見越して制作されたことを示唆していると言えよう。

なぜ、「蕪城賦」がそのような特徴を備えているのか。この問題は、従来のように鮑照を一個の独立した文人として捉える限り、恐らく解決しないであろう。(23) むしろ、劉義慶と鮑照とを君臣一体の存在として考えることによって、ようやく納得のゆく解釈にたどりつくことができるように思われる。

第四節　劉義慶の晩年

劉義慶が都督南兗徐兗青冀幽六州諸軍事・南兗州刺史として広陵に転任した背景は、およそ次のようなものである。元嘉十七年（四四〇）十月、義慶の転任直前のこの時期に、宋朝のその後の命運を決定的に方向づける政争が起こった。すなわち、それまで文帝の右腕として輔弼の大任に当たっていた皇弟劉義康の失脚である。劉湛以下の義康派「朋党」は粛清され、義康本人は江州刺史として左遷された。この処分に伴い、それまで江州刺史であった義慶が、広陵へ赴任することになる。安田二郎氏は、この「義康事件」の政治史的意義として、藩屏であった筈の兄弟諸王が文帝の敵対物に転じたことを指摘している。(24) 確かに、この事件を境に、文帝の弟王たちはそれまでの勤務態度と生活とを一変させたのであった。(25)

義慶についても、この事件が以後の身の処し方に重大な影響を与えたことは、充分に考えられる。その晩年（ここでは、元嘉十七年の南兗州刺史就任から、同二十一年の死までを指すものとする。四四〇～四四四）について、周一良「『世説新語』和作者劉義慶身世的考察」（『魏晋南北朝史論集続編』一九九一年、北京大学出版社。16～22頁。初出は『中国哲学史研究』一九八一年、第1期）では、『宋書』宗室・劉義慶伝の「少善騎乗、及長、以世路艱難、不復跨馬（少くして騎乗を善くするも、長ずるに及び、世路の艱難を以て、復た馬に跨らず）」という記事に着目し、「世路艱難」の四字を暗に文帝の猜疑心を仄めかしたものであると指摘している。しかし、同論文では、義慶本人に対する直接的な処遇の変化が、どのような形で確認されるのか、という点については明らかにされていない。そこで、当時の南兗州刺史の位置づけについて確認しておく。

『宋書』州郡志（南徐州及び南兗州の項）に拠れば、南兗州が成立する過程は次の通りである。西晋末の永嘉の乱によって、幽・冀・青・并・兗州及び徐州の淮北の民は、淮水を越えて流出し、さらに長江を渡る者もあった。東晋成帝咸和四年（三二九）、司空郗鑒は淮南の流民を晋陵に移し、僑郡県を立てて江南への移住者及び江北の残留者を統治した。徐・兗二州は江北に置かれ、また幽・冀・青・并四州が僑立された。安帝義熙七年（四一一）、淮南を徐州とした。宋武帝永初二年（四二一）、従来の徐州を南徐州とし、北徐州を徐州と称することとした。そして、元嘉八年（四三一）、従来の南徐州を二分割して、江北を南兗州とし、江南を南徐州として、それぞれ広陵、京口を治所とした。[26] なお、両州の戸口数を比較すると、南兗州は戸三万千百十五、口十五万九千三百六十二、南徐州は戸七万二千四百七十二、口四十二万六千四十であり、南兗州の人口は南徐州の二分の一未満となる。[27]

次に、劉宋期の南徐州刺史及び南兗州刺史の歴代就任者（元嘉年間までに限る）について、万斯同「宋方鎮年表」（二十五史刊行委員会編『二十五史補編』一九五九年、臺湾開明書店版所収）を参照しつつ確認してみると、永初三年（四二二）

から元嘉三年（四二六）まで檀道済が南兗州に出鎮していることを除けば、基本的に両州とも皇族諸王が就任している。
但し、南徐州刺史の皇族任用については、

高祖遺詔、京口要地、去都邑密邇、自非宗室近戚、不得居之。……時司空竟陵王誕爲徐州、上深相畏忌、不欲使居京口、遷之於廣陵。廣陵與京口對岸、欲使腹心爲徐州、據京口以防誕、故以南徐授延孫、而與之合族、使諸王序親。

高祖 遺詔す、京口は要地にして、都邑を去ること密邇にして、宗室近戚に非ざる自《よ》りは、これに居るを得ず、と。……時に司空竟陵王誕 徐州と為り、上（孝武帝）深く相ひ畏忌し、京口に居らしむるを欲せず、これを広陵に遷す。広陵 京口と岸を対すれば、腹心をして徐州と為し、京口に拠りて以て誕を防がしめんと欲し、故に南徐を以て延孫に授け、而してこれと族を合はせ、諸王をして親を序せしむ。

（『宋書』劉延孫伝）

とあり、武帝劉裕の「遺詔」として定められた原則を踏襲するものであった。
また、右の記事に拠れば、孝武帝は、竟陵王劉誕が京口に居ることを許さず、彼を広陵に遷す一方、京口には「腹心」の劉延孫を配置してこれを防がせたという。
以上をまとめると、広陵と京口とはともに江北・江南の要衝に違いないが、その治下に属する人口の規模、武帝劉裕が特に重んじていたこと、有事の際には江北に対する防衛線となり得ることなどから見て、京口の方がより重要視されていたと考えられる。そして、元嘉八年（四三一）に南徐州が分割されたことによって、両都市にそれぞれの州都

督・刺史が配置されることとなった。(28)

ところで、『宋書』武二王・劉義宣伝に次のような記事がある。

初、高祖以荊州上流形勝、地廣兵強、遺詔諸子次第居之。謝晦平後、以授彭城王義康。義康入相、次江夏王義恭。又以臨川王義慶宗室令望、且臨川武烈王有大功於社稷、義慶又居之。其後應在義宣。上以義宣人才素短、不堪居上流。

初め、高祖 荊州は上流の形勝にして、地 広く 兵 強きを以て、遺詔して 諸子をして次第にこれに居らしむ。謝晦 平げられて後、以て彭城王義康に授く。義康 入りて相たり、江夏王義恭に次がしむ。又た臨川王義慶は宗室の令望、且つ臨川武烈王 社稷に大功有るを以て、義慶 又たこれに居る。其の後 応に義宣に在るべし。上(文帝) 以《おも》へらく 義宣 人才 素より短にして、上流に居るに堪へず、と。

(『宋書』武二王・劉義宣伝)

荊州もまた、武帝の「遺詔」によって、皇子の任用が定められた要衝である。劉義慶(劉裕の弟道憐の子。臨川武烈王道規の継嗣となる)は、武帝の皇子ではないものの、皇族中の名望家であったことと彼が跡を継いだ臨川王道規の勲功とによって、荊州を任されている(元嘉九年~十六年=四三二~四三九)。一方、彼の後任となる筈であった劉義宣は、その才能を文帝に疑問視されたために荊州への赴任が許されなかった。

ところが、元嘉十七年(四四〇)には、かつて特別に荊州を授けられた義慶が広陵に入り、「人才 素より短」とされた義宣が南徐州刺史・都督南徐州軍事(就任は元嘉十六年=四三九)として「要地」京口に鎮守する形勢となる。義慶の政治的地位は、この時点で義宣と同等以下にまで低下したと言えよう。ここに文帝の義慶に対する処遇の変化を見ることができるのである。

第五節　「蕪城賦」の撰述意図

広陵の沿革を調査してみると、呉楚七国の乱（前漢景帝前三年＝前一五四）の首魁であった呉王劉濞こそは、その歴史の中でも最大級の重要人物と呼べるように思われる。それは、六朝までの人々にとっても同様であったようであり、広陵のイメージ形成の上で、呉王濞が最も強い印象を残したことは、次に挙例する記録からも窺える。

広陵という都市そのものは、そもそも春秋の頃に呉王夫差が邗江に築いた城（『春秋左氏伝』哀公九年）を開基とするが、六朝までの諸家の記録に拠れば、呉王濞の築いたものとして、また、呉国に封ぜられた彼の王都として認識されていたようである。例えば、「蕪城賦」李善注は「郡城、呉王濞所築（郡城、呉王濞の築く所なり）」という王逸『広陵郡図経』を引く。そのほかにも、『史記』呉王濞列伝の裴駰『集解』に「徐廣曰、荊王劉賈都呉、呉王移廣陵也（徐広曰く、荊王劉賈　呉に都し、呉王　広陵に移るなり）」とあり、『後漢書』郡国志の劉昭注に「呉王濞所都、城周十四里半（呉王濞の都する所、城周は十四里半）」とあり、『水経注』巻三十（淮水）に「高祖六年爲荊國、十一年爲呉城。即呉王濞所築也（高祖六年　荊国と為り、十一年　呉城と為る。即ち呉王濞の築く所なり）」とある。[29] これらは全て、広陵が呉王濞のイメージを色濃く漂わせた都市と考えられていたことを、証言するものである。本章第三節所掲の謝霊運「撰征賦」もその傍証となるであろう。

次に、呉王濞と義慶との系図上の相似を見てみよう。次の図は、漢と宋それぞれの劉氏の略系図である。(30)

呉王濞は劉邦の兄仲の子であり、漢の文帝の従兄に当たる。義慶は劉裕の弟道憐の子（のち道規の継嗣。道規も裕の弟）であり、宋の文帝の従弟である。劉仲が邦の兄、道規が裕の弟であることを除けば、両者は鏡像の如く酷似している。また、宋室が漢の末裔を称したことは、この系図上の相似を、人々が想起することを容易ならしめたであろう。(31)

確かに、これらは偶然の一致とも言える事柄である。しかし、当時この種の「偶然」をことのほか喜ぶ風潮があったこともまた事実である。次に、当時の揶揄の風潮を示す事例を挙げる。

【漢宋劉氏略系図】

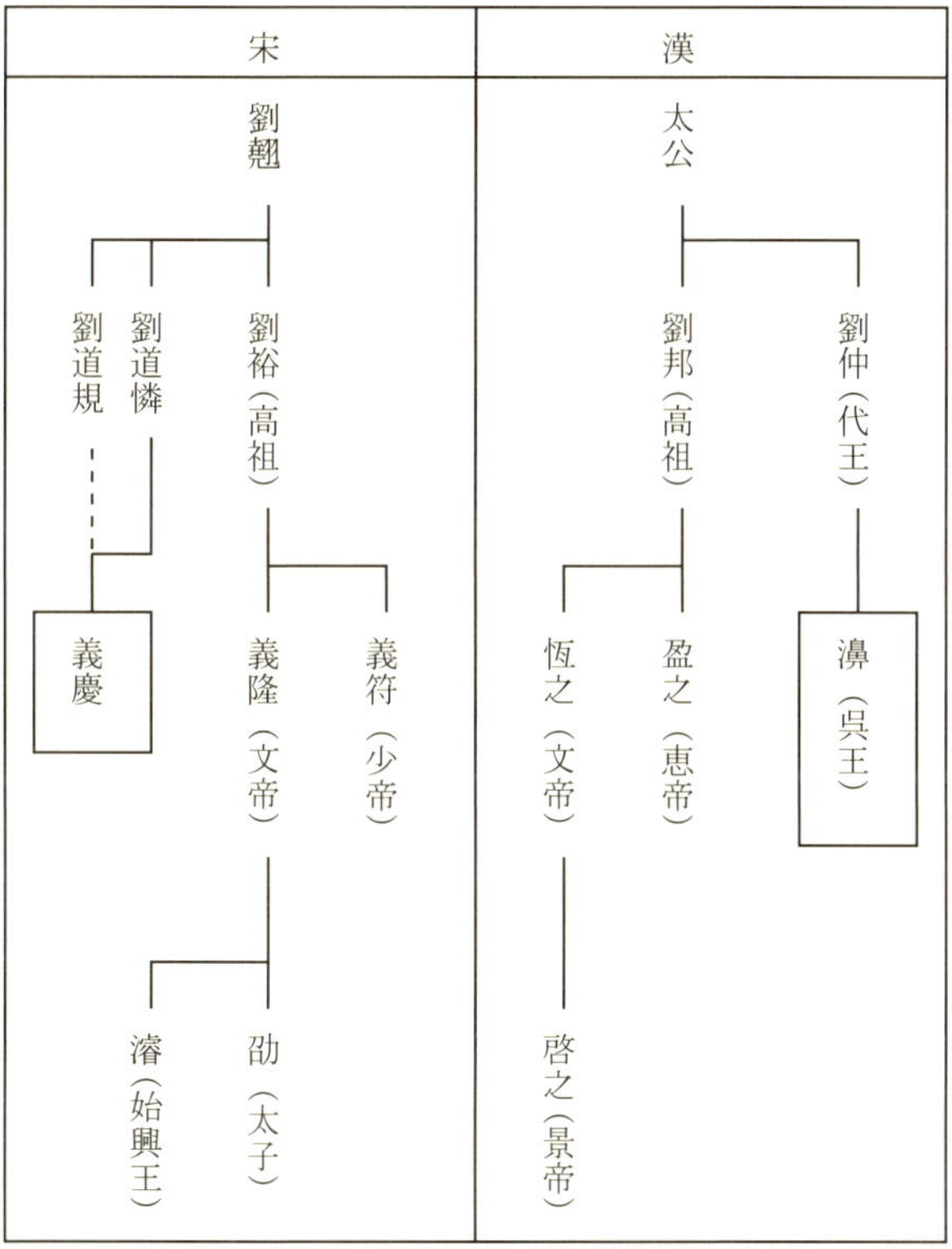

A、時尚書令傅亮自以文義之美、一時莫及。延之負其才辭、不爲之下、亮甚疾焉。廬陵王義眞頗好辭義、待接甚厚、

徐羨之等疑延之爲同異、意甚不悦。少帝卽位、以爲正員郎、兼中書。尋徙員外常侍、出爲始安太守。領軍將軍謝晦謂延之曰「昔荀勗忌阮咸、斥爲始平郡。今卿又爲始安。可謂二始」。

時に尚書令傅亮 自ら以《おも》へらく 文義の美は、一時に及ぶもの莫しと。（顔）延之 其の才辞を負《たの》み、これが為に下らず、亮 甚だ焉《これ》を疾《にく》む。廬陵王義真 頗る辞義を好み、待接 甚だ厚く、徐羨之等 延之 同異を為すかと疑ひ、意 甚だ悦ばず。少帝 即位し、以て正員郎と為し、中書を兼ねしむ。尋《つ》ひで員外常侍に徙り、出でて始安太守と為る。領軍将軍謝晦 延之に謂ひて曰く「昔 荀勗 阮咸を忌み、斥けて始平郡と為す。今 卿 又た始安と為る。二始と謂ふべし」と。

（『宋書』顔延之伝）

B、

脩之自州主簿遷司徒從事中郎。文帝謂曰「卿曾祖昔爲王導丞相中郎、卿今又爲王弘中郎。可謂不忝爾祖矣」。

（朱）脩之 州主簿より司徒従事中郎に遷る。文帝 謂ひて曰く「卿の曾祖 昔 王導丞相の中郎と為り、卿 今又た王弘の中郎と為る。爾の祖を忝《はづかし》めずと謂ふべし」と。

（『宋書』朱脩之伝）

C、

初爲荊州、甚有自矜之色。將之鎭、詣從叔光祿大夫澹別。澹問晦年。晦答曰「三十五」。澹笑曰「昔荀中郎年二十七爲北府都督、卿比之、已爲老矣」。晦有愧色。

（謝晦）初め荊州と為り、甚だ自矜の色有り。将に鎮に之《ゆ》かんとするに、従叔の光禄大夫澹に詣り別る。澹 晦の年を問ふ。晦 答へて曰く「三十五」と。澹 笑ひて曰く「昔 荀中郎（羨）年二十七にして北府都督と為る。卿 これに比すれば、已に老い為《た》り」と。晦 愧づる色有り。

（『宋書』謝晦伝）

Aは、徐羨之らに疎まれて始安太守に遷された顔延之（三八四〜四五六）に対して、西晋の頃に荀勗（?〜二八九）にねたまれて始平郡の太守となった阮咸の故事を重ねて「二始」と言ったもの。Bは、朱脩之が文帝の寵臣王弘（三七九〜四三二）の幕僚となったことに対して、その曾祖父（朱燾）が東晋の名宰相王導（二七六〜三三九）に仕えたことを持ち出して「先祖の名に恥じない」としたもの。Cは荊州刺史となったことに有頂天になっていた謝晦（三九〇〜四二六）に、さらに若くして北府都督となった荀羨（「中郎」。三二一〜三五九）と比較することによって、冷や水を浴びせたものである。

史書等には、義慶がその類の揶揄を受けたという直接的記述は見当たらないが、以上の事例から推して、それは充分に予想されることであり、且つその場合、他ならぬ「呉王劉濞」に比定される可能性が最も高いであろう。

以上を要するに、義慶は、広陵に出鎮したことによって、周囲から呉王劉濞の影を二重映しにされることを、否応なく意識させられる状況に立っていたのである。かかる状況下において制作された「蕪城賦」が、単に鮑照の個人的感懐を詠じたものであるとは到底考えられない。やはり、如上の揶揄の風潮を充分に意識した上で制作されたと考えるのが妥当である。

筆者は、第三節において「蕪城賦」がその滅亡の原因について言及していないことを指摘した。本作が、文帝やその側近までも読者として想定していたとすれば、これは当然すぎる政治的配慮である。また、呉王劉濞＝劉義慶と比定する側にとってみれば、本作が広陵を舞臺として、その興亡を描くものであると判断するのは、造作もないことで

あろう。日常的に右のような揶揄をやり取りしている劉宋の宮廷や貴族社交界は、その有力な候補なのである。(32)

こうした背景を踏まえて、「蕪城賦」が広陵を荒廃した廃墟として詠じた意図を推定するならば、無責任な人物批評（揶揄）に対して、これを巧みに受け流そうとする文学的釈明であったことが考えられる。

仮に広陵が「孳貨鹽田、鏟利銅山。才力雄富、士馬精妍（貨を塩田に孳《しげ》くし、利を銅山に鏟《けづ》る。才力は雄富にして、士馬は精妍なり）」という財源や精兵を擁していたとしても、宋室の支配体制の変化や揶揄の風潮を勘案すれば、義慶には単なる「お国自慢」に興じている餘裕は全くなかったと見て良いであろう。むしろ義慶としては、自らが保有する経済力や軍事力に対して、超然とした態度を打ち出すことこそが急務なのであった。「蕪城賦」の総括である「蕪城之歌」には、次のように言う。

81　邊風起兮城上寒　　辺風起こりて城上寒く、
82　井徑滅兮丘隴殘　　井徑滅して丘隴殘《そこな》はる。
83　千齡兮萬代　　千齢　万代、
84　共盡兮何言　　共に尽きぬれば何をか言はん。

確かに広陵は桓温以後も消長を繰り返すのであるが、そのことは、「三代五百餘載」に限定された「蕪城賦」の作品世界から切り離されている。そして、呉王濞時代の繁栄ぶりも「千齢」・「万代」の後には一切が消え失せるのだ、という悲しく虚しい結末を示すことによって、野心を抱くことの無意味さを改めて確認しているのである。

このように考えてくると、「蕪城賦」を劉義慶に対する諫言として解釈することもできそうであるが、ここでその点について検討しておこう。元嘉十七年以降の劉義慶の動向からすれば、彼は南兗州への異動というかたちで表れた処遇の変化に対して、後の竟陵王劉誕のように実力に訴えるわけでもなく、ひたすら安泰を図る保身意識の強い人物であったように見受けられる。

例えば、晩年の義慶は仏教に耽溺し、浪費のために晩節を汚すこととなったという[33]。

受任歴藩、無浮淫之過。唯晩節奉養沙門、頗致費損。

歴藩を受任するも、浮淫の過無し。唯だ晩節に沙門を奉養し、頗《や》や費損を致すのみ。

（『宋書』宗室・劉義慶伝）

これがただちに政治的韜晦のポーズであるとの判断はできないかもしれないが、少なくとも政治から逃避しはじめた他の諸王と足並みは揃っている[34]。

また、彼は建康への帰還を強く求めているが、その事情は次のようなものであった。

義慶在廣陵、有疾、而白虹貫城、野麕入府。心甚惡之、固陳求還。太祖許解州、以本號還朝。

義慶　広陵に在りて、疾有り、而して　白虹　城を貫き、野麕　府に入る。心に甚だこれを悪《にく》み、固く陳して還るを求む。太祖　州を解くを許し、本号を以て朝に還る。

（『宋書』宗室・劉義慶伝）

白虹と言えば、秦の始皇帝暗殺を計画していた燕太子丹の故事（『史記』鄒陽列伝 裴駰『集解』に引く如淳注）がそうであるように、君主を害する予兆とされる場合がある。また、この記事では「野麕入府」という事件も起きているが、野生動物が宮殿に侵入するという記事を収集してみると、王族が取り潰される際の予兆であったとする事例がある。(35)義慶は、これらの予兆が暗示する凶事の発生を恐れたのである。

このように義慶は反抗など思いもよらない人物であり、したがって「蕪城賦」が劉義慶に対する諫言であった可能性は低いと考えられる。むしろ「蕪城賦」は、義慶の保身意識そのものの作品化であったと言えよう。

以上、鮑照「蕪城賦」の制作が元嘉十七年であったことを論証し、また当時の主君であった劉義慶の政治的地位を明らかにした上で、本作の撰述意図が、無責任な人物批評（揶揄）を受け流すべく、敢えて蕭条たる「蕪城」の様子を描くものであったことを論じてきた。「蕪城賦」の制作が、義慶の命令によるものか、鮑照の自発によるものか、今その判断を下すだけの材料はない。しかし、いずれにせよ主君の破滅が即ち鮑照自身の破滅であることは、自明の理である。鮑照を「蕪城賦」制作に突き動かしたのは、君臣一体となった「明哲保身」の処世観であった。

鮑照と似た立場から輿論への反駁を企図した文学作品には、前例がないわけではない。かつて後漢の頃に出た班固（三二〜九二）の代表作「両都賦」は、その序に拠れば、

西土耆老、咸懐怨思、冀上之睠顧、而盛稱長安舊制、有陋雒邑之議。故臣作兩都賦、以極衆人之所眩曜、折以今之法度。

西土の耆老は、咸《み》な怨思を懐《いだ》き、上の睠顧を冀《ねが》ひて、盛んに長安の旧制を称《たた》へ、洛邑を陋しむの議有り。故に臣は「両都賦」を作り、以て衆人の眩曜する所を極め、折《くじ》くに今の法度を以てす。

（『文選』巻一）

とあり、長安遷都を画策する「耆老」たちの、盛んに長安を賛美し洛陽を貶す「議」を論破しようとした、と言う。(36)宣伝工作が風評に頼るほかない時代において、人口に膾炙する文学作品とこれを制作する有能な文人は、単なる娯楽提供者としてばかりでなく、王侯貴族の政治的宣伝戦略を支える上でも、まことに有用なのであった。(37)

注

（1）南斉の謝朓「和伏武昌登孫権故城」詩（『文選』巻三十）の「舞館識餘基」句について、李善注では「蕪城賦」の「歌堂舞閣之基」句が挙げられている。また、梁の呉均（また呉筠とも）「呉城賦」（『藝文類聚』巻六十三 居処部 城）の「木魅晨走、山鬼夜驚」句は、本作「木魅山鬼、野鼠城狐、風嘷雨嘯、昏見晨趨（木魅 山鬼、野鼠 城狐、風に嘷《ほ》え雨に嘯き、昏に見《あらは》れ晨に趨る）」句を襲用したものと思われる。

（2）Ⅰ説の五臣（李周翰）注は五臣注単行本『文選』（臺北国立中央図書館蔵、一九八一年景印）を参照。以下、Ⅱ説……何焯『義門読書記』巻四十五、及び銭仲聯『鮑参軍集注』（二〇〇五年、上海古籍出版社。初版は一九五八年、古典文学出版社。のち一九八〇年、上海古籍出版社より再刊。引用頁数は二〇〇五年版に拠る）附録の「鮑照年表」。Ⅲ説……曹道衡「鮑照幾篇詩文的写作時間」（『文史』第16号、一九八二年。のち『中古文学史論文集』一九八六年、中華書局。403～426頁）。Ⅳ説……丁福林『鮑照年譜』（二〇〇四年、上海古籍出版社。90～95頁）をそれぞれ参照。

（3）本来ならば、元嘉二十年（四四三）までを含めて論じるべきであるが、ここでは省略した。この期間の中でいずれの年であるかを探るのは、資料的に困難なためである。しかし、本章第五節で述べる本作の制作背景を考えるならば、やはり元嘉十七年の作である可能性が最も高い。

（4）おおよその時間の長さを表す「出入」の用例としては、『韓非子』十過篇「獻公不幸離群臣、出入十年矣（献公 不幸にして群臣を離れ、出入十年なり）」、『論衡』気寿篇「文王九十七而薨、武王九十三而崩。周公武王之弟也。兄弟相差、不過十年。武王崩、周公居攝七年、復政退老、出入百歳矣（文王九十七にして薨じ、武王九十三にして崩ず。周公武王の弟なり。兄弟相ひ差《たが》ふこと、十年に過ぎず。武王崩ずるや、周公摂に居ること七年、政を復《かへ》して退老すれば、出入百歳なり）」がある。

（5）「墜辰永往」の句は、『論語』為政篇「子曰、爲政以德。譬如北辰居其所而衆星共之（子曰く、政を為すに徳を以てす。譬へば北辰の其の所に居て衆星これに共《むか》ふが如し）」を踏まえる表現であり、主君の死を指す。劉義慶の没後、鮑照がその幕下を離れたことは、「臨川王服竟還田里」詩（『鮑氏集』巻五）からも窺える。

（6）例えば、『世説新語』文学篇77には、東晋の庾闡が「揚都賦」を庾亮に示す際、「溫挺義之標、庾作民之望。方響則金聲、比德則玉亮」句の「亮」字を「潤」字に改めたという故事を収載する。

（7）本書序論注（1）に挙げた管見諸本を参照。

（8）編年は曹道衡・劉躍進『南北朝文学編年史』（二〇〇〇年、人民文学出版社。129頁）及び譚東颷『顔延之研究』（二〇〇八年、湖南人民出版社。附録「顔延之年表」、284頁）を参照。

（9）陶淵明「挽歌詩」（『文選』巻二十八）冒頭に「荒草何茫茫、白楊亦蕭蕭。嚴霜九月中、送我出遠郊（荒草何ぞ茫茫たる、白楊も亦た蕭蕭たり。厳霜九月中、我を送りて遠郊に出づ）」と、「白楊」の葉が風に吹かれて蕭蕭と音を立てるのを九月頃のこととして用いている例がある。既に葉が落ちている「蕪城賦」は、早くとも晩秋九月以降の作と考えられる。

（10）諸説について、いくつか補足しておこう。

Ⅳ説……対北魏戦後、文帝は被害地域に対して復興策を講じた詔勅をただちに発している（『宋書』文帝紀）。この年の冬に制作された諷喩の賦（丁福林氏前掲書）と見るには、あまりにも時機を失していよう。

Ⅲ説……丁福林氏前掲書は、太子劭と始興王濬の弑逆が、廃太子の報に接した劭が濬と共謀して父殺しの暴挙に出たという、いわば突発的事件であって、そこに諫言を差し挟む時間的余裕はなかった、とする。これは、文帝弑逆事件に関する『宋書』の諸記録から素直に導き出された卓見であって、筆者もこれに左袒するものである。事件は二月中に発生したのであり、「蕪城賦」を前年冬の作と見ることも、やはり大いに矛盾すると言わねばならない。

Ⅱ説……曹・丁両氏に反論があるので、ここでは詳論しないが、傍証として次の事例を補足しておきたい。孝武帝治世下において、竟陵王＝広陵側の犠牲者に同情を寄せることの困難は、鮑照に限ったことではなかった。『宋書』蔡興宗伝に言う、「竟陵王誕據廣陵城爲逆。事平、興宗奉旨慰勞。州別駕范義與興宗素善。在城内同誅。興宗至廣陵、躬自收殯、致喪還豫章舊墓。上聞之、甚不悦（竟陵王誕　広陵城に拠りて逆を為す。事　平らぎ、興宗　旨を奉じて慰労す。州別駕范義　興宗と素より善し。城内に在りて同じく誅せらる。興宗　広陵に至り、躬《みづか》ら殯を収め、喪を致し豫章の旧墓に還す。上　これを聞き、甚だ悦ばず）」と。叛乱に巻き込まれた友人の遺体を収容し、これを弔ったがために、蔡興宗は孝武帝の不興を買っているのである。

（11）『宋書』文帝紀を参照。なお、銭仲聯氏前掲書（307頁）は、鮑照「還都道中」三首・「還都口号」・「行京口至竹里」・「発後渚」等の詩を、任地広陵へ向かう一時の作としているが、それはこれらの詩の共通点として、やはり初冬の作であることを示す表現が見られることによるものである。

（12）尤振尭「揚州古城一九七八年発掘簡報」（『文物』第280号、第9期、一九七九年九月。のち『南京博物院集刊』第3巻、一九八一年、南京博物院。67～77頁）を参照。また、羅宗真『六朝考古』（一九九四年、南京大学出版社。翻訳は、中村圭爾・室山留美子編訳『古代江南の考古学：倭の五王時代の江南世界』二〇〇五年、白帝社）を参照。

（13）曹道衡氏は、『文選』李善注に「登廣陵故城」とあることから、劉宋時の広陵城とは別個の漢代広陵故城址の存在を想定している（前掲論文）。しかし、現在のところ考古学的な確認はできていない。また、もしも劉宋広陵城と漢代広陵故城址の二者が併存していたとすれば、筆者の唱える元嘉十七年にも漢代故城址はあったということになるため、必ずしもⅢ説・元嘉三十年（四五三）の作としなくてもよいことになる。

（14）年表は『史記』・『漢書』・『晋書』・『宋書』に基づいて作成した。また、紀仲慶「揚州古城址変遷初探」（『文物』第280号、第9期、一九七九年九月。のち『南京博物院集刊』第3巻、一九八一年、南京博物院。78～91頁）を参照した。

（15）それ以前に、前漢の文帝の時、入朝した呉王劉濞の太子が、皇太子（後の景帝）と賭博のことで争い、盤を投げつけられて死んでしまったという有名な事件がある（『漢書』荊燕呉伝）。しかし、この事件は劉濞の参内中止以上には発展しなかったのであり、あくまでも間接的原因に過ぎない。

(16) 鮑照より後の作品であるが、庾信「哀江南賦」（倪璠注・許逸民校『庾子山集注』一九八〇年、中華書局。巻二）では、「周**含鄭怒、楚結秦冤**（周は鄭に怒りを含み、楚は秦に冤《うら》みを結ぶ）」以下、江陵の滅亡と連行される捕虜の凄惨酸鼻な描写が展開される。しかし、庾信は江陵陥落以前に長安に滞在しており、実際には江陵の滅亡を目睹していないようである。庾信の事績と「哀江南賦」については、倪璠「庾子山年譜」、小尾郊一「庾信の人と文学」（『広島大学文学部紀要』第23号、一九六四年）、興膳宏『望郷詩人庾信』（一九八三年、集英社）、矢嶋美都子『庾信研究』（二〇〇〇年、明治書院）、加藤国安『越境する庾信―その軌跡と詩的表象上下』（二〇〇四年、研文出版）等を参照。

(17) 六朝までの廃墟（都市）を描いた主要な文学作品には、以下のようなものがある。

【先秦】箕子「麦秀」（『史記』宋微子世家）
　　　　「黍離」（『毛詩』王風）
【後漢】曹大家「東征賦」（『文選』巻九）
【魏】曹操「薤露行（惟漢二十二世）」（『宋書』楽志）
　　　王粲「従軍詩」五首　其五（『文選』巻二十七）
　　　阮籍「詠懐詩」十七首　其十二（『文選』巻二十三）
【晋】陸機「門有車馬客行」（『文選』巻二十八）
　　　潘岳「西征賦」（『文選』巻十）
　　　劉琨「答盧諶詩并書」（『文選』巻二十五）
【宋】顔延之「北使洛」詩（『文選』巻二十五）
　　　同「還至梁城作」詩（『文選』巻二十五）
　　　鮑照「蕪城賦」（『文選』巻十一）

【斉】　謝朓　「和伏武昌登孫権故城」詩（『文選』巻三十）
【梁】　呉均　「呉城賦」（『藝文類聚』巻六十三　居処部　城）
【北朝】庾信　「哀江南賦」（『庾子山集注』巻二）
　　　顔之推「観我生賦」（『北斉書』顔之推伝）

魏以後の時代区分・配列は、興膳宏編『六朝詩人伝』（二〇〇〇年、大修館書店）を参照。

(18)　この詩は、勅命を受けた顔延之が、北伐中の劉裕を慰問に訪れた際（義熙十二年＝四一六）の作と思われる（『宋書』顔延之伝）。諶東颸氏前掲書（279頁）を参照。

(19)　「天」を持ち出す発想は、既に『詩経』王風「黍離」詩に対する『毛詩』の解釈に見える。しかし、真に詩人がそうした意図をもって詠じたとは断言できない。事実、『韓詩』では孝子伯奇（讒言を信じた父の尹吉甫に殺された）を悼む詩（『太平御覧』巻四百六十九　人事部　憂下）、劉向『新序』節士篇では衛の宣公の太子伋が殺されたことを悼む詩と解釈する。

(20)　当該箇所については、以下の訓読部分に傍点を附して示した。

登兹樓以四望兮　　兹の楼に登りて以て四望し、
聊暇日以銷憂　　聊か日を暇りて以て憂ひを銷す。
覽斯宇之所處兮　　斯の宇の処る所を覧るに、
實顯敞而寡仇　　実に顕敞にして仇《たぐひ》寡し。
挾清漳之通浦兮　　清漳の通浦を挟み、
倚曲沮之長洲　　曲沮の長洲に倚る。
背墳衍之廣陸兮　　墳衍の広陸に背き、
臨皐隰之沃流　　皐隰の沃流に臨む。
北彌陶牧　　北のかた陶牧（范蠡の墓）を弥《わた》り、
西接昭丘　　西のかた昭丘（楚の昭王の墓）に接す。

雖信美而非吾土兮　　信に美なりと雖も吾が土に非ず、
曾何足以少留　　曾《すなは》ち何ぞ以て少留するに足らん。

（『文選』巻十一　王粲「登楼賦」）

洪鍾頓於毀廟　　洪鍾は毀廟に頓《お》ち、
乘風廢而弗縣　　乗風は廃れて県《かか》らず。
禁省鞠爲茂草　　禁省　鞠《きはま》りて茂草と為り、
金狄遷於灞川　　金狄　灞川に遷る。
懷夫蕭曹魏邴之相　　懐ふ夫《か》の蕭・曹・魏・邴（蕭何・曹参・魏相・邴吉）の相、
辛李衛霍之將　　辛・李・衛・霍（辛慶忌・李広・衛青・霍去病）の将、
銜使則蘇屬國　　使ひを銜むは則ち蘇属国（蘇武）、
震遠則張博望　　遠きを震はすは則ち張博望（張騫）、
教敷而彝倫敍　　教へ敷きて　彝倫　敍《つひ》で、
兵擧而皇威暢　　兵　挙がりて　皇威　暢び、
臨危而智勇奮　　危ふきに臨みて　智勇　奮ひ、
投命而高節亮　　命を投じて　高節　亮《あきら》かなるを。
暨乎秺侯之忠孝淳深　　秺侯（金日磾）の忠孝淳深たる、
陸賈之優游宴喜　　陸賈（陸賈）の優游宴喜する、
長卿淵雲之文　　長卿・淵・雲（司馬相如・王襃・揚雄）の文、
子長政駿之史　　子長・政・駿（司馬遷・劉向・劉歆）の史、
趙張三王之尹京　　趙・張・三王（趙広漢・張敞・王遵・王章・王駿）の京に尹たる、

定國釋之之聽理　定国・釈之（于定国・張釈之）の理を聴ける、
汲長孺之正直　汲長孺（汲黯）の正直たる、
鄭當時之推士　鄭当時（鄭当時）の士を推せる、
終童山東之英妙　終童（終軍）山東の英妙たる、
賈生洛陽之才子　賈生（賈誼）洛陽の才子たるに曁《いた》りては、
飛翠緌　翠緌を飛ばし、
拖鳴玉　鳴玉を拖《な》らし、
以出入禁門者衆矣　以て禁門に出入する者 衆《おほ》し。
或被髪左袵　或ひは被髪左袵し、
奮迅泥滓　泥滓より奮迅す。
或從容傅會　或ひは従容傅会し、
望表知裏　表を望み裏を知る。
或著顯績而嬰時戮　或ひは顕績を著すも時戮に嬰《かか》り、
或有大才而無貴仕　或ひは大才有るも貴仕無し。
皆揚清風於上烈　皆な清風を上烈に揚げ、
垂令聞而不已　令聞を垂れて已まず。
想珮聲之遺響　珮声の遺響を想ふに、
若鏗鏘之在耳　鏗鏘として耳に在るが若《ごと》し。

（『文選』巻十　潘岳「西征賦」）

（21）「《国名》＋都」の賦題としては左思「蜀都賦」・「呉都賦」・「魏都賦」があり、「《方向名詞》＋都／京」の賦題には班固「西都賦」・「東都賦」・張衡「西京賦」・「東京賦」・「南都賦」がある。

(22) 時代はくだるが、『紅楼夢』の舞臺である大観園は、天上世界と人間世界が折衷された虚実の狭間に遊離する夢幻的楽園であって、小説中では「長安」とされているが、その実、北京にあったものか南京にあったものか判らないように作られている。このような「現実には存在しない架空の空間」を舞臺に設定することは、中国文学の伝統的発想であるように思われる。『紅楼夢』の舞臺設定については、合山究『『紅楼夢』新論』(一九九七年、汲古書院。第五章「仙女崇拝小説としての『紅楼夢』」179〜299頁。のち『明清時代の女性と文学』二〇〇六年、汲古書院。第三篇 第四章、395〜495頁)を参照。

(23) 義慶文壇における鮑照の立場については、本書上篇第一章「鮑照の行旅詩について」を参照されたい。

(24) 安田二郎「元嘉時代史への一つの試み―劉義康と劉劭の事件を手がかりに―」(『六朝政治史の研究』二〇〇三年、京都大学学術出版会。237〜274頁。初出は『名古屋大学東洋史研究報告』第2号、一九七三年)を参照。

(25) 劉義恭は、義康の失敗に懲りて、淡々と文書事務をこなすのみとなり(『宋書』武三王・江夏文獻王義恭伝)、劉義季は、義康事件後、毎夜酒におぼれる日々であったという(『宋書』武三王・衡陽文王義季伝)。

(26) 以上の沿革については、中村圭爾「南朝政権と南徐州社会」(『六朝江南地域史研究』二〇〇六年、汲古書院。124〜156頁)を参照。

(27) 以上の数値は、『宋書』州郡志において、それぞれの「州」の戸口数とされるものである。但し、梁方仲『中国歴代戸口・田地・田賦統計』(一九八〇年、上海人民出版社)の計算方法に従って治下の各郡の戸口数を合計した場合、南兗州は戸二万百四十四、口十二万四千九百三十四、南徐州は戸七万千七百六十八、口四十一万八千七十八となり、南兗州は南徐州の三分の一未満となる。

(28) 以上のことは、呉慧蓮氏前掲書(第四章第三節「劉宋宗室和中央軍」、113〜120頁)を参照しつつ検証したものである。なお、同書では、原則的に京口都督が北府の最高行政首長となっていたことが指摘されている(114頁)。

(29) 紀仲慶氏前掲論文を参照。

(30) 漢の劉氏系図については『史記』・『漢書』に基づき、宋の劉氏系図については『宋書』に基づいて作成。帝諱は小竹武夫訳『漢書』上巻(一九七七年、筑摩書房。橋川時雄「解説」589〜618頁。のち、ちくま学芸文庫『漢書』Ⅰ 一九九七年、筑摩書

房。橋川時雄「解説」363～436頁）を参照。

（31）前漢高祖の弟に当たる楚元王劉交の後裔とする（『宋書』武帝紀）。

（32）こうした揶揄も、恐らくは後漢末以来の機知を尊重する風潮から発生したものであろう。劉宋の貴族社交界の間でも機知頓才の競争が愛好されていたことについては、拙稿『世説』の編纂と劉宋貴族社会」（九州大学中国文学会『中国文学論集』第33号、二〇〇四年。46～60頁）を参照されたい。『世説』の編纂から見ても明らかなように、劉義慶とその幕下文人集団は、このような社交界の動向に機敏に反応していたようである。

（33）『高僧伝』には、劉義慶が僧侶を厚遇した記事が四例あるが、そのうち三例が南兗州刺史時代のことと判断される。すなわち、「元嘉十八年夏受臨川康王請、於廣陵結居」（巻三　訳経　畺良耶舎伝）、「宋元嘉二十年、臨川康王義慶攜往廣陵、終於彼矣」（巻十二　誦経　釈道冏伝）、「遇宋臨川王義慶鎭南兗、儒以事聞之。王賛成厥志、爲啓度出家」（巻十三　唱導　釈道儒伝）である。

（34）注（25）を参照。

（35）例えば、前漢昭帝の時、昌邑王劉賀が「宮室」に入ってきた熊を見るという故事がある（『漢書』五行志）。この記事では、郎中令龔遂が「天の戒めである」と謎解きを行っているが、昌邑王は行いを改めずに国を失ったという。また、王充『論衡』には、後漢の楚王劉英の宮殿に鹿が侵入し、後に英が薨じたという記事がある（遭虎篇）。昌邑王劉賀は、一度は帝位に就いたが、霍光に廃され領国を削られて薨じた。楚王劉英は、図讖事件の発覚によって廃され、後に自殺した。

（36）後漢王朝の首都建設方針を全面的に賛美した班固の創作態度やその立場については、岡村繁「班固と張衡―その創作態度の異質性―」（『小尾博士退休記念中国文学論集』一九七六年、第一学習社。137～159頁）を参照。

（37）元来、宣伝活動においては、書簡文が重要な役割を果たした。金文京『三国志の世界』（二〇〇五年、講談社。178～189頁）を参照。また、書簡文と記室の文人の関わりについては、斯波六郎「文筆考」（『支那学』小島・本田二博士還暦記念特別号、一九四二年。のち『六朝文学への思索』二〇〇四年、創文社。422～482頁）を参照。

第三章　鮑照の後半生について

第一節　鮑照の後半生への視角

近年、陸続と発表される年譜や伝記の研究によって、鮑照（四一四？～四六六）の生涯は次第に明らかにされつつある。[1]そこで、その後半生（本章では、彼が最初に仕えた劉義慶〔四〇三～四四四〕の没後、すなわち元嘉二十年代以後を指すこととする）に着目してみると、鮑照が、皇帝や皇族、そして貴族との間を往来しつつ、多彩な創作活動を展開していたことが看取される。

鮑照が在世した文帝元嘉年間（四二四～四五三）及び孝武帝孝建・大明年間（四五四～四五六・四五七～四六四）は、皇帝権力と門閥貴族体制との二重構造を持ち、しかも両者は必ずしも対立の図式では捉えきれない、という極めて複雑な社会であった。劉宋政権の構造について、川合安「『宋書』と劉宋政治史」（『東洋史研究』第61巻第2号、二〇〇二年）では、『宋書』の観点である「皇帝・恩倖寒人対門閥貴族」という図式は、沈約が過度に強調したものであって、実情を捉えたものとは言い難く、「皇帝権力と官僚層（貴族・寒門・寒人出身者を含む）は大局的にはむしろ一体」であったことが指摘されている。

だとすれば、皇帝権力への接近と門閥貴族への反発とは必ずしも等号では結ばれないのであって、専ら皇帝や貴族の周辺にあって文学活動を展開していた鮑照の動向についても、川合氏の指摘する劉宋政権の構造を念頭に置いた上で、新たな視角から検討を加える必要があるように思われる。

本章は、以上のような考えから、鮑照の後半生における幾つかの作品を取り上げて、この時期の彼の活動の特徴を探ろうとするものである。

第二節　「河清頌」の創作態度

元嘉二十一年（四四四）正月、臨川王劉義慶は建康で卒した。義慶は元嘉十九年以来、南兗州刺史として広陵にあったのであるが、病のために刺史の任を解くことを許され、建康に戻っていたのである。

義慶に仕えていた鮑照は、世子哀王劉燁に対して、「通世子自解（啓）」（『鮑氏集』巻九）を著し、自ら任を解くことを願い出た。この申し出に対して、世子は、鮑照を引き留めるべく書簡を与えたようである。鮑照「重与世子啓」（同、巻九）には、「奉還誨、深承殷勤篤眷之重。披讀未終、悲愧交集（還誨を奉り、深く殷勤篤眷の重きを承く。披読して未だ終らざるに、悲愧交《こも》ごも集る）」と、世子の厚情に感謝する一方で、「今者之請、必願鑒許（今者《いま》の請、必ず鑒許を願はん）」と、あくまでも職を解くことを求めている。

かくして鮑照は官界を離れたのである。その後の鮑照について、虞炎「鮑照集序」に「（臨川）王薨、始興王濬又引爲侍郎（（臨川）王薨じ、始興王濬又た引きて侍郎と為す）」とあるように、国侍郎として文帝の第二子始興王劉濬に仕えたとされている。この就任時の鮑照の上疏文には、次のような抱負が見える。

鎩羽暴鱗、復見翻躍。枯楊寒炭、遂起煙華。末識微躬、猥能及此。未知陋生、何以爲報。

鎩羽暴鱗、復た翻躍するを見る。枯楊寒炭、遂に煙華を起こす。末識微躬、猥に能く此に及ぶ。未だ陋生の、何を以て報を為すかを知らず。

（『鮑氏集』巻九「侍郎上疏」）

ここには、翼をもがれた鳥や干上がった魚、枯れた楊や火の消えた炭を自身に喩え、文字通り躍りあがり燃え上がらんばかりの再生の喜びが表現されている。

ところで、臨川王世子の慰留を振り切って自ら職を解いたにも関わらず、後に出仕したという事実は、鮑照が再び官界において文才を揮うことを決意したと見てよいであろう。始興王国侍郎への就任時期は未詳ながら、これと前後する時期のものと考えられる「河清頌」の制作は、そうした再出発の幕開けを告げるものであった。

「河清頌」（『鮑氏集』巻十）は、明の張溥撰『漢魏六朝一百三名家集』所収『鮑参軍集』序に、「鮑文最有名者、『蕪城賦』『河清頌』及『登大雷書』（鮑の文の最も有名なる者は、『蕪城賦』『河清頌』及び『登大雷書』なり）」とあるように、「蕪城賦」や「登大雷岸与妹書」と並ぶ、鮑照の代表的作品として知られている。また、『宋書』鮑照伝には、黄河の水が澄むという所謂「河清」が「美瑞」とされ、鮑照が「河清頌」を作ったとの記事があり、「甚だ工なり」と評価した上で、その序文が全文載録されている。[2]

これまで「河清頌」は、その過剰なまでの皇帝賛美のために、文帝に対する阿諛追従の作品とする評価が与えられてきた。しかし、「頌」は元来「ほめうた」であり、鮑照「河清頌」が文帝に対する賞賛で成り立っていることは、「頌」の性格からしても当然のことである。近年では、井口博文「鮑照の〈河清頌〉について」（中国詩文研究会『中国詩文論叢』第21集、二〇〇二年）、及び蘇瑞隆『鮑照詩文研究』（二〇〇六年、中華書局。106～114頁）において、「河清頌」の政治的意図が指摘されており、文帝の治世と関連づけて評価しようとする新たな動きが起こっている。そこで本章では、まず「河清頌」の中で、鮑照が文帝の治世と異民族について触れた箇所を見てみようと思う。

以下に挙げるのは、「河清頌」序の第一〇一～一一〇句、文帝の執政態度を描いた部分である。

101　然而聖上猶夙興昧旦　然るに聖上猶ほ夙《つと》に昧旦に興《お》き、
102　若有望而未至　望みて未だ至らざる有るが若く、
103　宏規遠圖　宏く規《はか》り遠く図り、
104　如有追而莫及　追ひて及ぶ莫きこと有るが如く、
105　神明之貺　神明の貺《たまもの》、
106　推而弗居也　推して居らざるがごときなり。
107　是以琬碑鏐檢　是を以て琬碑《たまのいしぶみ》　鏐検《こがねのとぢめ》、
108　盛典蕪而不治　盛典蕪《みだ》れて治まらず、
109　朝神省方　神に朝し方《よも》を省み、
110　大化抑而未許　大化抑へて未だ許さず。

「河清頌」では、序文においても本文においても、文帝の具体的な政治活動が様々な角度から述べられている。ここでは、優れた業績をあげているにもかかわらず、まだ充分ではないとして日夜怠らず政務に励む姿や、そのために封禅を行わない（第一〇七句以下）という、文帝の勤勉さと謙虚さとを描く箇所である。

ところで、確かに文帝は封禅の儀式を行わなかったのであるが、しかし、それには次のような事情があったようである。

宋太祖在位長久、有意封禪。遣使履行泰山舊道、詔學士山謙之草封禪儀注。其後索虜南寇、六州荒毀、其意乃息。

宋の太祖 位に在ること長久にして、封禅を意《おも》ふ有り。使をして泰山の旧道を履行し、学士山謙之に詔して封禅儀注を草せしむ。其の後 索虜南寇し、六州荒毀し、其の意乃ち息む。

（『宋書』礼志三）

右の『宋書』礼志の記事に拠れば、文帝には封禅を行う意志があったようであり、その準備として、泰山の旧道の調査が行われ、同時に山謙之には「封禅儀注」の起草が命じられていた。ところが北伐の失敗によって却って北魏の反撃を招いたため、文帝はその意志を失ったというのである。つまり、封禅の準備は着実に進められていたのであり、元嘉二十四年の段階では、単に時期尚早であるために行われなかったものと考えられる。

このような事情を考えた場合、第一〇二・一〇四句に言う「望みて未だ至らざる有るが若く」、「追ひて及ぶ莫きこと有るが如く」とは、表向きは文帝の勤勉さを言うものであるが、その実、北伐の遂行と封禅の実現を目指す文帝の姿を描いたものに他ならないと言えよう。

次に、対異民族関係に関する記述の検討に入りたい。

143 **夫四皇六帝、樹聲長世、大寶也。**　夫れ皇を四にし帝を六にし、声を長世に樹つるは、大宝なり。

146 澤浸群生、國富刑清、鴻德也。
149 制禮裁樂、惇風遷俗、文教也。
152 誅箠羯黠、束顙象闕、武功也。
155 鳴禽躍魚、滌穢河渠、至祥也。
158 大寶鴻德、文教武功、其崇如此。
161 幽明同贊、民祇與能、厥應如彼。

沢　群生を浸《うるほ》し、国富み刑清きは、鴻徳なり。
礼を制し楽を裁《つく》り、風を惇くし俗を遷すは、文教なり。
羯《えびす》の黠《さかし》きを誅箠し、象闕に束《つか》ねて顙《ぬかづ》かしむるは、武功なり。
鳴禽躍魚、穢れを河渠に滌《すす》ぐは、至祥なり。
大宝鴻徳、文教武功、其の崇きこと此くの如く、
幽明　同賛し、民祇　能に与《くみ》し、厥の応じること彼の如し。

右は、「河清頌」序の第一四三～一六三句である。この段は文帝の業績を総括したものであるが、ここで鮑照は、三皇五帝に比肩する文帝の名声の樹立を「大宝」とし、国家財政の充実や公正な刑の整備を「鴻徳」とし、礼楽の制定と教化を「文教」とし、そして第一五二～一五四句では、狡猾な異民族を懲らしめて闕下に額づかせたことを「武功」としており、これらの業績が天に嘉されて「河清」現象の誘因となった、と述べているのである。

しかし、その実態は、次頁の【北伐関連年表】に示した如く、必ずしも宋朝側の一方的勝利と認められるものではなかった。まず、元嘉七～八年の滑臺（河南省滑県）をめぐる戦いにおいては、宋の右将軍到彦之の進出に対して、北魏は一時撤退するものの、元嘉七年十一月には反攻に出て到彦之を退却せしめている。また、元嘉八年に檀道済が北魏の乙旃眷を破っているが、滑臺は北魏の手に落ちている。次いで元嘉十九～二十年の仇池（甘粛省成県の西）をめぐる攻防においては、元嘉十九年に氐族の根拠地である仇池を平定したものの、翌二十年には北魏に奪われている。

【北伐関連年表】

年（西暦）	月	事項
元嘉七年（四三〇）	三月	宋の右将軍到彦之を派遣して北伐開始。同年七月までに須昌（山東省東平県の北西）へ進出。
	七月	北魏側は、碻磝（山東省東阿県の北西）・滑臺（河南省滑県）・虎牢（河南省滎陽県の西）・洛陽（河南省洛陽市）より撤退。到彦之は潼関（陝西省潼関県）へ進出。
	十月	北魏の冠軍将軍安頡が洛陽・金墉（河南省洛陽市）を攻略。
	十一月	安頡及び龍驤将軍陸俟が虎牢を攻略。宋は征南大将軍都督征討諸軍事檀道済を派遣。安頡が滑臺を攻撃。到彦之は彭城（江蘇省徐州市）へ退却。
八年（四三一）	一月	檀道済が寿張（山東省東平県の南西）において北魏の安平公乙旃眷を破る。
	二月	安頡及び司馬楚之が滑臺を攻略。檀道済は歴城（山東省済南市）より軍を率いて撤退する。
十八年（四四一）	十一月	氐族の楊難当が益州に侵入し、涪城（四川省綿陽市）を包囲。宋の巴西梓潼二郡太守劉道錫がこれを退ける。
十九年（四四二）	五月	宋の梁秦二州刺史劉真道・龍驤将軍裴方明が楊難当を破り、その根拠地である仇池（甘粛省成県の西）を平定。楊難当は北魏へ逃れる。
二十年（四四三）	二月	宋の龍驤将軍秦州刺史平羌校尉胡崇之が、北魏の安西将軍古弼及び平北将軍拓跋斉に敗れ、北魏が仇池を奪う。
	四月	氐族の楊文徳が仇池を包囲。
	五月	古弼が楊文徳を破り、仇池の包囲を解く。
二十三年（四四六）	三月	北魏の永昌王仁及び高涼王那が歴城を攻撃。宋の冀州刺史申恬がこれを破る。
（以後は省略）		

『宋書』『資治通鑑』及び盛大士『宋書補表』巻一「紀元表」（二十五史刊行委員会編『二十五史補編』一九五九年、臺湾開明書店版所収）に基づいて作成した。

また、宋に官位を授けられた氏族の楊文徳による包囲も、北魏側に破られている。このように、宋と北魏との抗争は一進一退を繰り返していたのであって、これでは宋の一方的な勝利とは到底言えないであろう。だとすれば、鮑照は、それまで進められてきた北魏との戦争における局地的一時的な勝利を、敢えて「武功」として取り上げ、北魏に対する文帝の積極的姿勢を賞賛していることになる。

以上のように、鮑照が「河清頌」の中に文帝の北伐政策に対する美化賞賛を織り込んだことは、当時の社会背景が大きく影響しているように思われる。

川合安「元嘉時代後半の文帝親政について—南朝皇帝権力と寒門・寒人—」（東北大学中国文史哲研究会『集刊東洋学』第49号、一九八三年）では、元嘉後半期において、専制的な支配体制を強化し北伐を進めようとする文帝に対し、これを支えた北伐気運の盛り上がりがあったことが指摘されている。(3) このことを踏まえるならば、「河清頌」の制作は、鮑照の私的な動機も混在していたであろうが、それ以上に、北伐に傾斜する群臣の姿勢を代言しようとする意識の方に重きを置いて理解するべきであろう。事実、「河清頌」序の結びには、「**由是言之、斯迺臣子舊職、國家通義、不可輟也。臣雖不敏、寧不勉乎**（是に由りてこれを言ふ、斯れ迺ち臣子の旧職、国家の通義、輟《や》むべからざるなり。臣不敏と雖も、寧ぞ勉めざらんや）」とあり、文才を以て仕える臣下の職務として「河清頌」を制作したことが明記されているのである。

第三節　「瓜歩山楬文」の制作及び王僧達との関係

この節で取り上げようとする「瓜歩山楬文」（『鮑氏集』巻十）は、元嘉年間末期の鮑照の行動を明らかにする上で重要な作品である。従来この作品は、階級社会の矛盾の象徴として瓜歩山を描いたものであり、門閥貴族制度の不合理を暴露したものである、と解釈されている。[4] 筆者は、こうした解釈に異論を唱えるものではない。しかし、「瓜歩山楬文」と前後して制作された作品として、かの琅邪の名族王氏の一員である王僧達（四二三～四五八）との交流があったことを示す「送別王宣城」詩（『鮑氏集』巻六）、「学陶彭沢体」詩（同、巻四）、「和王義興七夕」詩（同、巻八）、「和王護軍秋夕」詩（同、巻八）が存在する。門閥貴族制度を批判する一方で一流貴族と交際するという矛盾を、我々は一体どのように理解すれば良いのであろうか。「瓜歩山楬文」がはらむこの問題については、これまであまり注意が払われてこなかったようである。ここで筆者なりの解答を示したいと思う。

さて、元嘉二十八年（四五一）、任期の終了とともに始興王の幕下を離れた鮑照は、翌二十九年（四五二）五月に瓜歩山を訪れた。なお、瓜歩山は、建康（江蘇省　南京市）の西側から北側にかけて流れる長江が、ほぼ真東に大きく湾曲した流域の北岸にある山である（南京市　六合区）。元嘉二十七年（四五〇）に北魏が侵攻してきた際には、この地まで進出してきた太武帝（四〇八～四五二）の行宮が置かれた。以下、「瓜歩山楬文」の内容を見てゆく。

歳舍龍紀、月巡鳥張。鮑子辭吳客楚、指兗歸揚。道出關津。升高問途。北眺氈鄉。南矖炎國。分風代川。揆氣閩澤。[5] 西睨天宮。窮曜星絡。東窺海門。候景落日。遊精八表。騁視四遐。超然永念。意類交横。

歳は龍紀に舎《やど》り、月は鳥張を巡る。鮑子　呉を辞して楚に客たり、兗を指し揚に帰る。道は関津に出で、高きに升りて途を問ふ。北のかた氈郷を眺め、南のかた炎国を矖《み》る。風を代川に分ち、気を閩沢に揆《はか》る。西のかた天宮を睨《み》れば、曜を星絡に窮め、東のかた海門を窺へば、景を落日に候ふ。精を八表に遊ばしめ、視を四遐に騁す。超然として永く念へば、意類　交横す。

題に言う「楬文」の意味は未詳(6)であるが、この冒頭部分では一種の紀行文ふうに、鮑照が瓜歩山に到ったことが述べられる。

従来、あまり指摘されてこなかったが、このような書き出しは、次に挙げる潘岳「西征賦」や陶淵明「自祭文」の冒頭部分を下敷きとしたものであろう。

歲次玄枵、月旅蕤賓。丙丁統日、乙未御辰。潘子憑軾西征、自京徂秦。

歳は玄枵《ねのとし》に次《やど》り、月は蕤賓《さつき》に旅《やど》る。丙丁 日を統べ、乙未 辰を御《つかさど》る。潘子 軾に憑りて西して征き、京自《よ》り秦に徂《ゆ》く。

（『文選』巻十 潘岳「西征賦」）

歲惟丁卯、律中無射。天寒夜長、風氣蕭索。鴻鴈于征、草木黄落。陶子將辭逆旅之館、永歸于本宅。

歳は惟れ丁卯《うのとし》、律は無射《ながつき》に中《あた》る。天寒く夜長く、風気蕭索たり。鴻鴈于《ここ》に征き、草木黄落す。陶子 将に逆旅の館を辞し、永に本宅に帰らんとす。

（陶澍注『靖節先生集』巻七「自祭文」）

これらの作品では、作者自身を「潘子」（「西征賦」）や「陶子」（「自祭文」）と称している。「瓜歩山楬文」の「鮑子」という呼称も、両作品を真似て、自身を第三者の視点から描こうとしたものと考えられる。

信哉、古人有數寸之籥、持千鈞之關、非有其才施、處勢要也。瓜歩山者、亦江中眇小山也。徒以因迥爲高、據絕作雄、而凌清瞰遠、擅奇含秀、是亦居勢使之然也。故才之多少、不如勢之多少遠矣。

信なる哉、古人 数寸の籥《かぎ》もて、千鈞の関を持《たも》つ有るは、其の才施有るに非ず、勢要に処ればなり。瓜歩山なる者も、亦た江中の眇たる小山なり。徒だ迥《はる》かなるところに因りて高しと為し、絶《けは》しきところに拠りて雄《すぐれ》しと作《な》すを以て、而して清を凌ぎ遠を瞰《みおろ》し、奇を擅《ほしいまま》にして秀を含む。是れ亦た居勢これをして然らしむるなり。故に才の多少は、勢の多少に如《し》かざること遠し。

瓜歩山は「江中の眇たる小山」であるが、同時に「清を凌ぎ遠を瞰《みおろ》し、奇を擅《ほしいまま》にして秀を含む」という名勝でもある。鮑照は、瓜歩山が名勝たりえた要因を「居勢これをして然らしむるなり」と述べているが、この表現は左思「詠史詩」八首 其二を襲ったものである。(7)

世冑躡高位　世冑は高位を躡《ふ》み
英俊沈下僚　英俊は下僚に沈む
地勢使之然　地勢 これをして然らしむ
由來非一朝　由来 一朝に非ず

（『文選』巻二十一）

ここでは、名流の子弟は高位高官に登るけれども「英俊」は「下僚」に甘んじざるを得ないと述べられており、その格差の発生は「地勢」に因るものとされている。「瓜歩山楬文」においては、「才の多少」よりも「勢の多少」の方がはるかに重要である、というかたちでこの構図が繰り返される。そして「才」と「勢」との対決は、後段において処世態度の問題へと繋げられてゆく。

仰望穹垂、俯視地域、涕洟江河、疣贅丘嶽。雖奮風漂石、驚電剖山、地綸維陥、川闘毀宮、豪盈髪虚、曾未注言。況乎沈河浮海之高、遺金堆璧之奇、四遷八聘之策、三黜五逐之疵、販交買名之薄、吮癰舐痔之卑、安足議其是非。

仰ぎて穹垂を望み、俯して地域を視れば、涕洟たる江河、疣贅たる丘岳。奮風 石を漂《ただよ》はし、驚電 山を剖《さ》き、地 綸《しづ》み 維 陥ち、川 闘ひて 宮を毀つと雖も、豪盈髪虚として、曾て未だ言《ここ》に注がず。況んや沈河浮海の高、遺金堆璧の奇、四遷八聘の策、三黜五逐の疵、販交買名の薄、吮癰舐痔の卑、安んぞ其の是非を議するに足らんや。

この段では、天変地異が起ころうとも少しも影響を受けることのない瓜歩山の姿が描かれ、その前では、いかなる才能や行動も、その是非を論ずるに足りないものとされる。

以上のように、「瓜歩山楬文」は、一貫して「勢」の優位性を説こうとするものであって、確かにその根底には官界の現実に対する、一種の達観とも言うべき、鮑照の冷徹な眼差しが認められる。

ところで、このような達観は、同年秋の作である「学陶彭沢体」詩（『鮑氏集』巻四）にも通じるものがある。なお、この詩の題下注には「王義興に奉和す」とあり、時に義興郡太守であった王僧達に唱和した詩であることが判る。

長憂非生意
短願不須多
但使罇酒滿
朋舊數相過
秋風七八月
清露潤綺羅
提琴當戸坐
歎息望天河
保此無傾動
寧復滯風波

長憂は生意に非ずして
短願は多きを須《もち》いず
但だ罇酒を満たし
朋旧をして数《しば》しば相ひ過《よぎ》らしむるのみ
秋風　七八月
清露　綺羅を潤す
琴を提《さ》げて戸に当たりて坐し
歎息して天河を望む
此れを保ちて傾動する無くば
寧《なん》ぞ復た風波に滞《とど》められん

末聯は、酒や音楽を楽しむ穏やかな生活を保って動揺することがなければ、官界の風波に悩まされる心配もない、と述べるものである。この聯について、上田武「鮑照とその時代の陶淵明の受容」(『六朝学術学会報』第3集、二〇〇二年)では、鮑照から王僧達への「忠告」であることが指摘されている。上田氏は、主に王僧達の非行や対北魏戦への参加に注目しているが、筆者はこれに加えて、兄や従兄に比べて彼の昇進が遅れていたことや、求官活動の失敗も含めての「忠告」であったと解釈したい。[8]

王僧達(四二三〜四五八)は、琅邪王氏の出身であり、武帝・文帝二代に仕えた王弘(三七九〜四三二)の末子である。その早慧を文帝に知賞され、劉義慶の一女を妻とした。

彼の起家の官は、始興王劉濬の後軍参軍である。ところが、その兄王錫は員外散騎侍郎に起家している。同じ兄弟でありながら、かかる差異が生じた原因について、中村圭爾『六朝貴族制研究』（一九八七年、風間書房。第二篇第二章「九品官人法における起家」、173～226頁）では、三公であった父王弘の死後に起家した王僧達には、「蔭」の原理が作用しなかったために、王錫に比べて格下の官位が与えられたことが指摘されている。

僧達は、次に太子舎人に遷るが、この時期に彼は「家貧」を理由に郡太守の職を求めている。ここで『宋書』本伝に基づいて、彼の官歴を列挙するならば、以下のようになる。

始興王後軍参軍―太子舎人―太子洗馬―宣城太守―義興太守……（以下、省略）

この官歴は、中村氏前掲書（第二篇第二章「九品官制における官歴」。227～283頁）に例示されている次のモデル（同書、256頁。「官歴(四)」）にほぼ相当する。

著作佐郎―太子舎人―公府僚属―太子洗馬―（郡守）―中書郎

元嘉三十年（四五三）の文帝弑逆事件の際に、王僧達（当時、義興太守）は孝武帝側に参加して長史・征虜将軍となり、孝武即位後に尚書右僕射に任命されたため、実際には中書郎に就任していない。しかし、それは恩賞としての特別措置であった可能性がある。中村氏は、一流清官の昇進原則のひとつとして、中書郎への昇進までに「すくなとも一度は郡守を経験すること」を挙げている。つまり、普通に官位が進むことを想定した場合、郡守への就任は、次に中書郎へ昇進するための条件を満たすことになるのである。してみれば、郡守の職を求めるという彼の行動は、ただに収入面ばかりでなく、いち早い昇進をも期待したものであって、二重に計算された巧妙な要求であったと言える。しかし、文帝の側近であった庾炳之の進言によって、この件は実行されず、僧達は太子洗馬に遷る。

元嘉二十七年（四五〇）、北魏の南侵の際、宣城太守であった彼は、防衛のために入京することを求め、これを許されている。のちに彼はこの時のことを述懐して「**仲春移任、方冬便値虜南侵。臣忝同肺腑、情爲義動、苦求還都、侍衛輦轂**（仲春 任に移り、冬に方《あた》りて便ち虜の南侵するに値《あ》ふ。臣 忝くも肺腑を同じくし、情 義の為に動き、苦《ねんごろ》に都に還り、輦轂に侍衛するを求む）」（『宋書』本伝所引「（解職）表」）と言う。未曾有の国難に際しての彼なりの「義」の発露であった。また、同「表」に拠れば、北魏が退いた後、従兄王僧綽（四二三～四五三）を介して、（宣城太守の）任に留まるようにとの勅命が伝えられたという。王僧綽は、元嘉二十六年（四四九）には吏部郎となっており、二十八年（四五一）には侍中となって「任ずるに機密を以て」せられた文帝の側近である。彼らは奇しくも同年の生まれであるが、その昇進速度には、格段の開きがあったと言えよう。

再び宣城太守の任に就いた僧達は、次いで義興太守に遷る。鮑照「学陶彭沢体」詩の制作は、この頃のことである。以上のような経歴からは、「蔭」の恩恵にあずかることもできず、郡守就任による昇進の加速も果たせず、兄や従兄の後塵を拝する王僧達の姿を窺うことができる。鮑照は、「瓜歩山楬文」の中で、いかなる才能や行動も結局は無益であることを述べていた。「官界のことに心を動揺させたまうな」という「学陶彭沢体」詩の末聯は、そうした考えを持つ鮑照からの「忠告」であった。

このように見てくると、「瓜歩山楬文」における官界の現実に対する批判は、なんら彼らの交流を妨げるものではなかった、ということが無理なく理解できよう。むしろ、そのような鮑照の冷徹な視角が、やがて「学陶彭沢体」詩の「忠告」へと繋がってゆくことになるのである。

第四節　「翫月城西門廨中」詩の成立

従来、孝武帝期における鮑照の行動として、皇帝権力への接近や門閥貴族への反発、擡頭する寒門寒人層との関係が注目されてきた。(9)確かに、孝武帝の治世をことほぐ「中興歌」十首（『鮑氏集』巻七）や、重臣柳元景のための代作「侍宴覆舟山」詩二首（同、巻八）及び「為柳令譲驃騎表」（同、巻九）の制作は、鮑照が孝武帝政権下の宮廷文壇において活躍していたことを示すものに違いない。しかしながら、その一方で、門閥貴族との交流があったことを示す作品として、王僧達に唱和した「和王護軍秋夕」詩（同、巻八）や謝荘（四二一～四六六）との連句「与謝尚書荘三連句」（同、巻七）があり、また「呉興黄浦亭庾中郎別」詩（同、巻六）の如く、僚友との贈答詩においても注目すべき作品を残している。(10)したがって、この時期の鮑照を単純に反貴族、皇帝権力側の文人と見なすことはできないであろう。この節では、彼の孝武宮廷での活動はひとまず措き、これまであまり触れられてこなかった宮廷外での文学創作について取り上げる。筆者の考えるところ、「翫月城西門廨中」詩（同、巻七）こそ、この時期の鮑照の文学の性格を考える上で、重要な位置を占めるように思われる。

1　始見西南楼　　始めて西南の楼に見《あらは》れしとき
2　纖纖如玉鉤　　纖纖として玉鉤の如し
3　末映東北墀　　末に東北の墀を映《てら》すとき

4　娟娟似娥眉　　娟娟として娥眉に似たり
5　娥眉蔽珠櫳　　娥眉　珠櫳に蔽はれ
6　玉鉤隔瑣窓　　玉鉤　瑣窓に隔てらる
7　三五二八時　　三五二八の時
8　千里與君同　　千里　君と同じからん
9　夜移衡漢落　　夜　移りて衡漢落つるも
10　徘徊入戸中　　徘徊して戸中に入る
11　歸華先委露　　帰華　先づ露に委《お》ち
12　別葉早辭風　　別葉　早く風に辞す
13　客游厭苦辛　　客游　苦辛を厭ひ
14　仕子倦飄塵　　仕子　飄塵に倦む
15　休澣自公日　　休澣して公自りする日
16　宴慰及私辰　　宴慰して私に及ぶの辰
17　蜀琴抽白雪　　蜀琴　白雪を抽《かな》で
18　郢曲發陽春　　郢曲　陽春を発す
19　肴乾酒未闋　　肴　乾くも　酒　未だ闋《や》まず
20　金壺啓夕淪　　金壺　夕淪を啓く
21　廻軒駐輕蓋　　軒《くるま》を廻らすも軽蓋を駐《とど》め

22　留酌待情人　　留《とどま》り酌みて情人を待たん

この詩は、秣陵令に就いていた大明元年（四五七）の作とされている。詩題に拠れば、この時、鮑照は町の西門の官舎（廨）にて月を眺めていたのであり、また第十五・十六句に「休澣して公自りする日、宴慰して私に及ぶの辰」とあることから、この日は休暇であったことが判る。この詩は、鮑照の代表作と呼ぶに相応しく、冒頭の「**始見西南樓、纖纖如玉鉤。末映東北墀、娟娟似娥眉**」という隔句対の使用[11]や、やがて満月へと姿を変える筈の三日月を表す「玉鉤」や「娥眉」の比喩、また、第十一句「帰華」・第十二句「別葉」という新奇な用語によって季節の移ろいが描かれるなど、目を引く表現が随所に見受けられる。そして、そうした印象的な風景の中に、第七・八句「三五二八の時、千里　君と同じからん」という友情への信頼、第二十一・二十二句「軒を廻らすも軽蓋を駐《とど》め、留《とどま》り酌みて情人を待たん」という再会への期待が詠出されるのである。[12]とりわけ、「**三五二八時、千里與君同**」句は、興膳宏「月明の中の李白」（京都大学中国文学会『中国文学報』第44冊、一九九二年四月）に指摘されているように、遠く離れた二人の人物が同じように月を眺め、互いに相手を思いやるという構図であり、謝荘「月賦」（後述）と共に、六朝から唐にかけて頻見されるこのパターンの最も早い事例なのである。

ところで、劉宋前後の詩歌の中には、次のようなかたちで月を詠じた作品がある。[13]まず、「秋歌（子夜四時歌）」を取り上げる。[14]

秋風入窗裏　　秋風　窓裏に入り
羅帳起飄颺　　羅帳　起ちて飄颺たり

仰頭看明月　　仰頭 明月を看
寄情千里光　　情を寄す千里の光

（『玉臺新詠集』巻十）

秋風が閨房に吹くと、うすぎぬのカーテンがヒラヒラと舞い上がる。そこで女は顔を上に向けて月を眺め、千里の遠くまでも照らす月の光に思慕の情を寄せるのである。
次に「読曲歌」を挙げよう。

桃花落已盡　　桃花 落ちて已に尽き
愁思猶未央　　愁思 猶ほ未だ央《つ》きず
春風難期信　　春風 信を期し難し
託情明月光　　情を託す明月の光

（『楽府詩集』巻四十六）

桃の花が散ってしまったというのに、女の憂いはどこまでもやまない。手紙のやりとりもあてにならないため、彼女は男への思いを月に託すのである。
　月が単なる景物を超えて、遠くの人物との心理的結びつきを助けるという構図は、男女の情愛を描く民間歌謡の中にも発生していたことが判る。しかし、これらは空閨の女性からの――いわば一方通行の思いであって、遠く離れた二人が同じく月を眺め、互いに相手を思いやるという発想は、まだ見られない。

これに対して、謝荘「月賦」（『文選』巻十三）の「歌」は、次のように双方向から月を「共」有するものである。

美人邁兮音塵闕　　美人 邁《ゆ》きて 音塵 闕《か》け
隔千里兮共明月　　千里を隔てて 明月を共にす
臨風歎兮將焉歇　　風に臨みて歎くこと 将《は》た焉《いづ》くにか歇《や》まん
川路長兮不可越　　川路 長くして 越ゆべからず

この「歌」では、李善注が指摘する如く、『楚辞』九歌「少司命」の「望美人兮未來、臨風怳兮浩歌（美人を望むも未だ来たらず、風に臨みて怳として浩歌す）」を下敷きとして、離ればなれとなった二人の交情の深さが婉曲に描き出されている。彼らは、遠く「隔」てられながらも、同様に「明月」を眺めているのである。ちなみに、鮑詩の「三五二八時、千里與君同」句について、集注本『文選』（『唐鈔文選集注彙存』二〇〇〇年、上海古籍出版社。第一冊、535頁）に引く『文選鈔』では、この「隔千里兮共明月」句を引用しているが、これは両作品の類似を示唆するものであろう。

「月賦」の特徴については、佐藤正光「謝恵連の『雪賦』と謝荘の『月賦』について」（『立命館文学』第598号、二〇〇七年）において、謝荘が謝恵連「雪賦」を意識しつつ、『楚辞』の句意に即した表現を取り入れたことが指摘されている。鮑詩の場合も、第十七・十八句の「白雪」「陽春」が宋玉「対楚王問」（『文選』巻四十五）に見える楚の古曲である他、李善注が『楚辞』王逸注を利用して語釈を加えるところがあり、[15]やはり『楚辞』をイメージさせる語彙を取り入れていることが判る。

また、『六朝文絜箋注』（許槤評選、黎経誥箋注。一九六二年、上海古籍出版社。巻一「月賦」）における「數語無一字説月、卻無一字非月（数語 一字として月を説く無く、却て一字として月に非ざる無し）」という評語にも注目したい。確かに、この評語が附された「若夫氣霽地表、雲斂天末（若《も》し夫《そ》れ気は地表に霽れ、雲は天末に斂まる）」に始まる「月賦」の一段では、「月」が明示されることなしに月夜の情景描写が展開される。鮑詩もまた、第二句「玉鉤」や第四句「娥眉」、第七句「三五二八」の語によって、月の形状を間接的に描こうとするものであった。

以上の共通点を考えてみた場合、「翫月城西門廨中」詩は、月を「同」じくするという発想に加えて、修辞上の工夫という点でも謝荘「月賦」に近いのである。(16)

鮑照が「翫月城西門廨中」詩を制作したという秣陵県城は、建康城外にあって、ほとんど近郊とはいえ、一応は宮廷の外にある。(17)しかも休暇の日という比較的くつろいだ場面で、かかる作品が制作されたことは、とりもなおさず、鮑照が私的な場においても充実した創作活動を展開していたことを意味する。

以上、南朝宋の政権構造を念頭に置きつつ、鮑照の後半生における代表作を取り上げて、その創作活動の実態を見てきた。その結果、北伐の大号令のもとに群臣が糾合されてゆく潮流の中、宮廷文人としての意識に目覚めていた鮑照が、その後の一流貴族との交流を経て、その活動の場を徐々に宮廷外にも広げてゆく過程が明らかとなった。このような新たな活動の場の開拓こそ、鮑照の後半生における特徴なのである。

注

（1）本章執筆に当たって筆者が参照したものは、以下の通りである。
呉丕績『鮑照年譜』（一九四〇年、商務印書館。のち一九七四年に再刊）

銭仲聯『鮑参軍集注』附録「鮑照年表」（二〇〇五年、上海古籍出版社。初版は一九五八年、古典文学出版社。のち一九八〇年、上海古籍出版社より再刊。引用頁数は二〇〇五年版に拠る）
曹道衡「鮑照幾篇詩文的写作時間」（『文史』第16号、一九八二年。のち『中古文学史論文集』一九八六年、中華書局403～426頁）
幸福香織「鮑照」（興膳宏編『六朝詩人伝』二〇〇〇年、大修館書店）
鈴木敏雄『鮑参軍詩集』（二〇〇一年、白帝社）
丁福林『鮑照年譜』（二〇〇四年、上海古籍出版社）
同氏『鮑照研究』（二〇〇九年、鳳凰出版社）
竹内真彦「鮑照略年譜」（『桃の会論集』第４集、鮑照専号、二〇〇八年）
また、「河清頌」の訳注には次のようなものがある。これらも参照した。
佐藤大志「六朝文人伝―鮑照―（『宋書』）」（安田女子大学中国文学研究会『中国学論集』第16号、一九九七年）
同氏「鮑照『河清頌』訳注（一）」（安田女子大学中国文学研究会『中国学論集』第21号、一九九八年）
同氏「鮑照『河清頌』訳注（二）」（安田女子大学中国文学研究会『中国学論集』第22号、一九九九年）
井口博文「鮑照〈河清頌〉訳注稿」（中国詩文研究会『中国詩文論叢』第20集、二〇〇一年）

（2）『宋書』符瑞志下に拠れば、「河清」の瑞兆が報告されたのは、文帝の元嘉二十四年（四四七）二月のことである。

（3）川合氏は、北伐推進を可能にした条件として、「文帝の専制志向に対応して生じた群臣の迎合的あり方」、戦費や兵力を負担した「寒門・寒人層の擡頭」の二点を挙げている。

（4）興膳宏「左思と詠史詩」（『乱世を生きる詩人たち　六朝詩人論』二〇〇一年、研文出版。143～215頁。初出は京都大学中国文学会『中国文学報』第21号、一九六六年十月）、銭仲聯氏前掲書「前言」（6頁）を参照。

（5）原文は「四」に作るが、銭仲聯氏前掲書（134頁）では、前後に「北眺」・「南矚」・「東窺」とあることから、「西睨」に改めるべきであるとする。今、これに従う。

（6）「楬文」について、銭仲聯氏前掲書には、『周礼』秋官・職金の鄭司農注「楬而璽之者、楬書其数量以著其物也（楬してこれに璽すとは、其の数量を楬書して以て其の物に著くるなり）」が引用されている。しかし、これは数量を記しておく附け札の一種であって、「瓜歩山楬文」の内容を考えた場合、題意として相応しくないように思われる。このことについて、蘇瑞隆『鮑照詩文研究』（二〇〇六年、中華書局。115頁）では、墓碑を意味する「碣」字と通用するものとして、木の杭に文章を記したものと解釈している。今、この説の当否を確認する方法はないが、ここでは『周礼』秋官・蜡氏に次のような記事が見えることを指摘しておきたい。

　若有死於道路者、則令埋而置楬焉、書其日月焉。縣其衣服、任器于有地之官、以待其人。

　若《も》し道路に死する者有れば、則ち埋めて楬を置き、其の日月を書せしむ。其の衣服を県《か》け、器を有地の官に任じ、以て其の人を待つ。

これに拠れば、行き倒れた死者を埋める際に立てた墓標が「楬」なのである。この『周礼』蜡氏の記事及び「楬」の性格については、冨谷至『木簡・竹簡の語る中国古代　書記の文化史』（二〇〇三年、岩波書店、世界歴史選書。85～88頁）を参照。しかし、「楬」が墓標を表すものであったとしても、やはり「瓜歩山楬文」の内容にはそぐわない。

（7）興膳宏氏前掲論文にすでに指摘されている。

（8）「風波」という語は、陶淵明「飲酒」二十首 其十（『靖節先生集』巻三）に「道路迥且長、風波阻中塗（道路 迥《はる》かにして且つ長く、風波に中塗に阻まる）」と用いられている。王瑤『陶淵明集』（一九五七年、人民文学出版社。65頁）では、淵明が劉裕の鎮軍参軍として出仕したことを描いたものと解釈されている。

（9）中森健二「鮑照の文学」（『立命館文学』第364・365・366合併号、一九七五年）、王長発「論鮑照的懐才不遇」（『江海学刊』、一九八二年、第5期）、松家裕子「鮑照楽府の一人称は何処まで鮑照か」（『桃の会論集』第4集、鮑照専号、二〇〇八年）を参照。

（10）この詩が、やがて唐代離別詩に繋がってゆく新たな様式の作品であることは、松原朗「六朝期における離別詩の形成(上)―鮑照による離別詩の発見まで―」（中国詩文研究会『中国詩文論叢』第9集、一九九〇年。のち『中国離別詩の成立』二〇〇三年、研文出版。13～54頁）に指摘されている。

(11) この対句の構造や、その新奇さについては、向嶋成美「鮑照の対句表現をめぐる一考察」（『日本中国学会報』第43集、一九九一年）を参照。

(12) 末句の「情人」とは、一見すると愛人のようにも思われるが、その可能性は低いであろう。なぜならば、当時、官府に愛人を連れ込むことは、弾劾の対象となる非行であったためである。『梁書』及び『南史』劉孝綽伝に拠れば、「妾を携へて官府に入」った劉孝綽は到洽に「劾奏」されたという。ここでは、『文選』五臣（劉良）注に「情人、友人之別離者」とあるのに従う。銭仲聯氏前掲書「集説」（394頁）に引く呉伯其は「君指何人、即結語情人是也（『君』何人を指す、即ち結語の『情人』是れなり）」と、第八句「君」と「情人」とが同一人物であると指摘する。

(13) 鮑照を始めとする六朝期の「月」の表現、特に民間歌謡との関係については、瑞慶山敦子「六朝期における月表現の転変とその詩的効果—鮑照と湯恵休を中心に」（東北大学中国文史哲研究会『集刊東洋学』第87号、二〇〇二年）を参照。

(14) 『玉臺新詠集』では、「近代呉歌」九首のうちの「秋歌」として採録されており、『楽府詩集』巻四十四では、「子夜四時歌」全七十五首中、「秋歌」十八首の十七首目に採録されている。なお、『楽府詩集』には「晋宋斉辞」とあって、鮑謝以後の作である可能性がある。また、次の「読曲歌」は、全八十九首中の三十三首目に当たる。

(15) 第二句「玉鉤」について、「招魂」の「砥室翠翹、挂曲瓊些（砥室の翠翹、曲瓊に挂く）」句に附された王逸注「曲瓊、玉鉤也」が引用されている。また、第十一句「委」については、「離騒」の「委厥美以従俗兮（厥の美を委《す》てて以て俗に従ふ）」句に対する王逸注「委、弃也」が引用されている。

(16) 鮑照と謝荘との交流は未詳の部分が多いが、その実態が垣間見える事例がある。鮑照「与謝尚書荘三連句」の「水光溢兮松霧動、山煙疊兮石露凝（水光　溢れて　松霧　動き、山煙　畳なりて　石露　凝る）」に見える「松霧」という語は、鮑照以前に用例を見ない。この語は、謝荘「宋孝武帝宣貴妃誄」（『文選』巻五十七）にも「鏘楚挽於槐風、喝邊簫於松霧（楚挽を槐風に鏘《な》らし、辺簫を松霧に喝《な》らす）」と用いられている。丁福林前掲書（114～115頁）に拠れば、「与謝尚書荘三連句」は孝建三年（四五六）の作とされる。一方、「宋孝武帝宣貴妃誄」は、その序文に大明六年（四六二）の作であることを記している。この事例では、謝荘が鮑照の用いた詩語を襲用したものと思われる。但し、「月賦」と「翫月城西門廨中」詩との先後関係は未詳。

（17）秣陵県城の位置については、『景定建康志』巻十五（疆域志 一）に引く『図経』に「在宮城南八里一百歩、小長干巷内（宮城の南 八里一百歩、小長干巷内に在り）」とある。小長干巷は、『建康実録』巻二（太祖下）嘉禾五年注に引く『丹陽記』に「小長干在瓦官南、巷西頭出江也（小長干 瓦官の南に在り、巷の西頭 江に出づるなり）」とあり、東晋哀帝興寧二年（三六四）に創建された瓦官寺の南、すなわち秦淮河の南西岸と長江東岸との間の地区であったことが判る。以上の建康周辺地理については、盧海鳴『六朝都城』（二〇〇二年、南京出版社。122頁）、中村圭爾『六朝江南地域史研究』（二〇〇六年、汲古書院。第十二章「建康と水運」、484～512頁）を参照。

下篇　六朝文学の中の鮑照

第一章　鮑照「代東門行」と古辞「東門行」

——宮廷楽府に対する鮑照の見識——

第一節　鮑照「代東門行」と古辞「東門行」

鮑照は、本書上篇で取り上げてきた「蕪城賦」や「河清頌」等の代表作の他、『宋書』本伝に「嘗爲古樂府、文甚遒麗（嘗て古楽府を為《つく》り、文甚だ遒麗なり）」とあり、楽府制作にもその文学的才能を発揮したようである。この章では、伝統的宮廷文学である楽府と、それに対する鮑照の取り組みについて考察したい。

ところで、劉宋時代の楽府は、先行する歌辞の内容に模擬する擬楽府が普通であった。清の朱乾『楽府正義』は、鮑照の擬楽府も広義の模擬の一形態として認めている。[1] しかし、この説は、多くの擬楽府の模擬のあり方から帰納して事象を追認したものでしかない。問題は、具体的にどのような相違点があり、どのような継承関係にあるのかを解明することである。

鮑照の擬楽府の中に、内容上、先行作品から乖離した作品が存在すること、またそうであるにも関わらず、模擬を示すと思われる「代」字を題に附していることは、既に先人によって言及されている問題である。向嶋成美氏は、鮑照以外の詩人の「代」字の用法から、「代」字を他者になり代わってうたう「代作」の意として捉えている。また釜谷武志氏は、当時の同時代歌である呉歌西曲に「代」字が用いられていないことから、より古い時代の歌を継承しようとする意識の現れではないか、と指摘している。(2) 従来の研究はこの問題に対して、専ら「代」字の用法から読み解こうとするものであったように思われる。しかしながら、鮑照が先行作品をどのように認識していたか、という作者の意識の視点からの研究は、未だ充分とは言えない。本章は、宮廷楽府に対する鮑照の造詣の深さを端的に示す「代東門行」の制作意図について、彼を取り巻く文学的状況を踏まえつつ考察するものである。

代東門行(3)

傷禽悪弦驚◎　　傷禽 弦の驚かす(4)を悪《にく》み
倦客悪離聲◎　　倦客 離声を悪む
離聲斷客情◎　　離声は客情を断ち
賓御皆涕零◎」　　賓御 皆な 涕 零《お》つ
涕零心斷絶◆　　涕 零ちて 心 断絶し
將去復還訣◆　　将に去《ゆ》かんとして復た還りて訣《わか》る
一息不相知　　一息すら相ひ知らず
何況異鄉別◆」　　何ぞ況んや異郷の別れをや
遙遙征駕遠▲　　遙遙として 征駕 遠く
杳杳白日晚▲　　杳杳として 白日 晩《く》る
居人掩閨臥　　居人 閨を掩ひて臥し
行子夜中飯▲　　行子 夜中に飯《くら》ふ

野風吹秋木
行子心腸斷▲」
食梅常苦酸□
衣葛常苦寒□
絲竹徒滿坐
憂人不解顔□
長歌欲自慰
彌起長恨端□」

野風 秋木を吹き
行子 心腸 断たる
梅を食《くら》へば常に酸《す》きに苦しみ
葛を衣《き》れば常に寒きに苦しむ
糸竹 徒らに坐に満つれば
憂人 顔を解かず
長歌して自ら慰めんと欲するも
弥《いよ》いよ長恨の端を起こす

（『鮑氏集』巻三）

内容は換韻に従って四段に分けられる。なお、本文末に押韻を記号で示したが、第一段◎記号は平声庚・清・青韻（『広韻』韻目に拠る。以下、同）であり、奇数句も押韻する毎句韻である。第二段◆は入声薛・屑韻、第三段▲は上声阮・緩韻、第四段□は平声寒・桓・刪韻で、各段ごとに第一句と偶数句末が押韻する。

詩は、冒頭、弓の名手更羸の故事[5]を踏まえた表現より始まる。更羸は魏王の面前で、矢をつがえずに弦を鳴らすだけで雁を射落とした。その雁は、過去にも矢を射られたことのある手負いの雁であった。しかも矢傷はまだ癒えておらず、その記憶があるために、更羸が弦を鳴らすと、無理に高く飛ぼうとして落ちたという。起句「傷禽」は傷ついた雁を指し、弦の音が自分を驚かせるのをにくむ。同様に第二句「倦客」も「離声」をにくむ。ここで言う「離声」とは離別の歌の意。なぜ作中人物たる旅人は「離声」をにくむのか。彼にとっての旅は親しい人との別れを意味する。

それはまさしく「傷禽」の「傷」に相当し、離別の歌がその記憶をよみがえらせるためである。「離声」が旅人の心を寸裂してしまうことは、第三句に「客情を断つ」と表現されている。第四句では旅人の周囲もまた離別の悲しさに落涙する。「賓」は旅人を送る者であり、「御」は車の御者であると解される。

なお、第二句末の「離声」という語は次の第三句の句頭に連続して用いられ、同様に第四句末の「涕零」が第二段の冒頭でも繰り返される。このような表現技巧は『宋書』楽志所収の歌辞にもしばしば見られ、当時の宮廷人の耳にもなじむものであったと考えられる。(6)

第二段は旅人の心情をさらに詳細に描写してゆく。周囲も共に涙を流すことで、旅人の心はねじ切られるほどに辛さを増す。第六句で旅人は躊躇する。一度は去ろうとするのだが、また引き返し、かくてようやく訣別するのである。この旅立ちが今生の別れになるかもしれない。第七句と第八句はその憂いを言う。一回の呼吸をする、その僅かな時間でさえ人の生き死には定かではない。まして、遠く「異郷」の地へ赴く身には尚更である。

第三段は出発した後の道中の苦労が述べられる。行き先こそ明示されてはいないものの、遥々と遠く旅人は行く。(7)日が次第に暮れ、人々が眠りに就く頃、旅人はやっと食事にありつくことができる。風が秋の木々をゆるがせば、旅人の心は余りのわびしさに断腸の思いを味わうのである。

最終段、ここでは旅人の現在の心情を述べる。梅の実を食べては酸味に苦しみ、同様に薄い粗末な衣服では寒さに苦しむことになる。彼の旅は決して物見遊山の旅行ではない。第十五句・第十六句は、旅の苦労を喩えるものであろう。そのような苦難の旅をする者は、心地よい音楽にも顔を綻ばせることはない。また、自ら歌をうたって心を慰めようとしても、ますます尽きることのない「恨」を募らせるばかりである。

以上で結ばれるわけであるが、最終段において、「糸竹」・「長歌」の二語が用いられていることに注目したい。従来の研究では必ずしも明確に指摘されてこなかったようであるが、これらは、前漢の蘇武の作と伝えられる「詩」四首 其二を典拠とした表現と考えられる(8)。

　蘇武詩も、やはり離別を主題とする作品である。以下、全文二十句中の第七句から第十四句までを挙げる（傍点筆者。以下、同）。

幸有絃歌曲　　幸ひ 絃歌の曲有り
可以喩中懐　　以て中懐を喩ふべし
請爲遊子吟　　請ふ 遊子の吟を為すを
冷冷一何悲　　冷冷として一に何ぞ悲し
絲竹厲清聲　　糸竹 清声を厲《はげ》しくして
慷慨有餘哀　　慷慨 餘哀有り
長歌正激烈　　長歌 正に激烈にして
中心愴以摧　　中心 愴として以て摧《くだ》かる

（『文選』巻二十九）

　李陵との別れに際して、「糸竹」が奏でられ「長歌」がうたわれる。「糸竹」の清らかな音色が激しくなり、嘆きの中に溢れんばかりの悲しみ「餘哀」がこみ上げる。「長歌」の歌声が激しくなると、蘇武の心は「摧《くだ》かれ」んばかりになるという。

ここでの「糸竹」と「長歌」とは、悲しみを慰めるためのものでありながら、却って自分の悲しい気持ちをいやが上にもかき立てるもののようである。もし、鮑照が蘇武詩を踏まえたとするならば、「糸竹」も「長歌」も離別に際しての「中懐を喩」える「遊子の吟」、すなわち「離声」と考えるのが妥当である。

ところが最終段では、孤独な旅人には、蘇武における李陵の如き理解者は存在しない。折角「糸竹」に感情を託しても、それを理解する者がいなければ、空回りして消えるだけである。第十七句「徒らに坐に満つ」とは、そのことを指して言うのであろう。また「長歌」も、訴えかける相手がいないからこそ、自分自身に向かってうたい「自ら慰め」ようとするのである。もちろんそれでは慰めとなる筈がない。「糸竹」と「長歌」とは、そこに託された悲哀を理解する者が存在して、はじめて慰めとなるのである。

第一段と第二段では親しい人々との別れが描かれていた。第三段は道中の辛苦を言う。そして最終段では、再び離別の歌曲が奏でられ、冒頭の「傷禽」故事をフラッシュバックさせることによって全体が「離声」を基調音として締め括られるのである。

それでは鮑照「代東門行」以前の作品の内容は、どのようになっているのであろうか。

「代東門行」が模擬した対象として、第一に考えられるのは撰者未詳の古辞「東門行」である。『文選』所収の鮑照「東門行」（巻二十八）題下の李善注に「『歌錄』曰、日出東門行、古辭也」とある。[9]この注は「代東門行」の模擬対象を示すものである。ここには「日出東門行」とあるが、清の胡克家『文選考異』では「日」を衍字として、古辞の題を「出東門行」とする。恐らく、古辞の起句「出東門」の三字を取って楽府題としたものと思われる。本章では、沈約の『宋書』楽志に収められたものを挙げる。[10]

東門行

出東門
不顧歸
來入門
悵欲悲
盎中無斗儲
還視桁上無縣衣
拔劍出門去
兒女牽衣啼
它家但願富貴
賤妾與君共餔糜
共餔糜
上用倉浪天故
下爲黄口小兒
今時清廉
難犯教言
君復自愛莫爲非

東門を出でて
帰るを顧《おも》はざるも
来たりて門に入り
悵《うれ》ひ悲しまんと欲す
盎中には斗の儲《たくは》へ無く
還りて視れば桁《よこぎ》の上に県衣無し
剣を抜きて門を出でて去るに
児女　衣を牽きて啼く
它家は但だ富貴を願ふも
賤妾は君と共に糜《かゆ》を餔《くら》はん
共に糜を餔はん
上は倉浪の天を用てするが故に
下は黄口の小児の為に
今の時は清廉なり
教言を犯し難し
君　復た自愛して非を為す莫れ

今時清廉
難犯教言
君復自愛莫爲非
行
吾去爲遲
平愼行
望吾歸

今の時は清廉なり
教言を犯し難し
君　復た自愛して非を為す莫れ
行かん
吾が去くこと遅しと為す
平らかに慎みて行け
吾が帰るを望め

（『宋書』楽志三）

その内容は、一度は家を出ていった男が再び家に戻り、わが家の貧しさを嘆くところより始まる。かめの中には柄杓ひと掬いの蓄えすらなく、柱の横木には掛けるべき衣服もない。もう一度、剣を抜いて出てゆこうとすると、妻子が追いすがって引き止める。「他人が富貴を願うとしても、私はあなたと共に粥をすすってつつましく暮らしましょう。上は天道に背かぬために、下は子供のために」と言い、また「今は正しい世の中で、法を犯すことはできません。どうか自重して悪いことをしないでください」と訴える。しかし、男は振り切って出てゆく。それでも妻は夫の身を案じ、「どうぞご無事で」と送り出し、夫は、自分の帰りを待つように言う。

前述の通り『文選』李善注は、鮑照「代東門行」を古辞「東門行」に模擬する作品としているが、具体的に模擬継承関係を求めるならば、「離別」を描くという大まかなテーマもさることながら、古辞の冒頭「**出東門、不顧歸、來入門、悵欲悲**（東門を出でて、帰るを顧《おも》はざるも、来たりて門に入り、悵《うれ》ひ悲しまんと欲す）」及び第七句「**抜劍出門去**（剣を抜きて門を出でて去る）」という作中人物の二段階に分けての別れ方が、鮑照「代東門行」第六句「将去復還訣（将に去《ゆ》かんとして復た還りて訣《わか》る）」に凝縮されているように見受けられる。

確かに、家族との別れ（古辞）→「賓御」との別れ（鮑照）、夫婦の対話を中心とする構成（古辞）→「離声」を基調とする無言劇的構成（鮑照）など、全体的な両者の模擬関係は希薄であるようにも思われる。

しかしながら、作中人物のたちもとおる姿を描くことは、別離を主題とする他の作品、例えば李陵「与蘇武」詩三首 其三「辭徘徊蹊路側、悢悢不得辭（蹊路の側に徘徊し、悢悢として辞するを得ず）」（『文選』巻二十九）に見られるように、いざ旅立つ前に別れを惜しむ表現として表れるのであって、既に出発した者が感情にほだされて立ち戻り、再び旅立つという構図は、古辞「東門行」の特徴的表現と考えられる。してみれば、鮑照は「代東門行」制作に当たり、やはり古辞「東門行」を模擬対象として念頭に置いていたと考えられる。(11)

実はこのことが鮑照の楽府に対する造詣の深さを雄弁に物語っているのである。そこで次に、魏晋から南朝宋までの「東門行」の文学史的位置づけを探ってみたい。

第二節　楽府の断絶と南朝民歌の勃興

「東門行」は楽府の中でも相和歌辞に属する。相和歌とは本来、漢の民間歌謡であったとされるが、後に三国魏の武帝・文帝・明帝（所謂「魏三祖」）が新しい歌辞を作り、明帝の頃には漢代の古辞と合わせて、宮廷音楽のひとつとしての地位を得ていたと思われる。また魏晋易代以降も、相和歌は宮廷音楽としての地位を保ちつつ受け継がれた。しかし、西晋末期の永嘉の乱及び晋朝の南渡によって、楽府の伝承は途切れてしまい、楽人や楽器は北方に取り残されたままとなるのである。従来、この永嘉の乱以降の約一世紀は「楽府断絶の時代」であったとされる。[12]

確かに現在残された資料を確認した限りでは、南方の民謡は別として、東晋王朝では楽府はほとんど作られなかったようである。

一方で、北方に残された楽人や楽器は、涼州（甘粛省武威市）に流れていった。

清樂其始卽清商三調是也。竝漢來舊曲。樂器形制、幷歌章古辭與魏三祖所作者、皆被於史籍。屬晉朝遷播、夷羯竊據、其音分散。苻永固平張氏、始於涼州得之。宋武平關中、因而入南、不復存於內地。

清楽 其の始めは即ち清商三調是れなり。並びに漢来の旧曲なり。楽器形制、并びに歌章古辞と魏三祖の作る所の者とは、皆な史籍に被《およ》ぶ。晋朝 遷播せし属《よ》り、夷羯 窃拠し、其の音 分散す。苻永固（堅）張氏を平げ、始めて涼州に於てこれを得たり。宋武 関中を平げ、因りて南に入り、復た内地に存せず。

（『隋書』音楽志下）

この記述に拠れば、前秦の苻堅は前涼を滅ぼして清商三調（相和清調・平調・瑟調）を手に入れたとしており、前涼では魏晋の楽府が保存されていたと思われる。以後、苻堅から慕容氏・姚興らの手を経て、東晋の義熙十三年（四一七）、長安を攻略した劉裕（後の宋武帝）が南朝に楽府を持ちかえった。その三年後に始まる劉宋王朝では、楽府は魏晋時代と同じく朝廷において行われた。そして楽府に対する愛好は、やがて文人による擬楽府の制作という潮流を生むのであった。

『南史』には、顔延之と謝霊運が、文帝の勅命によって擬楽府を競作した、という記述がある。この二人が当時の宮廷文壇を代表する両巨頭であったことは言うまでもない。

延之與陳郡謝靈運倶以辭采齊名、而遲速縣絕。文帝嘗各敕擬樂府「北上篇」。延之受詔便成、靈運久之乃就。

延之と陳郡の謝霊運とは倶に辞采を以て名を斉しくするも、遅速　県絶（懸絶）す。文帝　嘗て各おの勅して楽府「北上篇」に擬せしむ。延之　詔を受けて便ち成り、霊運　これを久しくして乃ち就《な》る。

（『南史』顔延之伝）

ここで注目すべきは、擬楽府の制作が皇帝の勅命による公的な場でなされた、という点である。彼らのような高名な文人が公的に擬楽府を作ったという故事の背後には、擬楽府の制作が文学的営為のひとつとして認められ注目されていたという事情があったと見て良いであろう。なお、「北上篇」は相和清調「苦寒行」の歌辞と思われる。少なくとも文帝の時代まで、相和歌やその擬作は人々の関心を引くものであった。

さて「東門行」に焦点を絞ろう。「東門行」について、張永『元嘉正声伎録』と王僧虔『大明三年宴楽技録』に記録が残されている(13)。

まず、張永の『元嘉正声伎録』は文帝の元嘉年間（四二四〜四五三）の楽府の記録である。張永は多才な人物で、音楽にも精通していたという（『宋書』張永伝）。『元嘉正声伎録』では、相和曲十五曲を挙げ、それぞれの曲調についてどの歌辞をうたうかが示されている。

『古今樂錄』曰、張永『元嘉技錄』「相和有十五曲、一曰氣出唱、二曰精列、三曰江南、四曰度關山、五曰東光、六日十五、七日薤露、八日蒿里、九日覲歌、十日對酒、十一日鷄鳴、十二日烏生、十三日平陵東、十四日東門、十五日陌上桑。十三曲有辭。氣出唱・精列・度關山・薤露・蒿里・對酒竝魏武帝辭。十五文帝辭。江南・東光・鷄鳴・烏生・平陵東・陌上桑竝古辭是也。二曲無辭。覲歌・東門是也」。云々。

（『楽府詩集』巻二十六　相和歌辞一　相和曲上）

右の記録のうち、「東門」は十四番目に見えるが、同時に「二曲に辞無し。覲歌・東門是れなり」との記述があり、「東門」は歌辞のない曲調とされている。楽府断絶の時代を経た後でもあり、恐らく西晋時代の旧に復していなかったものと考えられる。

「東門行」の歌辞の存在が確認されるのは、孝武帝の大明三年（四五九）になってからである。王僧虔『大明三年宴楽技録』では、「東門行」は古辞「東門」をうたう、という記述がある。

『古今樂錄』曰、王僧虔『技錄』云、「東門行、歌古東門一篇」。今不歌。[14]

『古今楽録』に曰はく、王僧虔『技録』に云ふ、「東門行、古東門一篇を歌ふ」と。今 歌はず。

（『楽府詩集』巻三十六　相和歌辞十一　瑟調曲一）

だとすれば、鮑照「代東門行」の制作年代が問題となるであろう。[15]というのも、もし、「代東門行」が大明三年以前の作であったとするならば、『元嘉正声伎録』に言うように、一般には「東門」は歌辞のない楽府題として認識されている筈であったためである。

第三節　「代東門行」の制作年代

大明三年前後の時期は、鮑照にとって、また南朝の楽府を考える上でも、非常に重要な時期である。というのは、旧来の伝統的な相和歌に替わって、南方の民謡として新しく生まれた呉歌西曲の地位が、この時期、非常に高まったためである。[16] 呉歌西曲は、『宋書』楽志に拠れば、晋の頃から次第に広まってきた民歌を基調として、概ね五言四句という比較的短い形式をとる歌謡である。『南斉書』蕭恵基伝には以下のように言う。

自宋大明以來、聲伎所尙、多鄭衞淫俗、而雅樂正聲、鮮有好者。[17] 惠基解音律、尤好魏三祖曲及相和歌。每奏、輒賞悅不能已。

宋の大明自《よ》り以来、声伎の尚ぶ所は、多く鄭衛の淫俗にして、雅楽正声は、好む者有ること鮮《すくな》し。恵基　音律を解し、尤も魏三祖の曲及び相和歌を好む。奏する毎に、輒ち賞悦已む能はず。

（『南斉書』蕭恵基伝）

この記事に拠れば、蕭恵基自身は相和歌を非常に好んだが、朝野の音楽愛好の趨勢は「鄭衛の淫俗」と蔑まれる新興の南朝民歌に傾いていたようである。周知の通り呉歌西曲には、男女の奔放な交歓を詠じるものが多い。この逆転現象には、当時の皇帝たる孝武帝の存在が無視できない。孝武帝は呉歌西曲を好み、自らも「丁督護歌」（『楽府詩集』巻四十五　清商曲辞）という呉歌を残している。[18]

一方、孝建三年（四五六）から大明元年（四五七）にかけて、鮑照は「太學博士、兼中書舍人」（虞炎「鮑照集序」）に就任している。孝武帝が呉歌西曲を愛好していたとすれば、この時期の鮑照の文学活動も、孝武帝の意を迎えて、呉歌西曲の制作が中心であったと思われるのである。この時期の作品であるという確証はないが、鮑照も「呉歌」二首（『鮑氏集』巻七）、「採菱歌」七首（同、巻六）、「詠蕭史」（同、巻六）など、呉歌西曲の系統に属する作品を残している。また、中森健二「鮑照の文学」では、鮑照「中興歌」十首（『鮑氏集』巻七）が、二凶事件を平定した孝武帝の即位をことほぐ作品であることが指摘されている。[19] この「中興歌」十首も、五言四句という呉歌西曲の形式である。孝武帝の近くに仕える鮑照は、必ずや皇帝の嗜好に沿ったかたちでの文学活動を展開していた筈である。『宋書』には、この時期の鮑照の様子を次のように伝える。

世祖以照爲中書舍人。上好爲文章、自謂物莫能及。照悟其旨、爲文多鄙言累句。當時咸謂照才盡、實不然也。

世祖（孝武帝）照を以て中書舎人と為す。上 文章を為《つく》るを好み、自ら謂へらく 物能く及ぶ莫しと。照 其の旨を悟り、文を為《つく》るに鄙言累句多し。当時 咸な謂へらく 照の才 尽くと。実は然らざるなり。

（『宋書』宗室・劉義慶伝）

右の記述に拠れば、孝武帝は好文の皇帝であったが、同時に「自分に及ぶ者はいない」と自ら言うほど気位も高かった。鮑照は孝武帝の意を察して「鄙言累句」を多く作り、孝武帝のプライドを傷つけないように努めたという。この記事がどの程度まで事実に即しているかは未詳であるが、鮑照が細心の注意を払って自己の文学活動に掣肘を加えていたことは想像に難くない。したがって、鮑照がこの時期に「雅楽正声」に属する相和歌の歌辞を作った可能性は、低いように思われる。だとすれば、「代東門行」の制作年代として考えられるのは、孝武帝に仕える以前か、孝武帝から離れた後のいずれかとなる。しかし、筆者は、以下に挙げる三点の理由から、「代東門行」の制作年代を孝武帝に仕える以前と考えたい。

(1)『詩品』下品（謝超宗）に「大明・泰始中、鮑・休美文、殊已動俗（大明・泰始中〔四五七～四七一〕、鮑〔照〕・〔湯恵〕休の美文、殊に已に俗を動かす）」とあり、孝武帝の側近として活躍した時期の彼の文学は、泰始年間までも「俗」に支持されており、この間に劇的な変化は見られなかったと考えられる。また、ここに鮑照と並称される湯恵休は、その文学を低俗野鄙な「委巷中の歌謡[20]」と酷評される（『南史』顔延之伝）。この時期の鮑照の作風も湯恵休と重なり合うと考えられるが、それが魏晋以来の伝統的宮廷音楽であった相和歌を指すとは考え難い。さらに、前述の如く大明年間以後の朝野の好尚は呉歌西曲に傾いていたのであり、相和歌の擬作では『詩品』に言う「俗」の支持を得られないであろう。

(2) 大明六年（四六二）、鮑照は荊州刺史となった臨海王子頊の属僚として、建康を離れて荊州へ赴任してしまう。したがって、かつて宮廷で愛好されていた相和歌とは、ますます遠く隔てられるかたちになっていたと思われる。鮑照はその後も建康に戻ることはなく、四年後の明帝の泰始二年（四六六）に殺害される。

(3) 荊州における彼の主君であった臨海王は少年（泰始二年の時点で十一歳）であり、かつて仕えた臨川王劉義慶や始興王劉濬のように、臨海王が自らの文壇を主催した可能性は低いように思われる。つまり、たとえ宮廷音楽に模擬した擬楽府を作ったとしても、鮑照にはそれを発表するにふさわしい「場」がなかったと考えられる。

以上を要するに、鮑照の楽府制作活動は、孝武帝に仕える前と後とで大きく二つの時期に分けて考えられるのであって、「代東門行」をはじめ、相和歌に模擬する擬楽府の制作は、相和歌が宮廷音楽としてまだ充分に愛好された文帝治世期の可能性が高い。したがって、鮑照「代東門行」の制作時期は、張永『元嘉正声伎録』のそれに準じて考えるべきであり、「東門行」という楽府題は、当時一般には歌辞のないものとして認識されていたと思われる。

念のために、「東門行」の歌辞が古辞「東門」であることを示した王僧虔『大明三年宴楽技録』について、もう少し触れておく。張永『元嘉正声伎録』において「二曲無辭。覲歌・東門是也」とされていた「東門行」が、具体的にどのような経緯で「出東門、不顧歸、……」という古辞をうたうと認定されていったのかについては未詳ながら、王僧虔・蕭恵基らの尽力によって相和歌が整備されたのは、鮑照の没後であった。このことは、以下に引用する順帝の昇明二年（四七八）の王僧虔の上表文から窺うことができる。

今之清商、實由銅雀。魏氏三祖、風流可懷。京洛相高、江左彌重。諒以金縣干戚、事絶於斯。而情變聽改、稍復零落、十數年間、亡者將半。

今の清商は、実に銅雀に由る。魏氏の三祖、風流 懐ふべし。京洛 相ひ高く、江左 弥《いよ》いよ重んず。諒に金県干戚を以てするも、事 斯に絶ゆ。而して 情 変じ 聴 改まり、稍く復た零落し、十数年間、亡ぶ者は将に半ばならんとす。

（『宋書』楽志一）

右の記事は、魏の武帝以来重んじられた相和歌が、やがて廃れてきたことを述べたものである。昇明二年から「十数年間」を遡れば、王僧虔が記録した大明三年も含まれる。恐らく『大明三年宴楽技録』は、次第に擡頭する呉歌西曲に対する反動だったのであろう。しかし、その後「十数年」を経た昇明二年には、「亡ぶ者は将に半ばならんとす」という結果となったのである。この上表文は蕭道成（後の斉の高帝）を動かし、蕭恵基の手によって、ようやく相和歌が整備されることになる（『南史』王僧虔伝）。これは鮑照の死（四六六）後のことである。つまり、王僧虔によって古辞「東門」が「東門行」の歌辞として認められる以前の段階で、鮑照は、「辞無し」とされる「東門行」に古辞「東門行」を比定することを、さりげなく主張していたのである。

第四節　散佚した文学の補完

失われたものに対して、これを補おうとする意識が働くことは不思議なことではない。ここで思い出されるのが西晋の束皙「補亡詩」六首（『文選』巻十九）である。これは『詩経』の小雅「南陔」以下六篇を補ったものである。これら六篇は、当時、題・小序のみを残して亡佚したものと考えられていた。その序（李善注所引）には「補亡詩」制作の経緯を次のように言う。

晳與司業疇人肄脩鄉飲之禮。然所詠之詩、或有義無辭、音樂取節闕而不備、於是遙想既往、存思在昔、補著其文以綴舊制。

晳 司業の疇人と郷飲の礼を肄脩す。然るに詠ずる所の詩、或ひは義有りて辞無く、音楽 節を取るに闕きて備はらず。是に於いて遥かに既往を想ひ、思ひを在昔に存し、其の文を補著して以て旧制を綴る。

（『文選』巻十九）

この序に拠れば、束晳が郷飲の礼を実習した際に、遥か昔に思いを馳せて「有義無辭」の文を補ったという。束晳は、汲冢より発掘された竹簡を解読したほど高い学識を持っていた。「補亡詩」の制作は、その学識に裏打ちされたものであろう。だとすれば、鮑照が「東門行」に代わる「代東門行」を制作したことも、彼の楽府に対する造詣の深さを表すことになったのではあるまいか[21]。

本章では、鮑照の「代東門行」について、その「代」作の実態を探ろうと試みた。楽府に対しての見識を誇示することは、恐らく鮑照の宮廷文人という立場に大いに関係があるであろう。「代東門行」が離別を描くものであるからといって、私的な送別詩として作られたとは考え難い。相和歌はあくまでも宮廷音楽である。「東門行」が相和歌である以上、「代東門行」も宮廷に近い者に向けて発信された、と考えるほうが自然であろう。当時の楽府の整理状況をふり返るに、『元嘉正声伎録』・『大明三年宴楽技録』が相次いで編纂されたこと、また、両書はその残文から察する限り、楽府題の整理・曲調と歌辞の整合など極めて基本的な事柄の点検から始まる目録であったと推察されることから見て、断絶の時代を挟んだことによる混乱は、我々の想像以上に大きかったように思われるのである。しかも、鮑照の主張は、結果的に『大明三年宴楽技録』と合致することとなった。その経緯は未詳ながら、鮑照には裏付けとなる古楽府の知識があったのであろう。これは、宮廷文人としての有力な武器であったに相違ない。

注

（1）清の朱乾『楽府正義』（巻十二　雑曲歌辞「代出自薊北門行」）に「蓋樂府有轉有借。轉者就舊題而轉出新思。借者借前題而裁以己意（蓋し楽府に転有り借有り。転は旧題に就きて新思を転出す。借は前題を借りて裁つに己の意を以てす）」という。

（2）向嶋成美「鮑照模擬詩考」（『言語・文学・国語教育　森野宗明教授退官記念論集』一九九四年、三省堂）、釜谷武志「鮑照の『代』をめぐって」（『興膳教授退官記念中国文学論集』二〇〇〇年、汲古書院）を、それぞれ参照。鮑照の擬楽府と楽府題との関係については、佐藤大志「六朝楽府詩の展開と楽府題」（『日本中国学会報』第49集、一九九七年。のち『六朝楽府文学史研究』二〇〇三年、溪水社。5～36頁）を参照。佐藤氏は鮑照の擬楽府について、旧来の曲調や歌辞とは無関係に楽府題のイメージによって制作されたこと、そして題名と歌辞との関係が緊密に保たれていることを指摘している。

（3）底本（本書序論注（1）を参照）には、彼の楽府題について「一本、以下竝無代字」との注記がある。

（4）底本には「一作驚弦」という異文の存在を示す。ただし、「弦」は下平声一先韻であり押韻しないため、ここでは採らない。

（5）『戦国策』楚策四に見える。

（6）相和曲古辞「平陵東」・相和大曲古辞「東門」・相和大曲東阿王歌辞「明月」・払舞歌「淮南王篇」・杯槃舞歌「杯槃舞」などに見られる。

（7）明の張溥撰『漢魏六朝一百三名家集』所収『鮑参軍集』は「草木」に作る。しかし、清の盧文弨『鮑照集校補』（『群書拾補』所収）は「草」字を誤りとする。

（8）この詩を含む一連の作品群は、顔延之「庭誥」（『太平御覧』巻五八六　文部　詩）に「**逮李陵衆作揔雑不類。是假託非盡陵制、至其善篇有足悲者**（李陵の衆作に逮びては揔雑にして類せず。是れ仮託にして尽《ことごと》くは陵の制に非ざるも、其の善篇に至りては悲しむに足る者有り）」とあり、偽作の疑いはあるものの、その佳作は「悲しむに足る」名作としての評価を得ていたようである。また李陵の詩は鍾嶸『詩品』序に五言詩の祖とされている。事実はともかく、梁代までそのように信じられていたことは確かであろう。顔延之の発言も、作品群のすべてを偽作として疑っているわけではないのである。このように評価されていたことは、筆者の考えの有力な傍証となる。

（9）『文選』所収の鮑照の楽府は、題に「代」字を冠していない。ただ巻三十一に収められた楽府「代君子有所思」のみ「代」字を存す。このことについて、釜谷武志氏前掲論文では『文選』の詞華集としての体裁に原因を求めている。

（10）『楽府詩集』には「晉樂所奏」（『宋書』楽志所収の歌辞に同じ）の歌辞の他に「本辭」一篇を収める。「晉樂所奏」の歌辞は「本辭」を改変したものと思われ、西晋王朝で演奏されていたとされるものである。なお、『楽府詩集』所収の「晉樂所奏」歌辞は末句「望吾歸」を「望君歸」に作り、「あなたのお帰りを待ちます」という妻の言葉としている。

(11) 五胡十六国時代、前涼の張駿にも「東門行」(五言二十句。『楽府詩集』巻三十七)がある。その内容は、春の野原の景色を綴り、春の野遊びを楽しむことを言うものであり、また過ぎ去った時間は戻らないことに心を動かされることを述べるものである。鮑照「代東門行」と内容上の繋がりはなさそうである。しかし、張駿「東門行」は五言二十句であり、この点では鮑照「代東門行」(五言二十句)と同じである。本章第二節に後述するように、前涼は楽府断絶の時代に楽府を保存していた地である。「東門行」という楽曲は、この地において五言二十句の歌辞を許容する曲調に改変されていた可能性がある。だとすれば、鮑照「代東門行」の五言二十句という形式は、前涼系の曲調に合わせて作られたことになる。なお、陳の釈智匠『古今楽録』に拠れば、陳の時代には「東門行」の歌辞として「武帝」なる者の「陽春篇」という作品もあったようだが、作品は現存せず、未詳のままである。

(12) 増田清秀『楽府の歴史的研究』(一九七五年、創文社。第一章「楽府の定義」。8頁)を参照。また、以下に述べる楽府の伝承経路についても同書を参照。

(13) 現在、張永『元嘉正声伎録』と王僧虔『大明三年宴楽技録』とは散佚しており、原典に当たることができない。両書はしばしば釈智匠『古今楽録』に引用されるが、これも散佚している。本章では『楽府詩集』所引『古今楽録』より引用する。

(14) 『大明三年宴楽技録』が散佚しているため、どこまでが『大明三年宴楽技録』の記述であるのか判断が困難である。鈴木修次『漢魏詩の研究』(一九六七年、大修館書店)では、ここに見える「今不歌」という三字について『古今楽録』の文であるとする。今、これに従う。

(15) 銭仲聯『鮑参軍集注』附録「鮑照年表」では清の呉汝綸の「晉安王子勛之亂、臨海王子頊從亂。明遠爲臨海王前軍參軍。此詩蓋憂亂之指(晋安王子勛の乱あり、臨海王子頊 乱に従ふ。明遠 臨海王前軍参軍と為る。此の詩 蓋し乱を憂ふるの指なり)」という説(『鮑参軍集注』【集説】所引)に従い、「代東門行」の制作年代を明帝の泰始二年(四六六)としているが、これに対し、丁福林「鮑照詩文又考辨」(『南京師大学報』一九八八年、第1期)では、この見解を「臆斷」として否定している。

（16）王運熙『六朝楽府与民歌』（一九五五年、上海文藝聯合出版社。のち『楽府詩述論』〈増補本〉上編として再版。二〇〇六年、上海古籍出版社）を参照。

（17）『南史』蕭恵基伝に従って「而」字を補った。

（18）王運熙氏前掲書では、孝武帝「自君之出矣」（『楽府詩集』巻六十九 雑曲歌辞）も呉歌として捉え、上流階級の愛好ぶりを指摘している（二〇〇六年版、19頁。以下、同）。

（19）中森健二「鮑照の文学」（『立命館文学』第364・365・366合併号、一九七五年）を参照。

（20）「委巷中の歌謡」について、王運熙氏前掲書では具体的に「呉歌」を指すとする（15頁）。なお、顔延之は鮑照・湯恵休を嫌い「休鮑之論」まで立てたという（『詩品』下品 湯恵休）。湯恵休は僧侶であったが、孝武帝にその文才を買われて還俗し「湯」姓を賜った。『宋書』徐湛之伝に附伝がある。鮑照と湯恵休とは交流があったようであり、釈（湯）恵休の「贈鮑侍郎」詩や鮑照「答休上人」詩が『鮑氏集』巻八に収められている。なお、『南史』顔延之伝に、鮑照（『詩品』中品 顔延之の項では湯恵休とする）が謝霊運・顔延之の優劣を批評したという記事が見える。但し、諶東飈「鮑照和湯恵休何嘗貶顔」（『湘潭大学学報』一九九一年、第1期。のち『顔延之研究』二〇〇八年、湖南人民出版社。323〜330頁）では、この批評が必ずしも顔延之を貶めるものではなかったことが指摘されている。

（21）夏侯湛（二四三〜二九一）も「補亡詩」を作ったという（『世説新語』文学篇71）。

第二章　鮑照「学劉公幹体五首」考
―六朝宋における五言八句詩―

第一節　鮑照「学劉公幹体五首」は連作詩か

所謂「永明体」と言えば、

> 永明末、盛爲文章。呉興沈約・陳郡謝朓・琅邪王融以氣類相推轂。汝南周顒善識聲韻。約等文皆用宮商、以平上去入爲四聲、以此制韻、不可增減。世呼爲永明體。
>
> 永明の末、盛んに文章を為《つく》る。呉興の沈約・陳郡の謝朓・琅邪の王融 気類するを以て相ひ推轂す。汝南の周顒 善く声韻を識る。約等の文 皆な宮商を用い、平上去入を以て四声と為し、此を以て韻を制し、増減すべからずとす。世 呼びて永明体と為す。
>
> （『南斉書』陸厥伝）

とある如く、南斉の沈約（四四一～五一三）・謝朓（四六四～四九九）・王融（四六七～四九三）らによって提唱され、詩の韻律の調和を至上命題とするものとして知られているが、彼らはまた五言八句形式の短詩型を好んだ。

興膳宏「五言八句詩の成長と永明詩人」では、詩人同士が共通のテーマを設定して唱和・競作する際に五言八句形式が取り上げられていることから、五言八句詩は永明派詩人の集団制作の場における共同の「即興的な創作様式」であったとし、また連作詩の多い王融の例を挙げて「同じ主題を多様な角度から描く連作詩」に程良い長さであった、と指摘する。(1)

確かに五言八句形式は永明期以降に隆盛を見るのであるが、この短詩型は彼らの独創ではない。数こそ少ないものの永明期以前にも五言八句の詩は試みられていたのである。興膳氏は五言八句の贈答詩の例として鮑照「贈故人馬子喬六首」其一・其二及び「答休上人」詩を挙げ、また連作詩の例として顔延之「五君詠五首」・陶淵明「読山海経十三首」を挙げるが、筆者はここで、もうひとつの五言八句で統一された連作詩に注目したい。鮑照「学劉公幹体五首」（『鮑氏集』巻四）である。

「学劉公幹体五首」は、建安七子のひとりに数えられる劉楨（?～二一七）の「体」に「学《まね》」ぶと称し、現存する鮑照の詩集では五首の連作詩としている。(2)

本章では、鮑照「学劉公幹体五首」が五言八句形式で統一されていることに注目し、彼が建安時代（一九六～二二〇）以来の短詩型に対して、どのように取り組んだのかについて考察したい。

ここで「学劉公幹体」とはどのような詩であるか確認しておくこととする。次に掲げるのは五首の其一詩である。

其一

欲宦乏王事　宦《つか》へんと欲するも王事に乏しく
結主遠恩私　主に結ぶも恩私に遠し

爲身不爲名　身を為《をさ》むるは名の為ならず
散書徒滿帷　散書 徒らに帷に満つ
連冰上冬月　冰を連ぬ 上冬の月
披雪拾園葵　雪を披《かぶ》りて園葵を拾ふ
聖靈燭區外　聖霊 区外を燭《てら》すも
小臣良見遺　小臣 良《まこと》に遺《す》てらる

この詩は、主君の恩顧がなかなか得られないことを嘆く内容である。仕官を望んだが王佐の才もなく、いざ主君に仕えることになっても、その恩顧を得るには遠い。帷を下ろして勉学に励んだ董仲舒に倣って学問を積んではきたが、書物は遂に身につかず、意味もなく帷の内に広げられている。(3) 季節は初冬十月、降る雪をかぶりつつ「園葵」を拾うのであるが、この行為は後述する其五詩と緊密な結びつきを持っている。天子の威光は世界の果てを照らすけれども、その光は私のいる場所を照らすことがなく、私は捨て去られたままである。(4)

第六句の「園葵」は劉楨「贈従弟三首」其一（『文選』巻二十三）に見える。

汎汎東流水　汎汎たり東して流るる水
磷磷水中石　磷磷たり水中の石
蘋藻生其涯　蘋藻は其の涯に生じ
華紛何擾溺　華は紛として何ぞ擾溺たる

采之薦宗廟　　これを采りて宗廟に薦め
可以羞嘉客　　以て嘉客に羞《すす》むべし
豈無園中葵　　豈に園中の葵無からん
懿此出深澤　　此の深沢より出づるを懿《よみ》す

この詩は、ひとり孤高を守って野にある従弟を励ますものである。ここでは従弟を蘋藻に喩え、「庭園の中の葵があるけれども、しかしこの素晴らしい深沢の蘋藻には敵わない」と言う(5)。劉楨詩に対して李善注は楽府古辞「長歌行」を挙げ、「葵」は秋になれば色つやが衰えるものであり、時を経れば落ちぶれてしまう存在であることを示している(6)。鮑照詩における季節は既に秋を過ぎており、初冬に入っている。雪の下の「葵」が無惨に枯れ果ててしまったものであることは想像に難くない。つまり、この「園葵」は才能に乏しく学問も途中で投げ出してしまった「小臣」の姿を象徴しているのである。

次に其二詩では、荒野の孤独な柏樹の姿が描かれる。

其二

曀曀寒野霧　　曀曀たり寒野の霧
蒼蒼陰山柏　　蒼蒼たり(7)陰山の柏
樹迥霧縈集　　樹は迥《はる》かにして 霧 縈集し
山寒野風急　　山は寒くして 野風 急なり

歳物盡淪傷　　歳物　尽《ことごと》く淪傷し
孤貞爲誰立　　孤貞　誰が為にか立つ
賴樹自能貞　　頼《さいは》ひに樹は自ら能く貞にして
不計迹幽澀　　迹の幽渋たるを計らず

どんよりとした濃霧が寒々しい荒野を覆っている中、山の北側に一本の柏樹が立っている。遠くに見える柏樹はやはり濃い霧に覆われ、山には冷たい風が吹きつけている。

この柏樹は、周囲の草木が枯れ凋んでも「貞」を失わずに立っているが、それは柏樹が生来持っている性質に因るものと解釈されている。よく知られているように『論語』子罕篇に「子曰、歳寒然後知松柏之後彫（子曰く、歳寒にして然る後 松柏の後彫を知る）」とあり、厳しい寒さの中にあって他の草木が全て枯れてしまっても、「松柏」だけは枯れることなく踏みとどまっているものなのである。このような松柏のイメージを詠じたものが劉楨「贈従弟三首」其二（『文選』巻二十三）である。

亭亭山上松　　亭亭たり山上の松
瑟瑟谷中風　　瑟瑟たり谷中の風
風聲一何盛　　風声　一に何ぞ盛んにして
松枝一何勁　　松枝　一に何ぞ勁き
冰霜正慘愴　　冰霜　正に惨愴なるも

終歳常端正　終歳 常に端正たり
豈不羅凝寒　豈に凝寒に羅《かか》らざらんや
松柏有本性　松柏 本性を有《たも》つ

この詩は、従弟を松になぞらえて、苦しさの中にも揺らぐことのない節操を讃えたものである。松は谷間から吹く風にさらされ、霜に苦しめられているが「端正」を保っている。決して厳しい寒さに襲われないわけではないのであるが、「松柏」は生来の高潔さを貫く強さを持っている。劉楨は従弟にそうした強靱さを見出し、これを讃えているのである。

鮑照詩に描かれた柏樹の姿は、この劉楨「贈従弟三首」其二を踏まえたものである。(8) ところが鮑照詩では「一体、誰のために貞節を守るのか」と、貞節であることに対して懐疑的であり、ただ霧に覆われて孤独でいる疎外感だけが残るのである。

続く其三詩(9)においては「朔雪」が「胡風」に吹かれて主君の前に現れる。

其三

胡風吹朔雪　胡風 朔雪を吹き
千里渡龍山　千里 龍山を渡る
集君瑤臺上　君が瑤臺の上に集ひ
飛舞兩楹前　両楹の前に飛舞す

茲晨自爲美　　茲の晨に自ら美を為すも
當避豔陽天　　当に艶陽の天を避くべし
豔陽桃李節　　艶陽 桃李の節は
皓潔不成妍　　皓潔も妍を成さず

胡地の風に吹きつけられた北方の雪は、千里の彼方から龍山[10]を越えてやって来た。玉飾りの臺《うてな》に集まり、玉座の前で舞い飛ぶ。

ここまでは「朔雪」が主君の恩顧を受けて今をときめいているように描かれるが、それは一時的なものに過ぎないのである。もてはやされているうちは「両楹の前に飛舞」していられるのであるが、しかし「朔雪」の立場は極めて不安定なものであると言える。其三詩では「雪は冬の間こそ美しい景観となりうるが、春になれば桃や李のみごとさに取って替わられてしまい、その白い清らかさも嘉せられることはない」と、一時の隆盛が結局頼りないものであるとする自戒が見られるのである。このような危懼は続く其四詩にも見られる。

其四詩は、御殿の庭の池に生えた「荷」を描くものである。

其四

荷生淥泉中　　荷《はす》は生ふ淥泉の中
碧葉齊如規　　碧葉 斉しきこと規の如し
迴風蕩流霧　　迴風 流霧を蕩《うご》かし

珠水逐條垂　　珠水 條を逐ふて垂る
彪炳此金塘　　此の金塘に彪炳として
藻耀君玉池　　君の玉池に藻耀たり
不愁世賞絶　　世賞の絶ゆるを愁へず
但畏盛明移　　但だ畏る盛明の移るを

ハスは清らかな泉の中に生え、その緑の葉は綺麗に整っている。風に乗って霧はたゆたい、玉のような水滴が茎に沿って垂れ落ちる。このハスは、主君の立派な池やその堤に輝かんばかりに咲いているのである。

劉楨「公讌」詩に「芙蓉散其華、菡萏溢金塘（芙蓉 其の華を散らし、菡萏 金塘に溢る）」という句があるが、冒頭より第六句までのハスの花の姿は劉楨詩のこの句を踏まえて敷延したものである。[11] 第五句の「金塘」という語は、劉楨「公讌」詩に一例ある以外、鮑照以前の現存する作品には他に用例がないのである。

このハスの花は「金塘に彪炳として」、また「君の玉池に藻耀」と咲いているのであるが、ここでも、やはり「君」の恩顧を永続的に享受し続けることはできない。末二句は、盛んな時が移ろいゆき、やがて訪れるであろう凋落の予感に恐れを抱いていることを言うのである。

其四詩のこのような構成は、鮑照の「芙蓉賦」（『鮑氏集』巻一）と同様のものである。「芙蓉賦」はやはりハスの花を題材にしたものであるが、それまで言葉を尽くしてその美しさを描写しておきながら、唐突に現れる「**雖凌群以擅奇、終従歳而零歇**（群を凌ぎて以て奇を擅《ほしいまま》にすると雖も、終に歳に従ひて零歇す）」という末二句によって、読者は、咲き誇る現在の美しさもやがて時を経れば衰えてしまう運命に、否応なく気づかされてしまうのである。其四詩で「世人に評価されなくなるのは構わないが、ただこの盛んな時が移ろいゆくのを恐れる」という述懐も、同様の運命観に立って詠じられたものである。

このような危懼は、既に其一詩において提示されていたが、やがて現実のものとして其五詩の「細草」に襲いかかるのである。

其五

白日正中時　白日　正中の時
天下共明光　天下　明光を共にす
北園有細草　北園に細草有り
當晝正含霜　昼に当たるも正に霜を含む
乖榮頓如此　栄えを乖《はな》ることの頓《にはか》なること此くの如く
何用獨芬芳　何を用てか独り芬芳たる
抽琴爲爾歌　琴を抽《つまび》きて爾《なんぢ》の為に歌はんとするも
絃斷不成章　絃　断たれて章を成さず

白く輝く太陽が南中している時、天下はその明るい光を共に浴びる。ところが北の庭園に細々と生えている草は、昼間だというのに霜が降りている。

「白日」は、「古詩十九首」其一（『文選』巻二十九）の「浮雲蔽白日（浮雲　白日を蔽ふ）」句について、李善注が「浮雲之蔽白日、以喩邪佞之毀忠良（浮雲の白日を蔽ふとは、以て邪佞の忠良を毀るに喩ふ）」と解する如く、主君を「白日」に喩えた比喩表現である。[12] 主君の威光は天下を明るく照らすものであるが、「細草」はその恩恵にあずかることができず、昼であるというのに「霜」がおりたままの状態なのである。

ここで想起されるのは、其一詩の「園葵」が、劉楨「贈従弟三首」其一を踏まえて、時間の経過とともに落ちぶれてしまう存在の象徴であったことである。このような「葵」のイメージは、陸機「園葵詩」（『文選』巻二十九）に描かれた「葵」にも見られる。「種葵北園中、葵生鬱萋萋（葵を種《う》う北園の中、葵は生《お》ひて鬱として萋萋たり）」とある如く、この「葵」は「北園」に植えられたものであり、「曾雲無温液、嚴霜有凝威（曾雲に温液無く、厳霜に凝威有り）」と、恵みの雨も降らず、厳しい霜に脅かされているのである。鮑照其五詩における「細草」が「葵」であるとは、詩中に明言されていないが、どちらも日の当たらない「北園」に咲く、疎外された日陰の存在なのである。「学劉公幹体五首」は、劉楨「贈従弟三首」其一から陸機「園葵詩」へと継承される「葵」のイメージを踏襲するものであって、其一詩に「園葵」を、其五詩に「細草」を配置することによって、連作詩として首尾呼応した一貫性を有することとなるのである。

そして、「細草」に対する作者鮑照の言葉として、「琴を取り出してお前のために歌おうとしても、絃は断ち切れて、もう歌うことができない」と結ばれる。

以上見てきた如く、「学劉公幹体五首」は、雪の下に埋もれた「園葵」（其一）、深い霧に覆われても孤高を保つ「柏」（其二）、春が来れば去らなければならない「朔雪」（其三）、盛んな時が移ろいゆくのを恐れる「荷」（其四）、「白日」の光を受けられない「細草」（其五）などに仮託して、充分な才能を持ちながら、その周囲の悪条件のために捨て去られてしまう人物の境遇を比喩的に詠じたものである。そして、其五詩の結びでは「琴を抽きて爾の為に歌はんとするも、絃断たれて章を成さず」と詠じ、それまでの比喩を用いたスタイルを鮮やかに結んでいる。このような構成の「学劉公幹体五首」は、其一詩と其五詩が全体の序章と終章の役割を持ち、多様な角度から声望の推移と没落を描くという、鮑照が綿密に計算して一時に詠じた連作詩であったと考えられるのである。

第二節　劉楨の五言八句詩

鮑照が「学《まね》」ぶところの劉楨は建安七子のひとりに数えられている。鮑照はなぜ他の建安詩人ではなく、劉楨という詩人を取り上げたのであろうか。筆者は、その理由として五言八句という詩型に注目したい。劉楨以外の建安文人の作品の中にも、五言八句詩は多い。現存する建安時代の作品を見る限り、五言八句詩には次のようなものがある。(13)
なお、配列は生年順とし、失題詩のみは括弧内に起句を補足した。

阮瑀（165?～212）

「公讌」（『初学記』巻十四）
「詩（苦雨滋玄冬）」（『藝文類聚』巻二　天部下　雨）
「詩（白髪随櫛墜）」（『藝文類聚』巻十八　人部　老）
「詩（我行自凜秋）」（『藝文類聚』巻二十七　人部　行旅）
「詩（四皓潜南岳）」（『藝文類聚』巻三十六　人部　隠逸上）

徐幹（170?～217?）

「答劉楨」（『藝文類聚』巻三十一　人部　贈答）

王粲（177～217）

「詩（吉日簡淸時）」（『藝文類聚』巻二十八　人部　遊覧）
「詩（聯翩飛鸞鳥）」（『藝文類聚』巻九十　鳥部上　鸞）
「詩（鷙鳥化爲鳩）」（『藝文類聚』巻九十二　鳥部下　鳩）

曹丕（187～226）

「詩（行行遊且獵）」（『太平御覧』巻三百五十三　兵部　殳）

曹植（192～232）

「贈白馬王彪七章」其二（『文選』巻二十四）
「雜詩七首」其四（『文選』巻二十九）
「詩（雙鵠俱遨遊）」（『藝文類聚』巻九十　鳥部上　玄鵠）

応瑒（?～217）

「別詩二首」其二（『藝文類聚』巻二十九　人部　別上）

劉楨（?～217）「贈従弟三首」（『文選』巻二十三）

「詩（昔君錯畦時）」（『藝文類聚』巻八十八 木部上 木）

これらのうち五言八句で統一した連作詩は劉楨「贈従弟」三首のみである。その後、五言八句で統一して制作された連作詩には、陶淵明「読山海経十三首」と顔延之「五君詠五首」とがある。陶淵明「読山海経十三首」は、全体の序章に当たる其一詩のみが十六句からなるが、他の十二首は全て五言八句である。顔延之「五君詠五首」は、阮籍・嵇康・劉伶・阮咸・向秀の五人について詠じたものであるが、こちらは五首ともに五言八句である。これらの作品が存在することから、五言の連作詩を同じ句数、しかも八句で統一するという発想は既にあったと言えるが、現存する作品から見る限り、その最も早い例が劉楨「贈従弟三首」なのである。

本章では第一節において、「学劉公幹体五首」の構成について検討し、その結果、連作詩であることを明らかにした。「学劉公幹体五首」が五言八句で統一された連作詩であるということは、他ならぬ劉楨「贈従弟三首」に倣うことによって短詩型にすることに意義を見出していたのではなかろうか。次に劉宋時代に到るまでの五言八句詩の流れについて検討してみたい。

第三節　魏晋六朝の五言八句詩

本来、一篇の詩を詠ずるに当たっては、『文心雕龍』章句篇に「夫裁文匠筆、篇有小大。離章合句、調有緩急。隨變適會、莫見定準（夫れ文を裁し筆を匠するに、篇に小大有り。章を離《わか》ち句を合するに、調に緩急有り。変に随ひ会に適し、定準を見る莫し）」とある通り、一定の基準があるわけではなかった。また「句司數字、待相接以爲用。章總一義、須意窮而成體（句は数字を司り、相ひ接するを待ちて以て用を為す。章は一義を総べ、意 窮まるを須《ま》ちて体を成す）」とあり、一首の句数は内容次第で自由に決定されるべきものであった。

例えば「古詩十九首」では二十句のものが二首、十八句のものが一首、十六句のものが五首、十四句のものが二首、十二句のものが一首、十句のものが六首、八句のものが二首など一首ごとの長さはまちまちである。

その後、建安時代においては大まかな句数を整える傾向が現れる。例えば全七章からなる曹植「贈白馬王彪」詩の各章の句数は、十句（其二）・八句（其二）・十二句（其三）・十二句（其四）・十四句（其五）・十二句（其六）・十二句（其七）であり、十二句程度を基本としているように見受けられる。また、これらの例を見る限り、八句という長さは最も短いものであると言える。

ところで、このような句数を整える傾向が、より判然と現れたものが、西晋時代の四言詩である。就中、四言の贈答詩は、潘岳「為賈謐作贈陸機十一章」詩（『文選』巻二十四）や陸機「答賈長淵十一章」詩（『文選』巻二十四）、潘尼「贈陸機出為呉王郎中令六章」詩（『文選』巻二十四）など、換韻することによって一章八句の形に統一されているのである。(14)

また、このような四言詩の傾向は劉宋時代にも受け継がれていった。謝霊運の「贈従弟弘元時為中軍功曹住京」詩（『文館詞林』巻百五十二）は五章全てが四言八句であり、「答謝諮議」詩（『文館詞林』巻百五十八）も八章全てが四言八句である[15]。

劉宋時代には、加えて五言詩にもこの傾向が現れる。このことについては、次のような作品を例として挙げることができる。

謝恵連「西陵遇風献康楽」詩

我行指孟春　春仲尚未發a　趣途遠有期　念離情無歇a
成裝候良辰　漾舟陶嘉月a　瞻塗意少悰　還顧情多闕a」
哲兄感仳別　相送越坰林B　飲餞野亭館　分袂澄湖陰B
悽悽留子言　眷眷浮客心B　迴塘隱艫栧　遠望絶形音B」
靡靡即長路　戚戚抱遙悲C　悲遙但自弭　路長當語誰C
行行道轉遠　去去情彌遲C　昨發浦陽汭　今宿浙江湄C」
屯雲蔽曾嶺　驚風涌飛流D　零雨潤墳澤　落雪灑林丘D
浮氛晦崖巘　積素惑原疇D　曲汜薄停旅　通川絶行舟D」
臨津不得濟　佇檝阻風波E　蕭條洲渚際　氣色少諧和E
西瞻興遊歎　東睇起悽歌E　積憤成疢痗　無萱將如何E」

（『文選』巻二十五）

記号aは入声月韻（『広韻』韻目に拠る。以下、同）、Bは平声侵韻、Cは平声脂韻、Dは平声尤韻、Eは平声歌・戈韻であり、換韻することによって一章が八句になっている。

この詩を贈られた謝霊運は、やはり同じ形式の詩でこれに答えた。

謝霊運「酬従弟恵連」詩

寝瘵謝人徒　滅迹入雲峯F　巖壑寓耳目　歡愛隔音容F
永絶賞心望　長懷莫與同F　末路値令弟　開顏披心胸F」
心胸既云披　意得咸在斯G　凌澗尋我室　散帙問所知G
夕慮曉月流　朝忌曛日馳G　悟對無厭歇　聚散成分離G」
分離別西川　迴景歸東山H　別時悲已甚　別後情更延H
傾想遲嘉音　果枉濟江篇H　辛勤風波事　款曲洲渚言H」
洲渚既淹時　風波子行遲I　務協華京想　詎存空谷期I
猶復恵來章　祇足攪余思I　儻若果歸言　共陶暮春時I」
暮春雖未交　仲春善遊遨J　山桃發紅萼　野蕨漸紫苞J
鳴嚶已悅豫　幽居猶鬱陶J　夢寐佇歸舟　釋我吝與勞J」

（『文選』巻二十五）

Fは平声東・鍾韻、Gは平声支韻、Hは平声元・山・仙韻、Iは平声脂・之韻、Jは平声肴・豪韻である。

この二首の五言詩は、名門謝家の一族同士という近しい間柄の謝恵連・謝霊運の間でやりとりされた贈答詩であるが、彼ら詩人同士の間では、一方が工夫を凝らした作品を詠じたならば、他方は更にその上を行く工夫を凝らすもののようである。謝霊運は、謝恵連から贈られた「西陵遇風献康楽」詩に答えるに当たって、八句で換韻するのは勿論のこと、各章末の「心胸」・「分離」・「洲渚」・「暮春」という語を次章の冒頭で繰り返すことによって、各章の繋がりにも目配りをしつつ、八句をひとつの単位とすることを強調しているのである。してみれば、謝恵連・謝霊運らには、一章八句にまとめることを、技巧のひとつとして積極的に評価する意識があったと言える。

以上を要するに、後漢以来、大まかに整えられてゆく傾向にあった句数は、換韻による一章八句の構成が西晋時代の四言詩に見られるようになり、劉宋時代に至って五言詩にもこれが適用されることとなっていったのである。

鮑照の「学劉公幹体五首」は、このような流れを承けて詠じられたものである。鮑照が敢えて劉楨を取り上げ、その「贈従弟三首」の形式に倣ったことは、それが八句という簡潔な長さで統一された連作詩であったからに他ならない。換言するならば、「学劉公幹体五首」の制作は、いわば劉楨「贈従弟三首」が秘めていた斬新さの再発見であり、これに「学《まね》」ぶことによって、そのスタイルを取り入れようとするものであった。そしてまた、この試みが結果的に南斉時代を先取りするものとなったのである。[16]

第四節　劉楨の文学理論の再生

劉楨の文学作品、特に五言詩に対する評価は高い。早くには曹丕の「与呉質書」（『文選』巻四十二）の中で「其五言詩之善者、妙絶時人（其の五言詩の善き者、時人に妙絶す）」と賞賛された。鍾嶸『詩品』では劉楨を上品に置いたばかりではなく、曹植に次ぐ五言詩の名手という評価が与えられている。[17] その劉楨の「贈従弟三首」が八句で統一されていることには、何らかの意図があったと見て間違いない。

『文心雕龍』定勢篇には、

桓譚稱、文家各有所慕、或好浮華而不知實覈、或美衆多而不見要約。陳思亦云、世之作者、或好煩文博採、深沈其旨者。或好離言辨句、分毫析釐者。所習不同、所務各異。

桓譚 称すらく、文家 各おの慕ふ所有り、或ひは浮華を好みて実覈を知らず、或ひは衆多を美として要約を見ず、と。陳思も亦た云ふ、世の作者、或ひは煩文博採して、其の旨を深沈にするを好む者あり。或ひは言を離《わか》ち句を辨《わか》ち、毫を分《わか》ち釐を析《わか》つを好む者あり。習ふ所 同じからずして、務むる所 各おの異なれり、と。

という桓譚・曹植の言葉が引かれている。右に拠れば「衆多」・「煩文」と言う煩瑣で冗長な作品を好む者がいたことが窺われる。

ところで、同じく定勢篇では、続けて次のような劉楨の言葉が引かれている。[18]

劉楨云、文之體勢貴強。[19] 使其辭已盡、而勢有餘、天下一人耳、不可得也。

劉楨 云ふ、文の体勢は強きを貴ぶ。其の辞をして已に尽き、而も勢をして餘り有らしむるは、天下一人のみ、得べからざるなり、と。

右に拠れば劉楨は、言葉が尽きても勢いを残している、いわば餘韻というものを重んじていたようである。それが彼の唱える文章の「体勢」における「強」さというものである。

『文心雕龍』では餘韻のことを「隠」と称している（隠秀篇）。すなわち、「隠也者、文外之重旨者也（隠なる者は、文外の重旨なる者なり）」とあり、「隠以複意爲工（隠は複意を以て工と為す）」とあるのが、それである。ここでの餘韻とは、言外の含意に富むことを指す。筆者は、「体勢」における「強」さを重んじる劉楨の文学理論が短詩型の道を切り開いた、と考えるものである。もちろん、単純に五言八句形式であれば餘韻が得られるというものではないであろうが、徒らに言葉を費やして得られるものでもない。少なくとも、劉楨「贈従弟三首」の五言八句という比較的短い形式は、桓譚・曹植らが言う所の「衆多」・「煩文」とは相容れないものである。

以上、鮑照の「学劉公幹体五首」が劉楨「贈従弟三首」の五言八句形式に倣った意義について論じてきた。劉楨の「体」に「学《まね》」ぶ鮑照「学劉公幹体五首」は、作中人物の不遇な様子を事細かに描写するのではなく、雪に埋もれた「園葵」や山の北側の「柏」の姿を借りて、日の当たらない疎外感や人知れず抱いている高潔な節操を表現し、また、春になれば消えてしまう「朔雪」や時の移ろいを危懼する「荷」の描写を通して、声誉の喪失が没落に直結する不安定な立場を表現するものであった。

このように、「学劉公幹体五首」は、比喩を豊富に用いることによって、言外に「小臣」の姿を髣髴させる手法を取っている。だとすれば、鮑照は「贈従弟三首」の詩型を受け継いだばかりでなく、劉楨の主張する文学理論をも踏まえた上で、その再現を狙ったものと考えられる。

第五節　「学劉公幹体五首」制作の意義

この節では、鮑照が劉楨に着目してそのスタイルに倣った意図について考察を加えたい。筆者が見るところ、「学劉公幹体五首」に描かれる疎外された作中人物の孤独や、最盛期からの凋落に対する恐れといった内容面と、五言八句詩によって描こうとしたという形式面での選択とを直接結びつけることは、極めて困難である。

なぜならば、咲き誇る花もやがて凋み枯れてしまうというテーマを扱うものに「芙蓉賦」（『鮑氏集』巻一）があり、作品の結びに作者が登場して琴を爪弾くという構成をとるものには「蕪城賦」（『鮑氏集』巻一）があり、様々な形で孤独感を表出するものに「擬行路難十八首」[20]（七言を主とする雑言体。『鮑氏集』巻八）があるなど、「学劉公幹体五首」の内容は、鮑照の文学全体において常套的な部類に属し、詩型との間に必然的な関連性が認められないためである。また、その制作時における周辺状況が判然としないため、この方向からのアプローチも困難である。この場合、むしろ「劉楨のスタイルに学《まね》ぶ」という詩題から制作意図を検討する方が捷径であろう。

そもそも、五言八句詩が集団制作の場において好適な詩型とされたのは、八句という長さが社交の場面に相応しいスマートさを備えていたことが主たる要因であったと考えられる。以下に挙げるのは、現存する鮑照の五言八句詩である。

A．「擬阮公夜中不能寐」（『鮑氏集』巻四）

B．「登雲陽九里埭」（『鮑氏集』巻六）
C．「詠蕭史」（『鮑氏集』巻六）
D．「贈故人馬子喬六首」其一（『鮑氏集』巻六）
E．「贈故人馬子喬六首」其二（『鮑氏集』巻六）
F．「古辞（容華不待年）」（『鮑氏集』巻七）
G．「和王義興七夕」（『鮑氏集』巻八）
H．「答休上人」（『鮑氏集』巻八）
I．「三日遊南苑」（『鮑氏集』巻八）
J．「詠秋」（『鮑氏集』巻八）
K．「扶風歌」（張溥『漢魏六朝百三名家集』所収『鮑参軍集』巻二）[21]

これを見ると、贈答詩（D・E・H）や唱和詩（G）、三月上巳の宴席での作（I）など、社交的な場面で詠じられたと思われる作品が一半を占める。このことと斉梁期の五言八句詩の制作状況とを考え合わせるならば、「学劉公幹体五首」が唱和や競作といったサロン文芸として産み出された可能性も考慮に入れなければならないであろう。

一篇の句数を八句に整える傾向が次第に形成されたことは、前節までに明らかにした通りである。このような字数の規制は、却って、その中でどのように情報量を増やすかという工夫へと、文人たちを駆り立てたのではあるまいか。そうした場合、「学劉公幹体五首」における卓抜な比喩表現は、確かに有効な解決方法のひとつであろう。

そこで筆者は、鮑照が劉楨詩の語彙を多用してそのスタイルを踏襲したことについて、劉楨の名を借りることによって、鮑照なりの短詩型制作の手法に権威づけを狙ったもの、と考えたいのである。というのも、周知の如く建安時代は五言詩が一挙に飛躍的発展を遂げた画期的時代であって[22]、就中、劉楨はその名手としての評価が与えられていたためである。その劉楨の五言八句連作詩に着目したのは、鮑照の慧眼である[23]。唐宋の古文復興運動や明の古文辞運動の例に見られるように、新たな文芸思潮が興起する時には、しばしば原点回帰が叫ばれることがある。このように考えてくると、「学劉公幹体五首」の制作意図は、建安時代以来の伝統的手法によって、五言八句形式という新たな潮流に対処することを、実践的に主張しようとしたものであると言えよう。

以上を要するに、鮑照もまた五言八句形式の継承過程の線上に連なる存在なのである。とりわけ、建安文学と永明文学とを繋ぐ架橋的存在として注目される。『詩品』中品の沈約の項に「詳其文體、察其餘論、固知憲章鮑明遠也（其の文体を詳らかにし、其の餘論を察するに、固より鮑明遠を憲章するを知るなり）」とあり、鮑照と永明派の間には影響関係があったことが窺える。彼らの具体的な繋がりは様々な側面から検討を要する問題であるが、本章においては「詩型」を通して、その一端を明らかにしてきた。これまで論じてきた如く、鮑照「学劉公幹体五首」が劉楨の措辞に加えて、五言八句という短詩型の随所に卓抜な比喩表現を盛り込むことによって、餘韻を持たせる修辞的効果を狙った作品であったとすれば、短詩型における表現技巧の先駆者として、鮑照が永明派に与えた影響は大きいと考えられる。

注

（1）興膳宏「五言八句詩の成長と永明詩人」（中国芸文研究会『学林』第28・29合併号、一九九八年）を参照。

（2）本書序論注（1）に挙げた『鮑氏集』諸本は、いずれも五首の連作詩として収載する。

（3）『史記』儒林列伝に「**董仲舒、廣川人也。以治春秋、孝景時爲博士。下帷講誦、弟子傳以久次相受業。或莫見其面**（董仲舒は、広川の人なり。春秋を治むるを以て、孝景の時に博士と為る。帷を下ろして講誦し、弟子 伝ふるに久次を以て業を相受す。或るひと其の面を見る莫し）」とあるのを踏まえたものである。董仲舒は帷を下ろして勉強していたため、古参の弟子が新参の弟子に教えていた。したがって、弟子の中にはその顔を見たことのない者もいたという。

（4）第七句に似た表現が劉楨「贈徐幹」詩（『文選』巻二十三）に「**仰見白日光、皦皦高且懸。兼燭八紘內、物類無頗偏。我獨抱深感、不得與比焉**（仰ぎ見る白日の光、皦皦として高く且つ懸《とほ》し。兼ねて八紘の内を燭し、物類に頗偏する無し。我は独り深感を抱き、与に焉に比ぶを得ず）」とある。また、第八句は劉楨「贈五官中郎将四首」其四（『文選』巻二十三）の「**小臣信頑鹵、僶俛安能追**（小臣は信に頑鹵なり、僶俛するも安んぞ追ふ能はん）」を踏まえた語である。「小臣」は、『書経』にしばしば見られる臣下の呼称である。例えば「康誥」に「**不率大戛、矧惟外庶子訓人、惟厥正人、越小臣諸節**（大戛に率《したが》はざる、矧んや惟れ外の庶子 人を訓ふる、惟れ厥の正人、越《およ》び小臣諸節）」とある。この記事は、平民でさえ法に背けば罰せられるのであり、まして官に就いている者はより重く罰せられることを言う。

（5）ここでの「葵」には「蘋藻」（従弟）の対比物としての役割が当てられているようである。鮑照「園葵賦」（『鮑氏集』巻二）では「**顧菫荼而莫偶、豈蘋藻之薦羞**（菫荼を顧みるも偶《なら》ぶ莫く、豈に蘋藻の薦羞せらるるあらんや）」と、「蘋藻」には及ぶべくもないことを言っている。なお、「豈無」は『詩経』衛風「伯兮」に「**豈無膏沐、誰適爲容**（豈に膏沐すること無からんや、誰をか適として容を為さん）」とある他、陶淵明「擬古九首」其七にも「**皎皎雲間月、灼灼葉中華。豈無一時好、不久當如何**（皎皎たり雲間の月、灼灼たり葉中の華。豈に一時の好しき無からんや、久しからざる当《はた》如何せん）」という用例があり、先に或る事物を提示した上で、その価値判断を保留する場合に用いられる。

（6）古辞「長歌行」（『文選』巻二十七）に「**常恐秋節至、焜黄華葉衰**（常に恐る秋節の至り、焜黄して華葉の衰ふるを）」と秋の到来を恐れる描写がある。

（7）「蒼蒼」の語は劉楨「公讌」詩に「月出照園中、珍木鬱蒼蒼（月 出でて園中を照らし、珍木 鬱として蒼蒼たり）」という用例がある。

（8）黄節『鮑参軍詩註』（一九五七年、人民文学出版社。のち中華書局より再版、二〇〇八年）では、劉楨「贈従弟三首」其二を挙げ、「明遠此篇蓋學之（明遠の此の篇 蓋しこれに学ぶ）」と言う。

（9）其三のみは『文選』巻三十一に「学劉公幹体一首」として収められている。このこと自体ひとつの大きな問題であるが、ここでは詳しく触れない。ただ『文選』収録の理由は、其三の韻律（平仄）を評価するものであろう、ということを指摘するにとどめたい。

胡風○吹朔●雪
千里●度龍○山
集君○瑤臺○上
飛舞●兩楹○前
茲晨○自爲○美
當避●豔陽○天
豔陽○桃李●節
皓潔●不成○妍

今、右に各句の第二字・第四字のみ『広韻』に拠って平仄を記したが、第三句・第五句が共に平声であるのを除けば、律詩の所謂「二四不同」の原則に則っているかのように見受けられる。且つ奇数句と偶数句の間で平仄を反転させており、他の四首に比べて韻律面で遙かに整っていると言えよう。『文選』が永明派の領袖沈約の「宋書謝霊運伝論」を反映して、音調諧和の作品を収録していることは、清水凱夫「『文選』編纂の目的と選録規準」（『新文選学』一九九九年、研文出版。第四章。171～

253頁）に論じられている。

（10）李善注は、『楚辞』大招に「北有寒山、逴龍赩只（北に寒山有り、逴龍赩《はる》かなり）」とあり、その王逸注に「逴龍山名也」とあるのを引き、地名であることを示す。

（11）黄節前掲書はこの句を挙げ、「此篇蓋申其意（此の篇 蓋し其の意を申ぶ）」と言う。

（12）其五詩の第一句・第二句も、劉楨「贈徐幹」詩の「仰視白日光、皦皦高且懸。兼燭八纊內、物類無頗偏。我獨抱深感、不得與比焉（仰ぎ見る白日の光、皦皦として高く且つ懸《とほ》し、兼ねて八紘の内を燭し、物類に頗偏する無し。我は独り深感を抱き、与に焉に比ぶを得ず）」に似た表現である。

（13）逯欽立『先秦漢魏晋南北朝詩』（一九八三年、中華書局）に拠った。

（14）興膳宏「律詩への道―句数と対句の側面から―」（『東方学会創立五十周年記念東方学論集』一九九七年、東方学会）に既に指摘されている。

なお、逯欽立『先秦漢魏晋南北朝詩』を用いて数えたところ、西晋時代の、一章が八句で統一された贈答詩（四言）は二十一首ある。

（15）この他、「贈従弟弘元」詩（『文館詞林』巻百五十二）は全六章のうち五章が八句、「答中書」詩（『文館詞林』巻百五十二）は全六章のうち五章が八句、「贈安成」詩（『文館詞林』巻百五十二）は全六章のうち五章が八句となっている。

（16）南斉初の永明二年（四八四）に、一篇の詩歌の長さはどのくらいが適当であるのか、ということについての論議があった。それは、次のような上奏文（『南斉書』楽志）によって明らかである。

永明二年、尚書殿中曹奏、……又尋漢世歌篇、多少無定、皆稱事立文。竝多八句、然後轉韻。時有兩三韻而轉、其例甚寡。張華・夏侯湛亦同前式。傅玄改韻頗數、更傷簡節之美。近世王韶之・顏延之竝四韻乃轉、得賖促之中。

永明二年、尚書殿中曹 奏す、（略）又た漢世の歌篇を尋ぬるに、多少 定まり無く、皆な事を称へて文を立つ。並びに八句多く、然る後 韻を転ず。時に両三韻にして転ずる有るも、其の例 甚だ寡し。張華・夏侯湛も亦た前式に同じくす。傅玄 韻を改むること頗る数しばなれば、更に簡節の美を傷《やぶ》る。近世の王韶之・顔延之は並びに四韻にして乃ち転ずれば、睒促の中を得たり。

これに拠れば、傅玄の歌辞は頻繁に換韻するため「簡節の美」を損なうと非難されている。逆に王韶之・顔延之は四回押韻してから換韻するため「睒促の中」、すなわち緩急の中正を得るとされる。八句という長さが簡潔で適正な長さである、とする考え方がここに見られる。

(17) 鍾嶸『詩品』序に「昔、曹・劉殆文章之聖、陸・謝爲體貳之才。鋭精研思、千百年中、而不聞宮商之辨・四聲之論（昔、曹〔植〕・劉〔楨〕は殆ど文章の聖、陸・謝は体貳の才為り。鋭精研思なること、千百年中なるも、而るに宮商の辨・四声の論を聞かず）」とあり、また、上品の劉楨の項には「然自陳思已下、楨稱獨步（然るに陳思より已下、楨 独歩と称せらる）」とある。

(18) ここに引用する桓譚・曹植・劉楨らの説は、その出典が明らかでないため、『文心雕龍』に引用されたものに拠った。

(19) 原文は「文之體指實強弱」に作る。劉永済『文心雕龍校釈』（一九六二年、中華書局）では『南斉書』陸厥伝に引く陸厥「与（沈）約書」に「劉楨奏書、大明體勢之致（劉楨 書を奏し、大いに体勢の致を明らかにす）」とあることから「文之體勢貴強」に作るべきであるとする。今、劉氏の説に従って改めた。

(20) 斯波六郎『中国文学における孤独感』（一九五八年、岩波書店。90～104頁）を参照。

(21) この詩は底本（『四部叢刊』所収『鮑氏集』）には収載されていない。

なお、この詩に先行する作品として劉琨「扶風歌」（『文選』巻二十八）があるが、その李善注に拠れば『集』云、『扶風歌九首』。然以兩韻爲一首。今此合之、蓋誤（『集』に云ふ、『扶風歌九首』と。然らば両韻を以て一首と為す。今 此にこれを合するは、蓋し誤りなり）」とあり、五言四句の連作詩であったという。もしも、鮑照が劉琨「扶風歌」の形式を襲ったとすれば、この詩も五言四句二首であった可能性がある。

(22) 岡村繁「五言詩の文学的定着の過程」（『九州中国学会報』第17巻、一九七一年）を参照。

(23) 建安文壇に集ったそれぞれの人の立場から詩を詠じるというスタイルで制作された謝霊運「擬魏太子鄴中集詩八首」（『文選』巻三十）において、劉楨に模擬した作品は五言二十二句からなる。また、鮑照よりやや遅れるが、江淹（四四四～五〇五）「雑体詩三十首」(『文選』巻三十一)の「劉文学(楨)感遇」は五言十四句の詩である。つまり、当時の人々にとって、劉楨という人物と五言八句の連作詩とは、必ずしも結びつけられてはいなかった。してみれば、鮑照が「劉楨のスタイルに学《まね》ぶ」として五言八句形式を採用したことは、彼独自の着眼点であったと言えよう。

第三章　陶淵明及び鮑照の「酒」
――宋斉の陶詩受容について――

第一節　陶淵明作品の「酒」についての研究状況

陶淵明（三六五～四二七）は、その作品中に数多くの酒を詠じた詩人として知られている。昭明太子「陶淵明集序」に「篇篇有酒」とあるのは、この詩人の特徴を見事に言い当てたものである。ところで、その大量に詠じられた酒には、個々の作品の中で、どのような役割が与えられているのであろうか。この問題については、林田愼之助「酒の詩人　陶淵明」（『創文』第499～503号、二〇〇七年七～十一月）において、はじめて未検証の問題として取り上げられ、曹操・竹林の七賢・揚雄・陸機・応璩らと陶淵明との比較が行われた。一方、陶淵明作品に描かれた酒が、後世の詩人によってどのように受け継がれていったのか、その実態については未だ検証が充分であるとは言えない。そこで筆者は、後世の詩人への影響関係を明らかにするという観点から、陶淵明作品中の酒の調査を行った。

本章では、最も早く陶淵明の影響を受けた詩人として、鮑照（四一四？～四六六）を考察対象として取り上げる。(1)また、鮑照以後の作品についても視野に入れて検討するため、謝脁（四六四～四九九）の作品についても、可能な限り考察に加えることとした。(2)

鮑照が陶淵明の影響を受けたことを示す作品には、「学陶彭沢体」詩（巻四）があり、そこでは友を招いて飲み交わそうとする酒が詠じられている。

長憂非生意　　長憂は生意に非ずして
短願不須多　　短願は多きを須《もち》いず
但使罇酒滿　　但だ罇酒を満たし
朋舊數相過　　朋旧をして数《しば》しば相ひ過《よぎ》らしむるのみ
秋風七八月　　秋風　七八月
清露潤綺羅　　清露　綺羅を潤す
提琴當戶坐　　琴を提《さ》げて戸に当たりて坐し
歎息望天河　　歎息して天河を望む
保此無傾動　　此れを保ちて傾動する無くば
寧復滯風波　　寧《なん》ぞ復た風波に滞《とど》められん

第三・四句に言う酒を介しての交友は、陶淵明の詩文にしばしば見られるものであるが、黄節『鮑参軍詩注』（一九五七年、人民文学出版社。のち中華書局より再版、二〇〇八年）では、陶淵明「移居」二首其二詩（巻二）の「過門更相呼、有酒斟酌之（門に過《よ》ぎりて更に相ひ呼び、酒有りてこれを斟酌す）」句を踏まえたものと指摘されている。鮑照が、友人と楽しむ酒を、陶淵明のスタイルの一側面として捉えていたことは、否定できない。しかし、陶淵明作品中の酒に対する鮑照の理解を、この一首のみから窺い知ることはできないであろう。(3) そこで本章では、「生前の酒」、「隠逸生活の中の酒」、「友情と酒」という三方面から分析を行う。

第二節　生前の酒

挽歌とは、元来、柩を挽くときにうたわれた葬送のうたであり、漢代の作品としては「薤露行」「蒿里行」がある。ついで魏の繆襲（一八六〜二四五）にいたって、死者になりかわって詠じた、三首連作を基本型とする作品が現れる。陶淵明「挽歌詩」三首も、この系列に連なるものである。陶淵明以前のものには傅玄や陸機の作品が現存している。これらのうち、酒のことを詠じているのは、陸機「挽歌」三首　其一詩（『文選』巻二十八）の「**舍爵兩楹位、啓殯進靈轜。飲餞觴莫舉、出宿歸無期**（爵を両楹の位に舎《お》き、殯を啓きて霊轜を進む。飲餞するも挙ぐる莫く、出宿するも帰るに期《とき》無し）」句である。これは、死者の前に供えられた酒であり、葬送儀礼の情景として描かれたものである。

次に、陶淵明「挽歌詩」三首　其一及び其二（巻四）を見てみよう。

有生必有死
早終非命促
昨暮同爲人
今旦在鬼録
魂氣散何之
枯形寄空木

生有れば　必ず死有り
早く終るも命の促《せま》るに非ず。
昨暮は同じく人為《た》るも
今旦は鬼録に在り
魂気　散じて何くにか之く
枯形　空木に寄す

嬌兒索父啼
良友撫我哭
得失不復知
是非安能覺
千秋萬歲後
誰知榮與辱
但恨在世時
飲酒不得足

嬌児　父を索めて啼き
良友　我を撫して哭す
得失　復た知らず
是非　安くんぞ能く覚らん
千秋万歳の後
誰か栄と辱とを知らんや
但だ恨むらくは世に在る時
酒を飲むこと足るを得ざるを

在昔無酒飲
今但湛空觴
春醪生浮蟻
何時更能嘗
殽案盈我前
親朋哭我傍
欲語口無音
欲視眼無光

在昔　酒の飲む無く
今　但だ　空觴を湛ふ
春醪　浮蟻を生じ
何れの時にか更に能く嘗めん
殽案　我が前に盈ち
親朋　我が傍に哭す
語らんと欲するも口に音無く
視んと欲するも眼に光無し

（其一）

昔在高堂寢　　昔は高堂に在りて寝ぬるも
今宿荒草鄉　　今は荒草の郷に宿す
一朝出門去　　一朝　門を出でて去り
歸來良未央　　帰来　良に未だ央きず

（其三）

陶淵明は、死者の立場に立って、この詩を詠じている。遺児は父親を求めて泣き、友人は我が遺体を撫して哭している。死者となった自分は、もはや「得失」も「是非」も関係がない。ただ、自分にとって残念なのは、生前に酒を飲み足りなかったことである。

其二詩の冒頭は、其一詩の末聯を承けて、「在昔　酒の飲む無く、今　但だ　空觴を湛ふ」と詠じ始める。生きているうちに酒を飲めなかったのに、死んでしまった今、皮肉にも自分の前には酒を湛えた「觴」が置かれている。しかしながら、その「春醪」は、死者である自分には飲めないのだ。ここでの酒は、飲むに飲めない死者の悲哀というよりも、一海知義「文選挽歌詩考」（京都大学中国文学会『中国文学報』第12冊、一九六〇年四月）に指摘されているように「とぼけた諧謔味を帯びている」酒と解釈するのが妥当であろう。

死者が生前の酒を思う、というこの詩の発想を受け継いだものが、鮑照「代挽歌」（巻七）である。

獨處重冥下　　独り重冥の下に処り
憶昔登高臺　　憶ふ　昔　高臺に登りしを

傲岸平生中　　傲岸たり平生の中
不爲物所裁　　物の裁つ所と為らず
埏門只復閉　　埏門 只だ復た閉ぢ
白蟻相將來　　白蟻 相ひ将に来たらんとす
生時芳蘭體　　生時 芳蘭の体
小蟲今爲災　　小虫 今 災ひを為す
玄鬢無復根　　玄鬢 復た根無く
枯髏依青苔　　枯髏 青苔に依る
憶昔好飲酒　　憶ふ 昔 酒を飲むを好むを
素盤進青梅　　素盤[4] 青梅を進む
彭韓及廉藺　　彭韓及び廉藺
疇昔已成灰　　疇昔《むかし》 已に灰と成る
壯士皆死盡　　壮士 皆 死に尽く
餘人安在哉　　餘人 安くにか在らんや

「憶昔好飲酒、素盤進青梅」句について、黄節『鮑参軍詩注』では、陶淵明「擬挽歌辞」の「在昔無酒飲、今但湛空觴」句を踏まえたものとしている。しかし、ここでの酒は、陶淵明のような諧謔というよりも、むしろ、幸福であった生前を象徴し、死者である作中人物の悲哀を強めるものとして詠じられているように思われる。なぜならば、第七句から第十二句までは、全て生前（奇数句）と死後（偶数句）との対比になっているためである。すなわち、「芳蘭の体」・「玄鬢」・「酒を飲むを好む」が生前の姿であり、「小虫」に蝕まれ、「青苔」に蔽われた「枯髏」、供え物として「素盤」に「青梅」が盛られているのが死後の様子である。「憶昔好飲酒」句は、若く美しかった過去の姿と無惨に朽ち果ててゆく現在とを対比するものとして、死者の悲哀を強調しているのである。

ところが、陶淵明や鮑照のような「生前の酒」は、後の挽歌作者には受け継がれなかったようである。『楽府詩集』（巻二十七、相和歌辞二）に納められる鮑照以後の作品を検討してみても、死者が生前の酒のことを思うという詩句は見られないのである。

第三節　隠逸生活の中の酒

陶淵明の作品に描かれた彼の隠逸生活が酒と共にあったことは、恐らく万人が等しく認めるところであろう。「帰去来兮辞　并序」（巻五）には、次のようにある。

乃瞻衡宇　　乃ち衡宇を瞻て
載欣載奔　　載《すなは》ち欣び　載《すなは》ち奔る
僮僕歡迎　　僮僕　歓び迎へ
稚子候門　　稚子　門に候《ま》つ
三徑就荒　　三径　荒に就くも

松菊猶存　　松菊 猶ほ存す
攜幼入室　　幼を携へて室に入れば
有酒盈罇　　酒有りて罇に盈てり
引壺觴以自酌　　壺觴を引きて以て自ら酌み
眄庭柯以怡顔　　庭柯を眄みて以て顔を怡ばす

かねて念願の帰隠を果たした時のこととして、彼はまず酒を飲んだことを、詠じている。

また、彼の自伝と称される「五柳先生伝」（巻六）には、「性嗜酒、家貧不能常得。親舊知其如此、或置酒而招之。造飲輒盡、期在必醉。既醉而退、曾不吝情去留（性 酒を嗜《この》むも、家 貧しくして常には得る能はず。親旧 其の此くの如きを知り、或《とき》に置酒してこれを招く。造《いた》りて飲めば輒ち尽くし、期《ねが》ふところは必ず酔ふことに在り。既に酔へば退き、曾《いささ》かも情を去留に吝《やぶさ》かにせず）」とある。これは、陶淵明が架空の隠者「五柳先生」に託して理想的な隠逸生活を描いたものである。

さらに、「和郭主簿」二首 其一詩（巻二）では、次のように詠じられている。

藹藹堂前林　　藹藹たり堂前の林
中夏貯清陰　　中夏 清陰を貯ふ
凱風因時來　　凱風 時に因りて来たり
回飈開我襟　　回飈 我が襟を開く
息交逝閑臥　　交りを息《や》めて逝《ここ》に閑臥し

坐起弄書琴
園蔬有餘滋
舊穀猶儲今
營己良有極
過足非所欽
舂秫作美酒
酒熟吾自斟
弱子戲我側
學語未成音
此事眞復樂
聊用忘華簪
遙遙望白雲
懷古一何深

坐起 書琴を弄ぶ
園蔬 餘滋有り
旧穀 猶ほ今に儲ふ
己を営むは良《まこと》に極有り
足るに過ぐるは欽《もと》むる所に非ず
秫《もちあわ》を舂《つ》きて美酒を作り
酒 熟して 吾 自ら斟む
弱子 我が側に戯れ
語を学びて未だ音を成さず
此の事 真に復た楽し
聊か用て華簪を忘る
遥遥として白雲を望み
古を懐ふこと一に何ぞ深き

屋敷の前には青々と繁った林があり、夏でも涼しげである。俗世との交わりをやめて、専ら書物や琴を楽しんでいる。生活に必要充分な蓄えもある。自ら造った酒を飲む傍らでは、幼児が遊んでいる。この詩には、素朴ながら、まことに楽しい日常が描かれている。

このように、陶淵明作品に描かれる彼の隠逸生活を彩るものは、まず何よりも酒であった。本章第一節に挙げた「学陶彭沢体」詩の「但だ罇酒を満たし、朋旧をして数《しば》しば相ひ過《よぎ》らしむるのみ」という句も、鮑照から見た陶淵明に酒のイメージが濃厚であったことを、裏書きするものである。

そして、鮑照が描く隠逸生活にも酒が登場する。次に挙げるのは「答客」詩（巻五）である。

幽居屬有念　　幽居　属《このごろ》念ふこと有るも
含意未連詞　　意を含みて未だ詞を連ねず
會客從外來　　会《たま》たま 客 外より来たり
問君何所思　　君に問ふ 何の思ふ所ありて
澄神自惆悵　　神を澄し自ら惆悵として
嘿慮久廻疑　　嘿《だま》り 慮《おもんぱか》りて久しく廻疑するかと
謂賓少安席　　賓に謂ふ 少《しば》らく席に安んじ
方爲子陳之　　方に子の為にこれを陳べんと
我以華門士　　我 華門の士たるを以て
負學謝前基　　学に負き前基に謝す
愛賞好偏越　　愛賞 偏越を好み
放縱少矜持　　放縦 矜持すること少なし
專求遂性樂　　専ら性を遂ぐるの楽しみを求め
不計緝名期　　名を緝むるの期を計らず

歡至獨斟酒
憂來輒賦詩
聲交稍希歇
此意更堅滋
浮生急馳電
物道險紘絲
深憂寡情謬
進伏兩睽時
願賜卜身要
得免後賢嗤

歓び至れば独り酒を斟み
憂ひ来れば輒ち詩を賦す
声もて交はること稍く希歇し
此の意　更に堅滋たり
浮生　急なること馳電のごとく
物道　険なること紘糸のごとし
深く憂ふ　情寡くして謬り
進伏　両《ふた》つながら時に睽《そむ》くを
願はくは身を卜するの要を賜はり
後賢の嗤ひを免るるを得ん

この詩は、「幽居」している「我」のもとへ「客」がやってきて質問するという問答体の詩である。「客」は問う、あなたは何を思って高く取り澄まし、黙ったまま狐疑逡巡しているのか、と。第七句以下は、この問いに対する「我」の回答であり、自分がどのような人物であるのか、「客」への説明が展開される。「我」は小さく貧しい家の出身であり、学問を修めず勝手気儘に暮らしている。専ら自分の好みに適う楽しみばかりを追い求め、名声を得る機会のことなどは考えていない。このような「我」が、普段何をしているのかといえば、うれしいことがあれば独りで酒を飲み、憂いがあれば詩を賦すことであった。

同じく、鮑照「和王丞」詩（巻五）においても、隠逸生活と酒とが結びつけられている。

限生歸有窮
長意無已年
秋心日迴絶
春思坐連綿
銜協曠古願
斟酌高代賢
遯迹倶浮海
採藥共還山
夜聽橫石波
朝望宿巖煙
明澗予沿越
飛蘿子縈牽
性好必齊遂
迹幽非妄傳
滅志身世表
藏名琴酒間

限れる生は有窮に帰するも
長意は已む年無し
秋心　日びに迴かに絶え
春思　坐《そぞろ》に連綿たり
曠古の願ひを銜み協《あ》はせ
高代の賢に斟酌す
迹を遯《かく》して倶に海に浮び
薬を採りて共に山に還る
夜は石に横たはる波を聴き
朝は巖に宿る煙を望む
明澗　予は沿ひ越え
飛蘿　子は縈り牽く
性の好むは必ず斉しく遂げ
迹の幽なるは妄伝に非ず
志を身世の表に滅し
名を琴酒の間に蔵《かく》さん

この詩は、秘書丞であった王僧綽（四二三〜四五三）に唱和した詩である。(5) その内容は、限りある人生のことを考えて春も秋も物思いにふけり、古代の賢人にならって山水に遊ぶことを詠じたものである。第七句以下、山水の描写が続き、「志を身世の表に滅し、名を琴酒の間に蔵さん」と結ばれる。この「身世」という語は、鮑照「詠史」詩（巻六。また『文選』巻二十一）にも「君平獨寂寞、身世兩相棄（君平 独り寂寞として、身世 両《ふた》つながら相ひ棄つ）」という用例があり、その李善注に「言身棄世而不仕、世棄身而不任（言ふこころは 身 世を棄てて仕へず、世 身を棄てて任じず）」とあるのに拠れば、厳君平自身が世を避けるとともに、世間も君平を見捨てている、という意となる。「和王丞」詩の「滅志身世表」句も同様に「自らが世俗の志を捨てると同時に、世間からも自分の存在を消してしまう」と解釈される。そして、「名」を隠そうとする場所は「琴酒の間」なのである。「和王丞」詩においても、その隠逸生活は酒と共にあるわけである。

このように隠逸生活と結びつけて酒を詠じるのは、鮑照ばかりではない。次に謝朓「休沐重還丹陽道中」詩（巻三。また『文選』巻二十七）を見てみよう。

薄遊第從告　　薄遊して第《しばら》く告に従へば(6)
思閑願罷歸　　思ひ閑かにして罷め帰るを願ふ
還卭歌賦似　　卭に還るに歌賦は似るも
休汝車騎非　　汝に休《いこ》ふに車騎は非なり
灞池不可別　　灞池 別るべからず
伊川難重違　　伊川 重ねて違《さ》り難し

汀葭稍靡靡　　汀葭　稍《いささ》か靡靡として
江菼復依依　　江菼　復た依依たり
田鵠遠相叫　　田鵠　遠く相ひ叫び
沙鴇忽争飛　　沙鴇　忽ち争ひ飛ぶ
雲端楚山見　　雲端に楚山見《あらは》れ
林表呉岫微　　林表に呉岫微《かす》かなり
試與征徒望　　試みに征徒と与に望めば
郷涙盡沾衣　　郷涙　尽く衣を沾す
頼此盈罇酌　　頼《ねが》はくは此の罇に盈てる酌《さけ》もて
含景望芳菲　　景を含みて芳菲を望まん
問我勞何事　　我に問ふ　何事にか労すると
霑沐仰清徽　　霑沐して清徽を仰ぐ
志狹輕軒冕　　志　狭くして軒冕を軽んずるも
恩甚戀閨闈　　恩　甚だしくして閨闈を恋ふ
歳華春有酒　　歳華　春に酒有れば
初服偃郊扉　　初服して郊扉に偃さん

この詩は、建武三年（四九六）、謝朓が宣城太守であったときの作である。詩は冒頭から、官を罷めて故郷に帰りたいという思いが告白される。風にそよぐ「汀葭」や「江菼」、遠くで呼び交わす鶴や沙地の鴇が飛び立つ様子が描かれる。従者と一緒に「楚山」「呉岫」を眺めると望郷の思いに涙をこぼし、酒を飲みつつ、帰隠の希望と君恩との間で揺れ動く思いを吐露するものである。

もちろん、隠者で酒を好んだ者は、陶淵明だけに限らないであろう。しかしながら、詩歌の中で酒と隠逸とが緊密に結びつくのは、陶淵明の登場を待たなければならない。そして、以上に挙げた鮑照や謝朓の作品から見て、陶淵明によって切り拓かれた「隠逸生活の中の酒」を詠じることは、淵明の後の早い時期、すなわち宋斉の頃には定着していたと考えられるのである。

第四節　友情と酒

『詩経』以来、宴席や送別のことを詠じた作品や、そうした場で友情を確かめ合うものとして詠じられる酒は、枚挙にいとまがない。やがて魏晋になると、友情をうたう詩歌における酒の在り方にもバリエイションが増えてくる。この節では、不在の友人を思う作品に焦点を絞って論じてみたい。

陶淵明以前の作品を検討してみると、阮籍（二一〇～二六三）や嵆康（二二四～二六三）に、友を偲びつつ酒を飲む姿が描かれるものがある。まずは、阮籍「詠懐詩」八十二首　其三十四詩（逯欽立『先秦漢魏晋南北朝詩』魏詩　巻十）を見てみよう。

一日復一朝　　一日復た一朝

一昏復一晨　　一昏復た一晨
容色改平常　　容色 平常を改め
精神自飄淪　　精神 自ら飄淪す
臨觴多哀楚　　觴に臨みて哀楚多く
思我故時人　　我が故時の人を思ふ
對酒不能言　　酒に対して言ふ能はず
悽愴懷酸辛　　悽愴として酸辛を懐《いだ》く
願耕東皐陽　　願はくは東皐の陽に耕し
誰與守其眞　　誰と与にか其の真を守らん
愁苦在一時　　愁苦 一時に在り
高行傷微身　　高行 微身を傷《そこな》ふ
曲直何所爲　　曲直 何れの所にか為さん
龍蛇爲我鄰　　龍蛇 我の鄰為《た》り

この詩の第五〜八句に「觴に臨みて哀楚多く、我が故時の人を思ふ。酒に対して言ふ能はず、悽愴として酸辛を懐《いだ》く」と酒を詠じた句がある。酒杯を前にすると悲しみが湧き起こり、友人のことを思い出す。その思いは言葉にならず、心の中に辛さを抱いている。阮籍には、酒にまつわる故事逸話が数多く残されており、酒を好む人物として有名であるが、その作品の中で彼が詠じた酒は、かくも悲痛なものであった。

次に、嵆康「贈秀才入軍」五首 其五詩（『文選』巻二十四）を挙げる。

閑夜肅清　閑夜 粛清として
朗月照軒　朗月 軒を照らす
微風動袿　微風 袿《もすそ》を動かし
組帳高褰　組帳 高く褰《かか》げらる
旨酒盈樽　旨酒 樽に盈つるも
莫與交歡　与《とも》に歓を交はす莫し
鳴琴在御　鳴琴 御に在るも
誰與鼓彈　誰と与《とも》にか鼓弾せん
仰慕同趣　仰ぎ慕ふ 同趣の
其馨若蘭　其の馨《かをり》の蘭の若くなるを
佳人不在　佳人 在らざれば
能不永歎　能く永歎せざらんや

嵆康がこの詩を贈った相手は、兄の嵆熹（二三〇?～二八五?）であって、一般の友人とは異なるかもしれない。しかし、仰ぎ慕う兄がいないために、酒や「琴」を誰と楽しめばよいのだろうか、という嘆きを詠じている点では、前掲の阮籍「詠懐詩」や次に挙げる陶淵明と同列に属する。

さて、陶淵明の場合、「答龐参軍」詩（巻一）の「我有旨酒、與汝樂之。乃陳好言、乃著新詩（我に旨酒有り、汝とこれを楽しむ。乃ち好言を陳べ、乃ち新詩を著す）」や、「帰園田居」五首其五詩（巻二）の「山澗清且淺、可以濯吾足。漉我新熟酒、隻雞招近局（山澗 清く且つ浅く、以て吾が足を濯ふべし。我が新たに熟せる酒を漉し、隻鶏もて近局を招く）」など、友人や近隣の人々と酒を楽しむ作品が主流を占めるが、その中で「停雲 并序」詩（巻一）のみは、友人に会えないことを悲しみつつ酒を飲む作品である。(7)

停雲、思親友也。罇湛新醪、園列初榮。願言不從、歎息彌襟。

停雲、親友を思ふなり。罇に新醪を湛へ、園に初栄を列ぬ。願《おも》ひて言《ここ》に従はず、歎息 襟に弥《み》つ。（序）

靄靄停雲　　靄靄たる停雲
濛濛時雨　　濛濛たる時雨
八表同昏　　八表 同じく昏くして
平路伊阻　　平路 伊れ阻《へだ》たる
靜寄東軒　　静かに東軒に寄り
春醪獨撫　　春醪 独り撫す
良朋悠邈　　良朋 悠邈たり
搔首延佇　　首を掻きて延佇す

（一章）

停雲靄靄　停雲 靄靄たり
時雨濛濛　時雨 濛濛たり
八表同昏　八表 同じく昏くして
平陸成江　平陸 江を成す
有酒有酒　酒有り 酒有り
閑飲東窗　閑《しづ》かに東窓に飲む
願言懐人　願《おも》ひて言《ここ》に人を懐ふも
舟車靡従　舟車 従ふ靡し

（二章）

酒もあり庭園には花も咲いているのに、雨に阻まれて友人とは会えないのである。全四章のうち、ここに挙げた一章と二章とに酒が登場するが、そこでは屋敷でひとり静かに酒を飲む姿が描かれている。この詩における酒も、憂いを払拭できないまま、ひとりで飲まざるを得ないものなのである。

鮑照にも、このような酒が登場する。以下に、彼の「贈故人馬子喬」六首 其五詩（巻六）を挙げる。

皎如川上鵠　皎《しろ》きこと川上の鵠の如く

赫似握中丹　赫《あか》きこと握中の丹の似し
宿心誰不欺　宿心 誰か欺かざらん
明白古所難　明白 古より難しとする所
憑楹観皓露　楹に憑りて皓露を観ては
灑酒盪憂顔　酒を灑ぎて憂顔を盪《あら》ふ
永念平生意　永く平生の意を念へば
窮光不忍還　窮光 還るに忍びず
淹留徒攀桂　淹留して徒らに桂を攀《と》り
延佇空結蘭　延佇して空しく蘭を結ぶ

この詩は五首連作であるが、全体として友人「馬子喬」の不誠実さを怨む口吻である。其五詩では、柱に寄りかかって白い露を眺め、ひとり憂鬱な顔で酒を飲む様子が描かれている。

これらの作品における友人は、いずれも本来は一緒に酒を飲んで楽しむことができる筈の存在なのであるが、詩中では、その望みを叶えられないまま友の不在を歎くものである。そこに描かれる酒には、却ってその絶望的な憂いを読む者に訴える役割が与えられているように見受けられる。

ところが、次に挙げる鮑照「翫月城西門廨中」詩（巻七）における酒は、前掲の諸作品とは一線を画するように思われる。

始見西南樓
纖纖如玉鉤
末映東北墀
娟娟似娥眉
娥眉蔽珠櫳
玉鉤隔瑣窗
三五二八時
千里與君同
夜移衡漢落
徘徊入戶中
歸華先委露
別葉早辭風
客游厭苦辛
仕子倦飄塵
休澣自公日
宴慰及私辰
蜀琴抽白雪
郢曲發陽春

始めて西南の楼に見《あらは》れしとき
纖纖として玉鉤の如し
末に東北の墀を映《てら》すとき
娟娟として娥眉に似たり
娥眉　珠櫳に蔽はれ
玉鉤　瑣窓に隔てらる
三五二八の時
千里　君と同じからん
夜　移りて衡漢落つるも
徘徊して戸中に入る
帰華　先づ露に委《お》ち
別葉　早く風に辞す
客游　苦辛を厭ひ
仕子　飄塵に倦む
休澣して公自りする日
宴慰して私に及ぶの辰
蜀琴　白雪を抽《かな》で
郢曲　陽春を発す

肴乾酒未闋　　肴乾くも 酒 未だ闋《や》まず
金壺啓夕淪　　金壺 夕淪を啓く
廻軒駐輕蓋　　軒《くるま》を廻らすも軽蓋を駐《とど》め
留酌待情人　　留《とど》まり酌みて情人を待たん(8)

この詩は、鮑照が秣陵令であった時、町の西門の官舎で、月を眺めながら遠く離れた友人を思う作品である。ここで注目したいのは、「三五二八の時、千里 君と同じからん」という第七・八句である。この句について、興膳宏「月明の中の李白」（京都大学中国文学会『中国文学報』第44冊、一九九二年四月）では、月を媒介とした双方向からの思慕が論じられている。

先に挙げた鮑照の詩では、「三五二八の時、千里　君と同じからん」とあって、遠く隔たった二人の人物が中天に懸かる月を見上げつつ、相手の身を思いやるという構図が浮かびあがる。

つまり、この句において作者と「君」とが月を共有することによって、この二人の人物は、かろうじて繋がりを保っているのである。このような二人の関係は、前掲の阮籍以下の諸作品が絶望的な断絶を歎いていたことと比べれば、明らかに異なるものである。

ところで、銭仲聯『鮑参軍集注』（二〇〇五年、上海古籍出版社。初版は一九五八年、古典文学出版社。一九八〇年、上海古籍出版社より再刊）の「集説」（二〇〇五年版、394頁）に引く呉伯其の説に「**君指何人、即結語情人是也**（『君』何人を指す、即ち結語の『情人』是れなり）」とあるのに拠れば、「君」と「情人」とは同一人物ということになる。だとすれば、「軒《くるま》を廻らすも軽蓋を駐《とど》め、留《とどま》り酌みて情人を待たん」という末聯における酒には、たとえ千里も遠く離れていようとも、いつかまた一緒に酒を酌み交わせる日が来ることを「待」つという、再会の祈りが込められていると言えよう。

友と一緒に酒を飲むことを願う酒は、謝朓の作品にもある。次に挙げるのは、「郡内高斎閑望答呂法曹」詩（巻三）である。

結構何迢遰　　結構　何ぞ迢遰たる
曠望極高深　　曠望　高深を極む
窗中列遠岫　　窓中に遠岫を列ね
庭際俯喬林　　庭際に喬林を俯す
日出衆鳥散　　日出でて衆鳥散じ
山暝孤猿吟　　山暝《く》れて孤猿吟ず
已有池上酌　　已に池上の酌有り
復此風中琴　　復た此の風中の琴あり
非君美無度　　君の美の度《はか》る無きに非ざれば
孰爲勞寸心　　孰《たれ》か為に寸心を労せん
惠而能好我　　恵みて能く我を好《よみ》し
問以瑤華音　　問ふに瑤華の音を以てす

若遺金門歩　若《も》し金門の歩を遺《す》てなば
見就玉山岑　玉山の岑に就くを見ん

この詩は、呂法曹（僧珍）から詩を贈られたことに答えるものである。第九句以下を先に見よう。あなたのように計り知れない「美」を持つ人でなければ、誰が私のことを気にかけてくれるでしょう。今、あなたは、かたじけなくも詩を贈ってくださった。もしも、あなたが官途を退かれたなら、どうかこの「玉山」においでください。これは、呂法曹から贈られた詩への感謝を述べるとともに、いつの日か自分のところに招いて、共に談笑することを望んだものである。このことを踏まえて改めて前半部分を見てみるならば、これらの叙景句は遠方にいる呂法曹に「高斎」からの眺望を示すものであり、また「已に池上の酌有り、復た此の風中の琴あり」という句は、酒や琴など呂法曹をもてなす用意があることを伝えるものであって、以て彼の来臨を誘う意図があったと思われる。

遠く離れた友人を思う詩歌において、阮籍・嵇康・陶淵明らの作品には、共に楽しむべき友人の不在を歎く憂悶の酒が詠じられていた。このような酒は、その後の詩人にも受け継がれてゆくのであるが、その一方で、これまでと異なる形で友人を思う作品が現れた。鮑照「翫月城西門廨中」詩や謝朓「郡内高斎閑望答呂法曹」詩のような、友人との邂逅を願う酒である。(9)これこそ、陶淵明以後の詩歌に詠じられた酒の新たな展開であった。

以上、陶淵明と鮑照の「酒」を詠じた作品を中心として、詩歌の中で酒がどのような役割を担って詠じられているかという問題について、「生前の酒」、「隠逸生活の中の酒」、「友情と酒」の三方面から検討を加えた。その結果、陶淵明に至って様々な性格を持つ酒が詩歌の中に詠じられるようになり、また、鮑照や謝朓がこれを更に発展拡充していったことが明らかとなった。詩人としての陶淵明受容史は、その劈頭に鮑照や謝朓を置くことによって、はじめてその展開過程をスムーズに捉えられるものであり、唐代以降の陶淵明への再評価や、唐詩における「酒」の更なる発展は、この延長線上にあると説明することができるのである。

注

（1）鮑照が陶淵明の影響を受けていることは、曾君一「鮑照研究」（『四川大学学報』一九五七年、第4期）、および近藤泉「鮑照における陶淵明について」（『竹田晃先生退官記念東アジア文化論叢』一九九一年、汲古書院。99～126頁）に指摘されるところである。

（2）陶淵明の作品については陶澍注『靖節先生集』（『四部備要』所収）、謝朓の作品は『謝宣城詩集』（『四部叢刊』所収）を、それぞれ底本とした。鮑照の作品については、本書序論の注（1）を参照されたい。作品を引用する場合は、それぞれの別集における巻数のみ示した。

（3）ちなみに、「学陶彭沢体」詩の旧注には「王義興に奉和す」とあって、当時義興郡の太守であった王僧達（四二三～四五八）に唱和した詩であることが判る。王僧達は、かつて陶淵明と厚い親交を結んだ王弘（三七九～四三二）の子である。陶淵明に影響を受けた可能性のある人物のひとりと思われるが、現存作品が僅少であるため本章では取り上げない。

（4）「素盤」は、鮑照以前に用例を見ない語である。『礼記』檀弓下に「奠以素器、以生者有哀素之心也（奠に素器を以てするは、生者 哀素の心有るを以てなり）」とある。これを踏まえているとすれば、死者に供えものをするときに用いる器を指す。

（5）方東樹『昭昧詹言』巻六には、「僧綽仕跡、非能歸退之人、此當是以虚志相期望（僧綽の仕跡、能く帰退するの人に非ず、此れ当に是れ虚志を以て相ひ期望すべし）」とある。確かに、王僧綽は元嘉二十八年（四五一）に侍中となり、文帝の信頼を得て側近として活躍するのである。その後、元嘉三十年（四五三）に二凶（太子劉劭・始興王劉濬）に殺害される。関連する史伝を調べた限り、彼が隠棲した形跡は見られない。

（6）「告」字、底本は「昔」に作る。『文選』に従って改める。

（7）劉履『選詩補注』巻五では、この詩を晋宋易代の際に宋朝に仕えた者に対する諷刺として捉えている。しかし、ここでは龔斌『陶淵明集校箋』（一九九六年、上海古籍出版社。6頁）の「春日思友之情」とする解釈に従う。

（8）「情人」とは、五臣注に「情人、友人之別離者」とあるのに拠れば、遠く離れた場所に別れている友人のことと解釈される。

（9）謝朓「懐故人」詩（巻三）も、友との再会を願う詩であるが、その結びは次のようなものである。

清風動簾夜　清風　簾を動かす夜
孤月照窗時　孤月　窓を照らす時
安得同攜手　安んぞ得ん　同《とも》に手を携へて
酌酒賦新詩　酒を酌み　新詩を賦すを

ここにも友人との連帯感を促す「弧月」が詠じられ、いつの日か手を携えて酒を飲むことへの期待が詠じられている。興膳宏「謝朓詩の抒情」（『乱世を生きる詩人たち』二〇〇一年、研文出版。421～456頁。初出は『東方学』第39号、一九七〇年）を参照。

第四章　上海図書館蔵『鮑氏集』十巻と孫毓修
―第二の毛斧季校宋本『鮑氏集』について―

第一節　『鮑氏集』テキストの系統と問題点

本章は、六朝宋・鮑照（四一四?～四六六）のテキストの問題を取り上げ、従来知られていなかった新資料として上海図書館蔵『鮑氏集』十巻を紹介し、以て失われた宋本『鮑氏集』本文を推測する有力な手掛かりとなる同本の資料的価値について報告するものである。(1)

六朝文学研究全体を俯瞰する観点からすれば、鮑照という一文人の別集、しかもその一テキストの資料的価値などは、あまりにも些細な問題かもしれない。しかし、筆者が敢えてこの問題を論じようとする理由は、ひとつにはこの本が鮑照の本文校訂において、今後参照すべき重要資料であると考えたからでもあるが、より大きくは以下に述べる三点に集約される。

第一には、厳可均『全上古三代秦漢三国六朝文』（「凡例」）や、逯欽立『先秦漢魏晋南北朝詩』（「凡例」）において、唐代以前の別集が伝わるものとして、阮籍・嵆康・陸雲・陶淵明・鮑照・江淹の六人が挙げられていることである。もちろん、彼らの別集も編纂当時のものがそのまま伝えられているわけではないが、明代の再編集を経たもの以外に、比較的古い形のテキストが残っているという点で、鮑照を含むこの六人は、六朝文人の中でも希有な存在なのである。

したがって、我々はたとえ僅かずつでも、孜々として本文校訂を進めなければならない。

第二には、鮑照の詩文解釈の困難さである。黄節『鮑参軍詩注』（一九五七年、人民文学出版社。のち中華書局より再版、二〇〇八年）の「序」や、伊藤正文「鮑照伝論」（『建安詩人とその伝統』二〇〇二年、創文社。223～262頁。初出は神戸大学『研究』第14号、一九五七年）に指摘されている如く、もともと晦渋難解とされる鮑照の作品を読み解く上で、テキスト間の譌異の問題は、その困難さに拍車をかけている。しかし、この本を利用することによって、本章第三節および第四節で指摘した事例を含め、譌異を補正できる箇所が少なくないのである。

第三には、この本が宋元および明清の六朝文学受容史ばかりでなく、民国期の古典文学研究とも深い関係があるからである。本章第二節に後述するが、この本が生まれた背景には、旧蔵者が『四部叢刊』編纂に携わっていたことが、大きく関与しているのである。そして、『四部叢刊』の刊行のみならず、民国期には、六朝文学研究に限っても、丁福保『全漢三国晋南北朝詩』（一九一六年、上海医学書局）、魯迅『古小説鈎沈』（『魯迅全集』一九三八年。第八巻）等、文献資料の博捜に支えられた研究が行われたのであって、今日この本が現存することは、こうした研究の在り方がもたらした遺産のひとつと考えられるのである。

さて、現存する鮑照集の主要なテキストを挙げれば、およそ次の八種となる。

甲　宋本

1　上海涵芬楼影印毛斧季校宋本（『四部叢刊』所収）

2　北京図書館（現中国国家図書館）蔵毛氏影宋抄本

3　日本　静嘉堂文庫蔵影宋鈔本

4　清　盧文弨「鮑照集校補」所用影宋本（『群書拾補』所収）

乙　明本

5　汪士賢『漢魏諸名家集』所収本

6　上海涵芬楼影印毛斧季所用明刊本（甲1の底本）

7　張溥『漢魏六朝一百三名家集』所収本

8　薛応旂『六朝詩集』所収本（八巻。賦・詩のみ収録）

これまで進められてきた鮑照集の版本研究に拠れば、これらのテキストの中で最も重要なものは、甲1に挙げた上海涵芬楼影印毛斧季校宋本（以下、毛校宋本と称す）であり、他の宋本はその傍流と位置づけられている。(2) 毛校宋本の素性は、巻末の跋文から或る程度窺い知ることができる。

丙辰七夕後三日借呉趨友人宋本比挍一過　扆

この跋文に拠れば、明末清初の蔵書家として知られる汲古閣の毛斧季（一六四〇～一七一三。名は扆。斧季は字である。毛晋の子）が、明刊本を底本として、「丙辰七夕の後三日」に「呉趨」すなわち蘇州の友人から借りた宋本『鮑氏集』（以下、毛斧季所見宋本と称す）を用いて校讐したものである。(3) この本は『四部叢刊』の中に収められているため、影印本ではあるが、我々も比較的容易にその詳細な書き入れを確認することができる。

ところで問題なのは、現在のところ、宋本『鮑氏集』そのものが残っておらず、我々は毛校宋本を通じて元の宋本の文字を推知する他ない、という点である。確かに毛校宋本は、全体的に毛斧季の細やかな目配りが察知されるものであって、その書き入れについては、一応これを信頼しても良いであろう。しかしながら、書き入れされていない部分については、どこまで信用できるものか疑問が残るのである。なぜならば、校本という性格上、たとえ汲古閣毛斧季の手校(4)であるとしても、そこに校正の不備が残っている可能性を否定できないからである。そこで注目したいのが、上海図書館に所蔵されている『鮑氏集』十巻である。

第二節　上海図書館蔵『鮑氏集』と孫毓修

『上海図書館善本書目』を参照しつつ、筆者が調査したところでは、上海図書館蔵『鮑氏集』十巻は、巻一から巻八までが『六朝詩集』所収本（第一節前掲乙8）、巻九と巻十とが清抄本という形で構成される合訂本であり、これを底本として、朱筆で識語及び文字の修正（異体字や点画の修正を含む）、圏点等の書き入れが施されたものである。(5)そしてその書き入れは、後述する幾つかの異同を除けば、そのほとんどが毛校宋本と一致している。但し、毛斧季自身の手校本である毛校宋本と比べてみると、その筆跡が時に右肩下がりになることや、省略字体を用いることから見て、後日、別人が転写したものと考えられる。

この本の来歴については未詳の点が多い。少なくとも最終的には上海図書館に収蔵され、現在に至っているのであるが、蔵書印を検討してみると、上海図書館に入る直前の旧蔵者として次の人物が浮かび上がる。

すなわち、孫毓修（一八七一～一九二二、また一八六九～一九三九とも。字は星如、号は留庵、その蔵書室名は小緑天）である。(6)

筆者は、彼こそが毛斧季校の抄写を行った人物であると考えるものである。その直接的根拠は、巻末の跋文である。

丙辰七夕後三日借呉趨友人宋本比挍一過　扆
戊午春初留菴借臨畢

「丙辰……扆」は、第一節に挙げた毛斧季の手跋をそのまま写したものであるが、その脇に「戊午春初め 留菴 借りて臨《うつ》し畢る」と記されているのである。「留菴」とは孫毓修の号である。この跋文も全て朱筆で書かれており、恐らくは、借りてきた『鮑氏集』に書き入れられている毛斧季校を、彼が自らの所有する合訂本に臨写し終えた際、備忘のために記しておいたものに違いない。時に民国七年（一九一八）早春の頃である。[7] 以下、本章では、この上海図書館蔵『鮑氏集』十巻を、旧蔵者の姓を借りて、孫本と称することとする。

ここで、孫毓修及び孫本に纏わる関連事項を、時系列に沿ってまとめておこう。孫毓修の経歴を見れば、彼が比較的容易に孫本を作成しうる、極めて恵まれた環境にあったことが判るからである。

同治十年（一八七一）に生まれた孫毓修は、一九〇六年前後に商務印書館編訳所に入所した。この頃、繆荃孫（一八四四～一九一九）に師事して版本目録学を学ぶ。商務印書館では、張元済（一八六七～一九五九）を助けて、上海涵芬楼の蔵書収集やその整理に当たる。孫本の跋文に拠れば、一九一八年にそれまで進めていた毛斧季校の臨写を終え、ここに孫本が生まれることになる。孫毓修、四十八歳の時のことである。そして、翌一九一九年から『四部叢刊』の刊行が開始される。ちなみに一九一八年以前に毛校宋本が涵芬楼に収められていたことは、後で触れる張元済の書簡から判る。その後、一九三二年に勃発した上海事変の空襲により商務印書館は被災し、涵芬楼の蔵書の多くが失われたのである。

以上のような事実関係から見て、筆者は当初、毛斧季所見宋本・毛校宋本・孫本の関係を、以下のように考えていた。つまり、まず「呉趨の友人」なる人物が所有していたという毛斧季所見宋本があり、次いでこれを用いて明刊本を校正した毛校宋本が作られ、そして孫毓修がこれを写して孫本となった、と。これを図示すれば、次のようになる。

〔当初の関係予想図〕

毛斧季所見宋本――毛校宋本――孫本

しかしながら、毛校宋本と孫本とを詳しく調査してゆくうちに、右のような一本線の関係ではあり得ないことが判明したのである。

ここで、あらかじめ結論を述べておくならば、実は孫毓修が臨写したのは、『四部叢刊』所収の毛校宋本ではなく、従来知られなかった異本を用いたものであったと考えられる。言わば、第二の毛斧季校宋本の存在が推定されるのである。

確かに、毛斧季『汲古閣珍蔵秘本書目』や張元済『涵芬楼燼餘書録』等には、そのような異本に関する記録は見られない[8]。しかし、次に挙げる資料は、毛校宋本の他にもうひとつの毛斧季校宋本が存在したことを示唆するものである。

今日、ある人が元本であると称して『鮑参軍集』を持ってきました。第八巻の「行路難」第七首を検討したところ、「樽樽」と「逐」字とはともに改められておらず、正徳刊本以前のものと思われます。（この本が）元本という説は果たして信じられるのでしょうか。毛斧季の校正は『愛日精廬蔵書志』に載録されている本と、いちいち合致していますが、しかし、あちら（愛日精廬所載本＝毛校宋本）は旧鈔本であり、こちら（持ち込まれた『鮑参軍集』）は版本であって、或いは書き写されたものかも知れません。しかし、当方に毛斧季校本があり、その筆跡はまたとてもよく似ていて、疑問が解決できませんので、恐れ入りますが鑑定をお願いします。代金百元を請求されていますが、実際にはどのくらいの価値でしょうか。併せてご教示ください。（括弧内、筆者）

今日有人持一『鮑參軍集』來、稱爲元本。檢第八卷「行路難」第七首、「樽樽」及「逐」字均未改、當是在正德刊本之前。元本之說果信否。毛斧季校與愛日精廬所載一一吻合、然彼系舊鈔本、此爲印本、疑是過錄。然敝處有毛斧季校本、其筆跡又甚相肖、疑不能決、敢祈鑒定。索値百元、實値若干。亦求示及。

（張元済「一九一二年六月十三日繆荃孫宛書簡」）

右の書簡は、一九一二年に商務印書館の張元済のもとに持ち込まれた『鮑参軍集』について、繆荃孫に鑑定を依頼し、その購入価格の助言を求めたものである。(9) 注目すべきは、張元済が「毛斧季校　愛日精廬の載する所と一一吻合す」と言っていることである。愛日精廬は張金吾（一七八七〜一八二九）の蔵書楼のことであり、右の書簡中では『愛日精廬蔵書志』を指す。そして「愛日精廬所載」とは、当時上海涵芬楼に所蔵されていた毛校宋本そのものに他ならない。なぜならば、毛校宋本に押された「愛日精廬張氏蔵書記」（朱長方）の蔵書印から、張金吾も旧蔵者のひとりであったことが明らかなためである。なお、毛校宋本は、『愛日精廬蔵書志』巻二十九に旧抄本として著録されており、このことも右の書簡の記述と符合する。つまり、この持ち込まれた『鮑参軍集』も、毛斧季の校正が全く同じように加えられた、毛校宋本の異本であったと考えられるのである。[10] かかる数奇な出来事が起こった背景を考えるならば、やはり商務印書館の精力的な善本収集活動が、大きく作用しているであろう。

残念ながら、この本のその後の流伝は未詳であり、孫本がこの本に基づいたものかも確認することはできないが、民国初め頃には、毛斧季の校正が入った『鮑氏集』は、必ずしも毛校宋本ただひとつだけではなかったこと、そしてそれらは孫毓修のごく身近なところに存在していたことが判る。

もし、孫本が右のような毛校宋本の異本に基づいて校正されたものであるとすれば、それは同時に、孫本によって毛校宋本の本文をもう一度補正できることを意味するであろう。

それでは、毛校宋本と孫本との対校によって得られた異同が、第二の毛斧季校宋本の存在を立証するものであるか、また同時に、毛校宋本の本文を改められるものであるか、次節において実際に検討を加えてみたいと思う。

第三節　毛校宋本と孫本との対校調査

【例証1】毛校宋本には、随所に様々な種類の圏点が施されている。孫本を確認してみると、驚くべきことに、そのほとんどが一致しているのである。この現象は、歴代の所蔵者が恣意的に附したものではないことを示しているであろう。ただし次に挙げる事例は、その例外的な瑕疵である。

［毛校宋本］　今我何時當得然　一去永滅入黄泉
［孫　　本］　今我何時當得然　一去永滅入黄泉

右は「擬行路難」十九首 其五（巻八）の「今 我 何れの時か当《は》た然るを得ん、一たび去れば永滅して黄泉に入る」という箇所である。毛校宋本では末二字「黄泉」の圏点を欠いており、孫本では二句全体に附されている。『鮑氏集』全体の傾向を見るならば、○点は、一句単位で附されているため、明らかに孫本が勝る。もし、孫本が毛校宋本を見て校正していたとすれば、ここは同様に圏点を欠く筈であるが、「黄泉」まで圏点が附されているということは、毛校宋本でない別の本に基づいたことを窺わせるのである。

【例証2】「秋夜」二首（巻五）の異同は、避諱字に改めるべき事例である。
［毛校宋本］　絲紈夙染濯　綿綿夜裁張（傍点筆者、以下、同）
［孫　　本］　絲紈夙染濯　綿綿夜裁張

毛校宋本は「絲紈 夙に染濯し、綿綿として 夜 裁張す」の第二字目を「紈」に作る。この聯では秋の夜長に衣服を染め上げ仕立てることを述べており、毛校宋本が白絹を表す「紈」に作るのは、決して誤りではない。孫本の方を見ると、こちらでは底本の「紈」字の上に重ねて朱筆で「乙」字形の一画を書き入れ、「九」字形に作ることを示している。この「紈」字は、北宋最後の皇帝である欽宗（在位一一二五～一一二七）の諱を避けたものに相違ない。陳垣『史諱挙例』巻八「歴朝諱例（宋諱例）」に拠れば、欽宗の諱である「桓」字と同音として避けるものの中に、「紈」字が含まれている。毛校宋本巻一第二葉の毛斧季識語に、祖本では「丸」字の欠筆として「九」字に作っていたことが明記されている（孫本、同）。また、「代白紵舞歌詞」四首 其一（巻三）のように、他の箇所では「丸」字に作ることを避けている例もあるため、ここも毛斧季所見宋本が欠筆して「九」字に作っていた公算は高く、孫本はそのように作る本に基づいたと考えられる。(11)

【例証3】以下に挙げるふたつの事例（例証3・4）は、毛校宋本の錯誤を指摘できるものである。まず、「代北風涼行」（巻三）の第一句〜三句には、次のような異同が見られる。

［毛校宋本］　北風涼　雨雪雱　京洛女兒多嚴粧

［孫　　本］　北風涼　雨雪雱　京洛兒女多嚴粧

毛校宋本では、「北風 涼しく、雪を雨《ふ》らすこと雱たり、京洛の女兒 嚴粧するもの多し」と、第三句の第三字・第四字を「女兒」に作る。ところが孫本では、底本が毛校宋本に同じく「女兒」に作っているにも関わらず、そこに乙点を附して語順を入れ替え、「兒女」に作っているのである。意味の上からは、「女兒」と「兒女」と、どちらに作っても問題はないのであるが、それだけに孫本が敢えて「兒女」に作っていることは、やはり何らかの根拠となる異本の存在が考えられるのである。ちなみに管見の諸本全て「女兒」に作り、他のテキストとの混同とも考え難いところである。(12) 毛校宋本には何の書き入れもなされていないため、ここは毛斧季が見落とした可能性が高い。

【例証4】「擬行路難」十九首 其十三（巻八）も語順を入れ替える異同であるが、孫本の正当性を示す有力な事例である。

［毛校宋本］　恐羇死爲□客思寄滅生空精

［孫　本］　但[13]恐羇死爲客□思寄滅生空精　（識語……宋本客字下空一字）

毛校宋本では底本の空格をそのままにして、第五字を空格とし、第六字を「客」に作る。そして、この箇所には書き入れが行われていない。これに対して孫本は、底本が「恐羇死爲客思寄滅生空精」と間を詰めてしまっているために、空格を示す□点を書き入れている。問題は、その空格が「客」字の下に挿入されている点である。もちろん、これのみでは孫本の錯誤という可能性もあるが、同じ箇所に書き込まれている識語に拠れば、これが正当な処置であったことが判る。そこには、「宋本『客』字の下一字を空く」と記されているのである。してみれば、孫本こそ毛斧季所見宋本の本文を正確に伝えるものであって、毛校宋本が「客」字の上を空格に作るのは、校正の不備と言わざるを得ない。

ここで、この二句の対句構造について検討したいと思う。孫本の識語が言うように、「客」字の下を空格に作るならば、ここは以下のように解するのが妥当である。

恐羇死爲客□　　羇死して客□と為るを恐れ
思寄滅生空精　　寄滅して空精を生ずるを思ふ

空格部分の文字は未詳ながら、「恐」と「思」、「羇死」と「寄滅」、「為」と「生」の語句がそれぞれ対応関係にあり、整った対句と言えよう[14]。

【例証5】「擬行路難」十九首 其七（巻八）の場合は、僅か一字の有無の異同によって、一首の詩型全体を捉え直す必要に迫られることになる、という興味深い事例である。

［毛校宋本］　擧頭四顧望　但見松栢園　荊棘鬱樽樽
［孫　本］　擧頭四顧望　但見松栢荊棘鬱樽樽

毛校宋本は、第三～五句「頭を挙げて四もに顧望すれば　但だ見る松栢の園　荊棘の鬱樽樽たるを」において、底本の「園」字をそのまま残している。これに対して孫本は、底本の「園」字の中に点を打つことによって、基づくところの本にはこの字が無かったことを示している。したがって、孫本が毛校宋本を踏襲したものでないことは、明白である。

筆者が考えるに、この異同の場合、詩型の整斉という観点から見て、「園」字がない方が適切である。この詩の全体像を、毛校宋本の場合と孫本の場合とで比較してみよう。

（毛校宋本）

1　愁思忽而至
2　跨馬出北門……………上平声二十三魂
3　擧頭四顧望
4　但見松栢園……………上平声二十二元
5　荊棘鬱樽樽……………上平声二十三魂
6　中有一鳥名杜鵑
7　言是古時蜀帝魂………上平声二十三魂
8　聲音哀苦鳴不息
9　羽毛憔悴似人髠………上平声二十三魂
10　飛走樹間逐蟲蟻
11　豈憶往日天子尊………上平声二十三魂
12　念此死生變化非常理
13　中心惻愴不能言………上平声二十二元

（孫本）

1　愁思忽而至
2　跨馬出北門……………上平声二十三魂
3　擧頭四顧望
4　但見松栢荊棘鬱樽樽…上平声二十三魂
5　中有一鳥名杜鵑
6　言是古時蜀帝魂………上平声二十三魂
7　聲音哀苦鳴不息
8　羽毛憔悴似人髠………上平声二十三魂
9　飛走樹間逐蟲蟻
10　豈憶往日天子尊………上平声二十三魂
11　念此死生變化非常理
12　中心惻愴不能言………上平声二十二元

（押韻は『広韻』韻目に拠る）

毛校宋本のように「園」字を残しておいた場合、この字は他の韻字と押韻するので、ここは「但だ見る松栢の園」の五言で一句を形成することになり、全十三句となる。一方、孫本のように「園」字が無かった場合、ここは「荊棘の鬱樽樽たるを」と合わせて九言句になり、全十二句となる。

次に押韻について見てみよう。王力「南北朝詩人用韻考」（『王力文集』第十八巻　中古音。一九九一年、山東教育出版社）に拠れば、この詩は「上平声二十二元」と「上平声二十三魂」が同用として押韻するものである。なお、王力は毛校宋本第六句或いは孫本第五句の「鶡」字を「偶然、韻に合ったものである」として除外し、この詩を「元魂痕同用」のグループに入れている。(15)今、これに従って、「鶡（下平声一先）」字は、一応これを通押しないものと考えることとする。(16)

以上をまとめると、この詩の場合、「園」字を衍字であるとする孫本の書き入れによって、一首十三句、しかも第四・五句のみ毎句韻という変則的詩型（毛校宋本）から、一首十二句隔句韻（孫本）という整った詩型へと改めることができるのである。

「園」字が無い方を是とするのは、孫本だけではない。盧文弨「鮑照集校補」（甲4）は、張溥『漢魏六朝一百三名家集』本（乙7）を底本として、影鈔宋本を用いて校正したものである。該当箇所を見ると、果たして「園　衍す」としており、「但見松栢荊棘鬱樽樽（但だ見る　松栢の荊棘　鬱として樽樽たるを）」という九言句に作る。このことは、以上述べてきた筆者の考えを補強する傍証となるであろう。

ところで、この衍字の由来は、唐代まで遡ることができる。皎然『詩式』に引く「擬行路難」では、「但見松栢園（但だ見る松栢の園）」という五言句に作っており、唐代には既に「園」字を加えたテキストが行われていたようである。だとすれば、この事例は、詩型に対する厳密な検討を経た上で旧来の誤りから脱却しようとする、宋人の積極的且つ柔軟な姿勢を示す好例と言える。以下、孫本によって補正した本文及び訓読を示す。

1　愁　思　忽　而　至　　　愁思　忽として至り

2　跨馬出北門　　　馬に跨りて北門を出づ
3　擧頭四顧望　　　頭を挙げて四もに顧望すれば
4　但見松栢荊棘鬱樽樽　　　但だ見る 松栢の荊棘 鬱として樽樽たるを
5　中有一鳥名杜鵑　　　中に一鳥有り 名は杜鵑
6　言是古時蜀帝魂　　　言ふ是れ古時の蜀帝の魂と
7　聲音哀苦鳴不息　　　声音 哀苦して 鳴きて息まず
8　羽毛憔悴似人髡　　　羽毛 憔悴して 人髡に似たり
9　飛走樹間逐蟲蟻　　　樹間に飛走して 虫蟻を逐へば
10　豈憶往日天子尊　　　豈に往日の天子の尊きを憶はんや
11　念此死生變化非常理　　　此の死生の変化の常理に非ざるを念ひ
12　中心惻愴不能言　　　中心 惻愴として 言ふ能はず

この詩は、郊外に出て草木の茂る墓地に目をとめる主人公の様子（第一～四句）から歌い始められ、第五～十句において、杜鵑（ホトトギス）に変身したという望帝伝説（『華陽国志』蜀志）を踏まえて、木々の間を飛ぶ杜鵑の様子を描き、再び視点を主人公に移して、その慨嘆（第十一～十二句）で締めくくられる。第四句と第十一句とに配置された九言句は、内容上の区切りを示すアクセントにもなっているのである。

以上見てきた事例はいずれも、第二節に示した当初の関係予想図を明らかに否定するものであり、同時に毛校宋本の校正の不備を補正するものであった。これらの調査結果から考えられる関係図を改めて示しておこう。

〔調査結果を踏まえた関係図〕

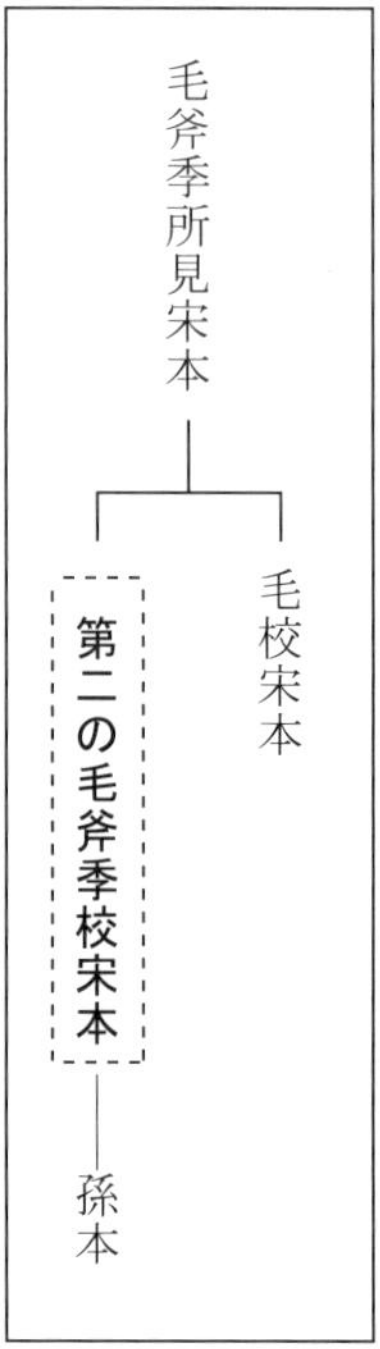

毛斧季所見宋本・毛校宋本・孫本の三者の位置づけは、当初予想していたように一本線に連なるものではなくして、右のような複線的な継承関係が想定されるのである。

第四節　上海図書館蔵『鮑氏集』の有用性

従来、我々が毛校宋本を利用する際には、この本が宋本そのものではなく、校本であるという点に、常に留意しなければならなかった。つまり、書き入れの施されていない文字は、あくまでも毛校宋本底本の文字として扱うべきであって、それが本当に毛斧季所見宋本を踏襲したものであるか、という疑問が、どこまでもつきまとっていたのである。いささか慎重に過ぎるかもしれないが、現在、宋本そのものを見ることができない以上、これは仕方のないことである。しかし、前節で明らかになったように、毛校宋本と孫本とが複線関係にあるとするならば、ここに孫本を傍証として参照することによって、書き入れの施されていない毛校宋本底本の文字についても、元の文字を或る程度推測することができるのである。この節では、そのような事例について報告する。

【例証6】「擬古」八首　其七詩（巻四）の第十三～十四句は、毛校宋本では次のように作る。

明鏡塵匣中　　明鏡　塵匣の中
寶琴生網羅　　宝琴　網羅を生ず

一方、現在通行する銭仲聯『鮑参軍集注』（二〇〇五年、上海古籍出版社。初版は一九五八年、古典文学出版社。のち一九八〇年、上海古籍出版社より再刊。二〇〇五年版、345頁。以下、通行本と称す）では、傍点部を「瑤琴」に作る。毛校宋本の「寶」字には何の書き入れもなく、毛斧季所見宋本が真に「寶」字に作っていたか確かめる手立てがない。しかし、ここで孫本を見てみると、底本（『六朝詩集』所収本）の「瑤」字の上に朱筆で「寶」字が書き入れてあり、孫毓修が基づくところの原本も「寶」字に作っていたことが判る。なお、この詩は『玉臺新詠集』巻九にも載録されており、そこでは「寶瑟」に作る。このことを考え合わせると、「寶」字に作る方がより古い形であったと考えられる。(17)

【例証7】次に挙げる「冬日」詩（巻六）の場合、毛校宋本は、その第十一～十二句を、以下のように作る。

天規苟平圓　　天規　苟しくも平円なれば

寧得已偏媚　　寧ぞ已《はなは》だ偏媚するを得ん

通行本（407頁）は、「天規苟平圓」句の第二字を「窺」字に作る。「天窺」について、黄節は「『天窺』猶ほ『尚書』に言ふ所の『天視』のごときなり（天窺猶尚書所言天視）」と解釈する。(18) しかし、「天視」とは、天が民衆の目を通じて善悪を見定め、それに応じて賞罰を下すことを言うものであって、この場合、句意が通じ難い。ここは、揚雄『太玄経』巻十「玄図」の「天道成規、地道成矩（天道 規を成し、地道 矩を成す）」を踏まえて、天が円形であることを示したものと思われる。ここも、毛校宋本には書き入れがないが、孫本は「矢」旁を「夫」旁に改めている。このような異体字の修正は、毛校宋本においても孫本においても、ともに『鮑氏集』全体を通じて行われていることであって、毛斧季による校讐の精細緻密さを示すものである。(19) 孫本の書き入れも、決して孫毓修が恣意的に行ったものではなくして、毛斧季校を忠実に抄写したものと思われる。

【例証8】「在荊州与張史君李居士連句」（巻七）における毛校宋本と通行本との間の異同は、その句構造が問題の焦点となる。次に挙げるのは、毛校宋本の第一～二句である。

橋磴支古轍　　橋磴　古轍を支へ
篁路拂輕鞍　　篁路　軽鞍を払ふ

これに対して通行本（417頁）は、第一句を「橋磴支吾轍」に作る。そして、注釈として『史記』項羽本紀に「是の時に当たり、諸将 皆な慴服し、敢へて枝梧する莫し（當是時、諸將皆慴服、莫敢枝梧）」とあるのを引いていることからすれば、通行本は、この句を「橋磴─支吾─轍（二字─二字─一字）」と解釈する如くである。しかしながら、下句が明らかに「篁路─拂─輕鞍（二字─一字─二字）」という構造である以上、それと対応する上句もやはり同じ句構造に従うべきであろう。毛校宋本はまさに「古轍（古くから残っているわだち）」に作っており、しかも形容詞（修飾語）＋名詞（被修飾語）という品詞構成の点でも「輕鞍（軽やかに走る馬）」に対応している。孫本では、底本が通行本に同じく「吾」字に作っているのであるが、その上に「古」字を書き入れている。毛校宋本では底本の「古」字をそのまま残しているが、同じく「古」字を書き入れている孫本が存在することによって、毛斧季所見宋本が「古」字に作っていた可能性は、更に高まったと言えよう。

このように、毛校宋本と孫本とは、相互に補完しあう存在として捉えるのが至当である。この両本を組み合わせることによって、従来気づかなかった毛斧季所見宋本の原貌への更なる接近を果たせるのであり、孫本の資料的価値は、まさにこの点に存するのである。

以上、本章では毛校宋本と孫本との対校調査を経て、両者の複線的な継承関係を明らかにし、その上で孫本の有用性について私見を述べた。かかる有益な異本が遺されたことは、直接には孫毓修個人の功績に違いないが、更に巨視的に考えれば、民国期の古典文学研究全般に通じる徹底した博捜渉猟の精神が生み出した副産物でもあるように思われる。このこともまた、上海図書館蔵『鮑氏集』十巻が有する資料的価値の一側面なのである。

注

（1）　鮑照集についての先行研究には、岡村繁「『六朝詩集』とそれに収められた『鮑氏集』について」（『東北大学教養部紀要』第

1号、一九六五年）、向嶋成美「鮑照集の成立について」（『鎌田正博士八十寿記念 漢文学論集』一九九一年、大修館書店）、同氏「宋本鮑照集考—特に『文選』との関わりについて—」（『新しい漢字漢文教育』第35号、二〇〇二年）等がある。

（2）岡村繁氏前掲論文では、これらのテキストは、毛校宋本（甲1）の系統に属するものと、明代重輯本である張溥「漢魏六朝一百三名家集」本（乙7）のふたつのグループに分類されると指摘している。また、向嶋成美氏前掲論文「宋本鮑照集考—特に『文選』との関わりについて—」では、甲系統の祖本に最も近い本として、北京図書館蔵毛氏影宋抄本（甲2）と共に、毛校宋本を挙げている。

（3）跋文に言う丙辰の年は、毛斧季の存命中にただ一度のみであるため、康熙十五年（一六七六）と推定される。向嶋成美氏前掲論文「鮑照集の成立について」を参照。

（4）このことは、毛校宋本の各巻首巻末に「虞山毛扆手校」の印があることから判る。

（5）『上海図書館善本書目』集部には「鮑氏集十巻　劉宋鮑照撰　明正徳刻本　有鈔配」と著録されている。「有鈔配」とは、巻九・巻十が清抄本であることを指す。また、「明正徳刻本」とあるのは、巻末に朱応登（一四七七～一五二七）跋文を収めていることに拠るものであろう。

（6）上冊第一葉（虞炎「鮑照集序」）には、下から順に「方朩」（朱方）、「沈棣之印」（白方）、「山陰沈氏南陔草堂藏書之章」（白長方）の印が押されている。このうち、前二者は未詳。「沈氏南陔草堂」は、『光緒嘉興県志』巻九「園宅」（『中国地方志集成』浙江府県志輯、第十五冊。一九九七年、江蘇古籍出版社・上海書店・巴蜀出版社）に拠れば、明の沈尭中（字は執甫。万暦八年〔一五八〇〕の進士）の邸宅（浙江省 嘉興市）と思われる。そして上冊第二葉（巻一の冒頭）及び下冊第一葉（巻六の冒頭）には、「孫毓修印」（白方）、「小綠天藏書」（朱方）がある。このような蔵書印の状況から見て、最も新しい所蔵者は孫毓修と考えられる。

（7）孫毓修の場合も、その存命中における戊午の年は民国七年（一九一八）のみであることから、臨写した年代が判断できる。

（8）『汲古閣珍蔵秘本書目』には「鮑參軍集二本　宋板影抄　三兩」という記録がある。向嶋氏前掲論文「宋本鮑照集考—特に『文選』との関わりについて—」では、この「二本」のうち、一本は毛校宋本を指し、もう一本は、北京図書館蔵毛氏影宋抄本（甲２）を指す可能性が指摘されている。

(9)『張元済全集』第三巻　書信（二〇〇七年、商務印書館。497頁）より引用した。

(10) 試みに孫本を確認してみると、この書簡に言う巻八「行路難」第七首の文字、及び張金吾『愛日精廬蔵書志』巻二十九に引用されている毛斧季の識語は全て合致する。

(11) ちなみに、毛校宋本・孫本ともに北宋朝の諸皇帝の諱は、そのほとんどが避けられている。南宋朝のものとしては、欽宗の他、高宗（構）の諱を避ける例があった（巻九「請仮啓」二首　其二）。避諱字の状況から見る限り、毛斧季所見宋本の刊行年代は、南宋期に属すると考えられる。

(12) 本章第一節前掲の諸本の他、『楽府詩集』及び『古詩紀』を参照した。

(13)「但」字は底本のままである。毛校宋本、北京図書館蔵毛氏影宋抄本（甲２）、静嘉堂文庫蔵影宋鈔本（甲３）には、この字はない。一方、汪士賢『漢魏諸名家集』所収本（乙５）、張溥『漢魏六朝一百三名家集』所収本（乙７）、薛応旂『六朝詩集』所収本（乙８）には「但」字がある。或いは明代になって加えられた衍字かと思われる。

(14) 汪士賢『漢魏諸名家集』所収本（乙５）、張溥『漢魏六朝一百三名家集』所収本（乙７）は、「但恐羇死爲鬼客、客思寄滅生空精」に作る。「鬼」字が何に基づいたものかは未詳。また、「客」字を重ねることも基づくところは未詳である。毛斧季所見宋本と時代の近い『楽府詩集』巻七十（雑曲歌辞十）は、この二句を「恐羇死爲客思寄滅生空精」の十一字に作る。

(15) 付け加えるならば、同論文には「元魂痕先仙山刪寒桓同用者」という分類項もあるが、この詩は、そちらには入れられていない。

(16) 于安瀾『漢魏六朝韻府』「魏晋宋【元魂痕】」（一九八九年、河南人民出版社）においても、同詩の押韻字は「門、園、蹲、魂、髡、尊、言」とされており、「鵾」字は除外されている。

(17)『玉臺新詠集』が、梁朝宮廷の書庫に蔵されていた種々の作品集から直接抄出した第一次選集であることは、柳川順子「陸機擬する所の古詩について」（九州大学中国文学会『中国文学論集』第28号、一九九九年。1～19頁）を参照。

(18) 黄節前掲書、二〇〇八年版、255頁。「天視」は『書経』泰誓中に見える語である。「天視は我が民の視に自《よ》り、天聴は我が民の聴に自《よ》る（天視自我民視、天聴自我民聴）」。

（19）この評価は、張元済『涵芬楼燼餘書録』（集部　鮑氏集十巻）に見える。

結論

本書では、六朝宋の鮑照を主たる考察対象として、その文学創作のあり方について検討を加えてきた。ここで再び本書の問題提起を振り返り、併せてこれまでの考察を通じて得られた結論を示すこととする。

五世紀中葉の元嘉年間（四二四～四五三）は、謝霊運（三八五～四三三）や顔延之（三八四～四五六）をはじめとする数多の文人が輩出され、彼らの手によって数々の名品佳作が――詩歌はもちろんのこと、辞賦、駢文など多岐にわたって世に送り出されており、六朝文学が迎えたひとつの山場とも言える時代であった。就中、鮑照は明の胡応麟『詩藪』（外篇巻二）に、

宋人一代、康樂外、明遠信爲絶出。上挽曹劉之逸歩、下開李杜之先鞭。

宋人一代、康楽（謝霊運）の外、明遠（鮑照）は信に絶出と為す。上は曹（植）・劉（楨）の逸歩を挽き、下は李（白）・杜（甫）の先鞭を開く。

と言われるように、謝霊運に次ぐ傑出した文人として、また建安文学と盛唐文学とを繋ぐ架橋的存在として、高く評価される人物である。

当時の代表的貴族文人であった謝霊運と入れ違うかたちで登場した鮑照は、名門謝氏の御曹司であった霊運とは対

照的に下級士人層の出身であり、その生涯を卑位卑官のまま過ごした。そのためか、鮑照の作品に対しては、階級社会の中で複雑に揺れ動いた彼の心情を読み解こうとするのが、従来の概ねの姿勢であった。確かに、『詩品』（中品 鮑照）に「嗟、其才秀人微、故取湮當代（嗟《ああ》、其の才は秀なるも人は微なり、故に湮を当代に取る）」とあるように、その才能の豊かさと出自の微賎なこととのコントラストが彼の特徴であったことは間違いない。その点では、従来の姿勢は、ひとつの素直な捉え方と言える。

しかしながら、その異色な出自に目を奪われるあまり、鮑照を図式的な「懐才不遇」の文人像に当てはめてしまうことは、彼の活動の実態や当時の文学のあり方を把握する上で、果たして十全な方法と言えるであろうか。というのも、このような捉え方を推し進めてゆけば、結局、鮑照は現実社会から遊離した体制批判者であったということになるためであり、その場合、恐らく彼の作品は異端者のそれとして時人から一顧だにされなかったであろうと思われるためである。ところが、本書序論に指摘したように、鮑照は文学の面では他の文人に並ぶ高い評価が与えられている。なぜ鮑照の文学が、他の文人に伍して、高い評価を獲得できたのか。また、これを換言するならば、鮑照はその出自にも関わらず広く朝野の人々を魅了したということになるが、それではその魅力はどのような創作態度から産み出されたのであろうか。本書は、そのような疑問から出発したものであった。

ここで、現在の段階で明らかになっているものに限り、鮑照が直接仕えた主君と彼らへの出仕期間を挙げておく。

（A）臨川王劉義慶………王国侍郎。元嘉十六年（四三九）～二十一年（四四四）。
（B）始興王劉濬…………王国侍郎。元嘉二十四年（四四七）?～二十八年（四五一）?
（C）孝武帝（劉駿）……太学博士、兼中書舎人。孝建三年（四五六）～大明元年（四五七）。

（D）臨海王劉子頊………行参軍、刑獄参軍、記室参軍。大明五年（四六一）～泰始二年（四六六）（卒）。

元嘉二十一年以降の一時帰郷していた時期、及び元嘉二十八年前後の行動未詳の時期を除けば、その大半は皇族に仕えてその幕下の文人として行動していたことが看取される。このような経歴からも、鮑照の文学創作が社会から背を向けた活動ではなく、むしろ上流階級の中に立ち交じってなされたものであったことが考えられる。しかも、史伝等の説明するところに拠れば、その任用は彼の文学的才能が高く評価されていたことによるものであった。まず、最初の主君、劉義慶は「辞章の美」によって鮑照を登用したという。

其餘吳郡陸展・東海何長瑜・鮑照等、竝爲辭章之美、引爲佐史國臣。

其の餘は呉郡の陸展・東海の何長瑜・鮑照等、並びに辞章の美を為し、引きて佐史国臣と為す。

（『宋書』宗室・劉義慶伝）

また、孝武帝期における中書舎人への就任も、

孝武以來、士庶雜選。如東海鮑照、以才學知名。

孝武以来、士庶雑選す。東海の鮑照の如きは、才学を以て名を知らる。

（『南斉書』倖臣伝序）

とあって、その「才学」によって選ばれたものであったことが窺われる。さらに、晩年の記室参軍も、

記室之局、實惟華要、自非文行秀敏、莫或居之。

記室の局、実に惟れ華要にして、文行秀敏に非ざる自《よ》りは、或はこれに居る莫し。

（『宋書』孔覬伝）

と言われるように、「文行秀敏」でなければ務まらない「華要」の職であった。

思うに、我々はこれまで、鮑照が文学をもって仕える官僚であった、という事実を等閑視しすぎたようである。本書では、この反省を踏まえて、あらためて鮑照の文学活動の実態解明を試みた。

その結果、筆者が得た結論は次のようなものである。すなわち、寒門文人鮑照が希代の文豪となり得たのは、文学を事とする職業的専門技術者としての立場に、自己の才能の全てを傾注した結果である、と。

六朝時代は、権謀うずまく乱世でもあり、皇帝権力や貴族勢力が複雑に絡み合う混沌とした社会でもある。このような時代相を踏まえて虚心に鮑照の文学に接する時、そこには自らに与えられた立場に立ってひたむきに創作に打ち込む、いわば生真面目な職業意識とも言うべきものを見出すことができる。そして、このような彼の心がけが時代の共感を呼んだとすれば、当時において鮑照の作品が高く評価されたことも何ら不思議ではない。かくして、寒門文人鮑照は、六朝文学の興隆を根底で支えたのであった。

附録

『鮑氏集』校勘表

凡例

1、本校勘表は、銭仲聯『鮑参軍集注』（二〇〇五年、上海古籍出版社。初版は一九五八年、古典文学出版社。のち一九八〇年、上海古籍出版社より再刊）の校勘記を補うものとして作成したものである。原則的に同書に指摘されている異同は採らない。また、偏旁点画の差異が微細なものや、異体字、避諱字は採らない。

2、本校勘表は、『四部叢刊』所収上海涵芬楼影印毛斧季校宋本（略称【四部叢刊本】）を底本として、これと他の諸本とを比較対校したものである。

3、対校に使用した諸本は、以下の通りである。【　】内は校勘表に用いた略称である。銭仲聯『鮑参軍集注』本（略称【銭本】）は、二〇〇五年版を用い、最下欄に配置した。

宋本

上海図書館蔵孫毓修旧蔵本　【孫本】

北京図書館（現中国国家図書館）蔵毛氏影宋抄本　【毛抄本】

静嘉堂文庫蔵影宋鈔本　【静嘉堂本】

盧文弨『群書拾補』所収「鮑照集校補」所用影宋本　【盧本】

明本
汪士賢『漢魏諸名家集』所収本　【汪本】
張溥『漢魏六朝一百三名家集』所収本　【百三名家本】
薛応旂『六朝詩集』所収本（八巻。賦・詩のみ収録）　【六朝詩集本】

以上の『鮑氏集』諸本の他、以下の資料も参照した。

胡克家重刻宋淳熙刊本『文選』　【文選】

4、配列は底本に従い、各作品一首ごとに篇題を附して一表にまとめた。
5、最上欄に底本を配置して、問題のある箇所を一句単位で摘記し、異同箇所には傍点（・）を附した。篇題や題注に異同がある場合、（　）で示した。また、底本に附された注記は［　］で示した。
6、対校諸本の欄には、傍点を附した箇所の異同を記した。また、同欄に用いた記号は、以下の通りである。
○……底本と異同が無い場合。
×……対校本に書き入れや記述自体が無い場合。孫本と盧本のみに用いた。
□……空格の場合。
以上は、基本的に最上欄の傍点の数や位置に対応して記している。但し、判りにくいと思われる場合には記号を用いなかった。

巻一

「蕪城賦」

四部叢刊本	孫本	毛抄本	静嘉堂本	盧本	汪本	百三名家本	六朝詩集本	文選	銭本
飢鷹礪吻	×	○	○	×	厲	厲	○	厲	厲
峻隅又已頽	×	○	○	×	○	○	○	○	以

「芙蓉賦」

四部叢刊本	孫本	毛抄本	静嘉堂本	盧本	汪本	百三名家本	六朝詩集本	銭本
會春陂乎夕張	×	○	○	×	○	○	○	帔
～徽號（空格無し）抱茲～	×	○	○	×	○	□□□□□□	○	□□□□□□
青房兮規接	○×	○○	○○	×	○○	○○	○○	□□
泛明彩於宵波	×	○	○	×	○	汎	○	汎

「遊思賦」

四部叢刊本	孫本	毛抄本	静嘉堂本	盧本	汪本	百三名家本	六朝詩集本	銭本
平隰兮互岸	×	○	○	×	○	○	○	互

巻二

「尺蠖賦」

四部叢刊本	孫本	毛抄本	静嘉堂本	盧本	汪本	百三名家本	六朝詩集本	銭本
申非向厚	×	○	○	×	○	伸	伸	伸

「観漏賦」

四部叢刊本	孫本	毛抄本	静嘉堂本	盧本	汪本	百三名家本	六朝詩集本	銭本
得·無得而雙昌	×	○	○	×	○	時	○	時

「野鵝賦」

四部叢刊本	孫本	毛抄本	静嘉堂本	盧本	汪本	百三名家本	六朝詩集本	銭本
望征雲·而延悼	○	○	虜	×	○	○	虜	○

「傷逝賦」

四部叢刊本	孫本	毛抄本	静嘉堂本	盧本	汪本	百三名家本	六朝詩集本	銭本
尋·平·生之好醜	××	○○	○○	××	○○	○○	○○	生平

巻三

「代出自薊北門行」

四部叢刊本	孫本	毛抄本	静嘉堂本	盧本	汪本	百三名家本	六朝詩集本	銭本
疾風·衝塞起	×	○	○	×	○	○	○	冲

「代苦熱行」

四部叢刊本	孫本	毛抄本	静嘉堂本	盧本	汪本	百三名家本	六朝詩集本	文選	銭本
鳥墜·魂來歸	×	○	○	×	○	○	○	墮	墮

「代朗月行」

四部叢刊本	孫本	毛抄本	静嘉堂本	盧本	汪本	百三名家本	六朝詩集本	銭本
靚粧坐帳·裏	×	○	張	○	○	帷	○	帷

「代堂上歌行」

四部叢刊本	孫本	毛抄本	静嘉堂本	盧本	汪本	百三名家本	六朝詩集本	銭本
自・我・對湘娥	××	○○	○○	×	目成	目成	○	目成

「代門有車馬客行」

四部叢刊本	孫本	毛抄本	静嘉堂本	盧本	汪本	百三名家本	六朝詩集本	銭本
捷歩往相訉・	○	訊	訊	×	訊	訊	訊	訊

「代悲哉行」

四部叢刊本	孫本	毛抄本	静嘉堂本	盧本	汪本	百三名家本	六朝詩集本	銭本
羇人感淑景・	×	○	○	○	節	節	○	節

「代陸平原君子有所思行」

四部叢刊本	孫本	毛抄本	静嘉堂本	盧本	汪本	百三名家本	六朝詩集本	文選	銭本
選色遍齊岱・	×	○	○	×	○	○	○	代	代

「代白紵曲」二首　其二

四部叢刊本	孫本	毛抄本	静嘉堂本	盧本	汪本	百三名家本	六朝詩集本	銭本
天色淨綠氣研・和	×	○	○	×	妍	妍	妍	妍
含桃紅蕚蘭紫牙・	×	○	○	○	芽	芽	○	芽

「代白紵舞歌詞」四首　其一

四部叢刊本	孫本	毛抄本	静嘉堂本	盧本	汪本	百三名家本	六朝詩集本	銭本
吳刀楚製・爲佩褘	×	○	○	×	○	○	○	制

「代白紵舞歌詞」四首 其三

四部叢刊本	孫本	毛抄本	静嘉堂本	盧本	汪本	百三名家本	六朝詩集本	銭本
非君之故豈妄·集	×	○	○	○	安	安	○	安

巻四

「擬古」八首 其一

四部叢刊本	孫本	毛抄本	静嘉堂本	盧本	汪本	百三名家本	六朝詩集本	文選	銭本
日宴·罷朝歸	○	○	○	×	○	○	晏	晏	晏

「擬古」八首 其二

四部叢刊本	孫本	毛抄本	静嘉堂本	盧本	汪本	百三名家本	六朝詩集本	文選	銭本
側觀·君子論	×	○	○	×	○	覩	○	覩	覩

「擬古」八首 其七

四部叢刊本	孫本	毛抄本	静嘉堂本	盧本	汪本	百三名家本	六朝詩集本	銭本
秋蛬·扶戸吟	×	○	○	○	蛩	螢	○	蛩

「学陶彭沢体」

四部叢刊本	孫本	毛抄本	静嘉堂本	盧本	汪本	百三名家本	六朝詩集木	銭本
(題注)奉和王義典·	○	興	○	×	○	興	×	興
但使罇·酒滿	○	○	鑄	×	尊	尊	鑄	尊

「紹古辞」七首 其七

四部叢刊本	孫本	毛抄本	静嘉堂本	盧本	汪本	百三名家本	六朝詩集本	銭本
萬萌迎·春達	×	○	○	×	○	○	○	競
春霧明·菴·藹·	×○×	朝○○	○○○	×○○	朝晻靄	朝晻靄	朝晻靄	朝晻靄

「幽蘭」五首 其三

四部叢刊本	孫本	毛抄本	静嘉堂本	盧本	汪本	百三名家本	六朝詩集本	銭本
抱梁輒乖互·	○	○	忤	○	忤	忤	忤	忤

巻五

「還都道中」三首 其三

四部叢刊本	孫本	毛抄本	静嘉堂本	盧本	汪本	百三名家本	六朝詩集本	銭本
寒·棲·動·樹·	×	○	○	×	□寒棲動樹	寒□棲動樹	□寒棲動樹	寒響棲動樹

「還都至三山望石頭城」

四部叢刊本	孫本	毛抄本	静嘉堂本	盧本	汪本	百三名家本	六朝詩集本	銭本
泉源安·首·流	××	○○	○○	××	○○	○○	○直	首安

「過銅山掘黄精」

四部叢刊本	孫本	毛抄本	静嘉堂本	盧本	汪本	百三名家本	六朝詩集本	銭本
後·象·天井壁	××	○○	○○	××	復○	復像	復○	復像

「日落望江贈荀丞」

四部叢刊本	孫本	毛抄本	静嘉堂本	盧本	汪本	百三名家本	六朝詩集本	銭本
薄暮增思深	×	○	○	×	○	○	○	憂

「行楽至城東橋」

四部叢刊本	孫本	毛抄本	静嘉堂本	盧本	汪本	百三名家本	六朝詩集本	文選	銭本
容華坐銷歇	×	○	○	×	○	○	○	消	消

「観圃人藝植」

四部叢刊本	孫本	毛抄本	静嘉堂本	盧本	汪本	百三名家本	六朝詩集本	銭本
空識己尚淳	○	○	織	×	織	織	織	○

「採桑」

四部叢刊本	孫本	毛抄本	静嘉堂本	盧本	汪本	百三名家本	六朝詩集本	銭本
工女事蠶作	××	○○	○○	××	○○	○○	○○	女工

「詠双燕」二首　其一

四部叢刊本	孫本	毛抄本	静嘉堂本	盧本	汪本	百三名家本	六朝詩集本	銭本
經過北堂陲	垂	垂	○	×	○	○	○	○

「発後渚」

四部叢刊本	孫本	毛抄本	静嘉堂本	盧本	汪本	百三名家本	六朝詩集本	銭本
飛潮隱脩樾	×	□	□	×	○	○	□	○

「数詩」

四部叢刊本	孫本	毛抄本	静嘉堂本	盧本	汪本	百三名家本	六朝詩集本	文選	銭本
四牡輝·長路	×	○	○	×	○	曜	○	曜	曜

「臨川王服竟還田里」

四部叢刊本	孫本	毛抄本	静嘉堂本	盧本	汪本	百三名家本	六朝詩集本	銭本
事居·慚儒薄	×	○	○	○	○	君	○	君

巻六

「登翻車峴」

四部叢刊本	孫本	毛抄本	静嘉堂本	盧本	汪本	百三名家本	六朝詩集本	銭本
淖坂既馬嶺·	×	○	○	×	○	領	○	領

「冬日」

四部叢刊本	孫本	毛抄本	静嘉堂本	盧本	汪本	百三名家本	六朝詩集本	銭本
天規·苟平圓	○	○	○	×	○	窺	○	窺

「詠史」

四部叢刊本	孫本	毛抄本	静嘉堂本	盧本	汪本	百三名家本	六朝詩集本	銭本
明星晨·未稀	×	○	○	×	○	○	○	辰

「登雲陽九里埭」

四部叢刊本	孫本	毛抄本	静嘉堂本	盧本	汪本	百三名家本	六朝詩集本	銭本
流年抱衰·疾	○	○	哀	×	○	○	哀	○

「送別王宣城」

四部叢刊本	孫本	毛抄本	静嘉堂本	盧本	汪本	百三名家本	六朝詩集本	銭本
簾爵自惆悵	○	○	□	×	擧	擧	擧	擧

「送従弟道秀別」

四部叢刊本	孫本	毛抄本	静嘉堂本	盧本	汪本	百三名家本	六朝詩集本	銭本
疑［疑一作悲］思戀光景	○	○	○	○	○	悲	悲	悲

「贈傅都曹別」

四部叢刊本	孫本	毛抄本	静嘉堂本	盧本	汪本	百三名家本	六朝詩集本	銭本
日落川渚寒	××	○○	○○	××	落日	落日	○○	落日

「詠蕭史」

四部叢刊本	孫本	毛抄本	静嘉堂本	盧本	汪本	百三名家本	六朝詩集本	銭本
龍飛迭天路	×	○	○	×	○	逸	○	逸

「贈故人馬子喬」六首　其一

四部叢刊本	孫本	毛抄本	静嘉堂本	盧本	汪本	百三名家本	六朝詩集本	銭本
親愛難重見	×	○	○	×	○	陳	○	陳

「贈故人馬子喬」六首　其三

四部叢刊本	孫本	毛抄本	静嘉堂本	盧本	汪本	百三名家本	六朝詩集本	銭本
朋鳥夜驚離	×	○	○	×	○	○	○	相

「採菱歌」七首 其一

四部叢刊本	孫本	毛抄本	静嘉堂本	盧本	汪本	百三名家本	六朝詩集本	銭本
驚舲馳桂浦	×	○	○	×	鶩	鶩	○	鶩

巻七

「従登香爐峯」

四部叢刊本	孫本	毛抄本	静嘉堂本	盧本	汪本	百三名家本	六朝詩集本	銭本
霜崖減土膏	○	○	滅	○	滅	滅	滅	滅

「望孤石」

四部叢刊本	孫本	毛抄本	静嘉堂本	盧本	汪本	百三名家本	六朝詩集本	銭本
蚌節流騎藻	○	○	○	×	綺	綺	綺	綺
歡酌每盈衷	×	○	○	×	○	○	○	勿

「講易」

四部叢刊本	孫本	毛抄本	静嘉堂本	盧本	汪本	百三名家本	六朝詩集本	銭本
横盇招逸人	○○	○○	○盇	×○	蓋盇	蓋盇	蓋盇	蓋盇

「中興歌」十首 其三

四部叢刊本	孫本	毛抄本	静嘉堂本	盧本	汪本	百三名家本	六朝詩集本	銭本
碧樓舍夜月	×	○	○	×	含	含	含	含

「呉歌」二首　其一

四部叢刊本	孫本	毛抄本	静嘉堂本	盧本	汪本	百三名家本	六朝詩集本	銭本
魯公却月樓	×公　月	魯公　月	魯都　丹	魯×　×	曹×　月	曹公　月	魯邦　丹	曹公　月

「与謝尚書荘三連句」

四部叢刊本	孫本	毛抄本	静嘉堂本	盧本	汪本	百三名家本	六朝詩集本	銭本
晻映晨物綵	×	○	○	○	○	掩	掩	掩

「月下登楼連句」

四部叢刊本	孫本	毛抄本	静嘉堂本	盧本	汪本	百三名家本	六朝詩集本	銭本
孤賈無留金	×	○	○	×	○	疏	○	疏

巻八

「擬行路難」十九首　其二

四部叢刊本	孫本	毛抄本	静嘉堂本	盧本	汪本	百三名家本	六朝詩集本	銭本
洛陽名工鑄爲金博山	○	○	侍	○	○	轉	○	○

「擬行路難」十九首　其四

四部叢刊本	孫本	毛抄本	静嘉堂本	盧本	汪本	百三名家本	六朝詩集本	銭本
寫水置平地	○	○	○	○	瀉	瀉	瀉	瀉

「擬行路難」十九首　其六

四部叢刊本	孫本	毛抄本	静嘉堂本	盧本	汪本	百三名家本	六朝詩集本	銭本
暮還往親側	×	○	○	×	在	在	○	在

「擬行路難」十九首　其七

四部叢刊本	孫本	毛抄本	静嘉堂本	盧本	汪本	百三名家本	六朝詩集本	銭本
但見松柏園荊棘鬱樽樽	「園」字無し	「園」字無し	○	「園」字無し	○	○	○	○

「擬行路難」十九首　其九

四部叢刊本	孫本	毛抄本	静嘉堂本	盧本	汪本	百三名家本	六朝詩集本	銭本
不忍見之益愁思	○	○	亦	×	○	○	亦	○

「擬行路難」十九首　其十

四部叢刊本	孫本	毛抄本	静嘉堂本	盧本	汪本	百三名家本	六朝詩集本	銭本
君不見舜華不終朝	×	舜	○	○	舜	蕣	○	蕣

「擬行路難」十九首　其十三

四部叢刊本	孫本	毛抄本	静嘉堂本	盧本	汪本	百三名家本	六朝詩集本	銭本
恐羇死爲□客	但恐羇死爲客□	○	恐羇死爲鬼客	×	但恐羇死爲鬼客	但恐羇死爲鬼客	但恐羇死爲客	但恐羇死爲鬼客
思寄滅生空精	×	○	○	×	客思寄滅生空精	客思寄滅生空精	思寄滅生空精	客思寄滅生空精

「擬行路難」十九首　其十六

四部叢刊本	孫本	毛抄本	静嘉堂本	盧本	汪本	百三名家本	六朝詩集本	銭本
高墳壘壘滿山隅	××	○○	○○	××	纍纍	纍纍	○○	纍纍

「松柏篇」

四部叢刊本	孫本	毛抄本	静嘉堂本	盧本	汪本	百三名家本	六朝詩集本	銭本
明發靡怡悆・	×	○	○	○	愈	愈	○	愈
恨夫・爾時娛	×	○	○	×	失	失	失	失

「侍宴覆舟山」二首　其二

四部叢刊本	孫本	毛抄本	静嘉堂本	盧本	汪本	百三名家本	六朝詩集本	銭本
昌會溢・民謳	×	○	○	×	○	○	○	濫

「発長松遇雪」

四部叢刊本	孫本	毛抄本	静嘉堂本	盧本	汪本	百三名家本	六朝詩集本	銭本
飲兼・凍馬骨	×	○	○	×	泉	泉	○	泉

「蒜山被始興王命作」

四部叢刊本	孫本	毛抄本	静嘉堂本	盧本	汪本	百三名家本	六朝詩集本	銭本
升嶠眺・日軌	×	○	○	×	○	○	○	望

「冬至」

四部叢刊本	孫本	毛抄本	静嘉堂本	盧本	汪本	百三名家本	六朝詩集本	銭本
長河結蘭・紆・	×	○○	○○	闌干	瓓玕	瓓玕	○○	瓓玕

「秋日示休上人」

四部叢刊本	孫本	毛抄本	静嘉堂本	盧本	汪本	百三名家本	六朝詩集本	銭本
坐歎・從此生	×	○	○	×	○	○	○	徒

「和王護軍秋夕」

四部叢刊本	孫本	毛抄本	静嘉堂本	盧本	汪本	百三名家本	六朝詩集本	銭本
投章心蘊□	×	○	○	×	結	結	○	結

「詠秋」

四部叢刊本	孫本	毛抄本	静嘉堂本	盧本	汪本	百三名家本	六朝詩集本	銭本
飆我垂思暮	×○	○○	○幕	××	罳幕	罳幕	○幕	罳幕

「秋夕」

四部叢刊本	孫本	毛抄本	静嘉堂本	盧本	汪本	百三名家本	六朝詩集本	銭本
髮斑悟壯晚	×	班	○	×	○	班	○	班

「望水」

四部叢刊本	孫本	毛抄本	静嘉堂本	盧本	汪本	百三名家本	六朝詩集本	銭本
流缺巨石轉	○	○	○	×	駛	駛	駛	駛
東歸難忖惻	×	測	○	測	○	○	○	測
日世誰予賞	○×	○○	○○	××	逝與	逝與	○○	逝與

巻九

「謝永安令解禁止啓」

四部叢刊本	孫本	毛抄本	静嘉堂本	盧本	汪本	百三名家本	銭本
驕迹升等	×	矯	○	×	○	矯	矯

「謝仮啓」二首 其一

四部叢刊本	孫本	毛抄本	静嘉堂本	盧本	汪本	百三名家本	銭本
千啓復追悚息	○	干	○	干	千	于	干

「侍郎上疏」

四部叢刊本	孫本	毛抄本	静嘉堂本	盧本	汪本	百三名家本	銭本
衆善必達	×	○	○	×	○	違	違

「転常侍上疏」

四部叢刊本	孫本	毛抄本	静嘉堂本	盧本	汪本	百三名家本	銭本
知遭遇之至深至厚也	×	○	○	×	○	○	且

「謝隨恩被原表」

四部叢刊本	孫本	毛抄本	静嘉堂本	盧本	汪本	百三名家本	銭本
可悔可誣	×	○	○	×	○	侮	侮

「登大雷岸與妹書」

四部叢刊本	孫本	毛抄本	静嘉堂本	盧本	汪本	百三名家本	銭本
嚴風慘節	×	○	○	×	○	霜	霜
争氣負高	×	○	○	×	○	○	負氣争高
智呑禹	○	愚	○	×	○	愚	愚

巻十

「河清頌」

四部叢刊本	孫本	毛抄本	静嘉堂本	盧本	汪本	百三名家本	銭本
書史登歌	×	○	○	×	○	○	科
青綺高詠	×	○	○	○	清	清	清
云何其［其下缺一字］	○	云何其□	雲何其	×	云何其	云何其瑞	云何其瑞

「凌煙楼銘」

四部叢刊本	孫本	毛抄本	静嘉堂本	盧本	汪本	百三名家本	銭本
伏見所製凌煙樓	×	○	○	×	○	○	置

「石帆銘」

四部叢刊本	孫本	毛抄本	静嘉堂本	盧本	汪本	百三名家本	銭本
下溙地紉	×	○	○	×	○	軸	軸

「瓜歩山楬文」

四部叢刊本	孫本	毛抄本	静嘉堂本	盧本	汪本	百三名家本	銭本
超然永念	×	○	○	×	○	○	遠

鮑照年譜[1]

王朝	年号（西暦）	年齢	鮑照事蹟	社会史
晋 安帝	義熙10年（414）	1歳	この頃、鮑照生まれるか。[2]	
宋 武帝	永初元年（420）	7歳		六月、劉裕即位。
文帝	元嘉元年（424）	11歳		八月、劉義隆即位。
	4年（427）	14歳		陶淵明卒（六十三歳）。
	10年（433）	20歳		謝霊運卒（四十九歳）。
	16年（439）	26歳	臨川王劉義慶の国侍郎となる。[3] 潯陽（江州）にあり。	四月、臨川王劉義慶、江州刺史となる。
	17年（440）	27歳	劉義慶に従い広陵（南兗州）へ。	十月、劉義慶、南兗州刺史となる。
	21年（444）	31歳	劉義慶の没後、官を辞して帰郷。	正月、劉義慶卒。[4]
	22年（445）	32歳	（衡陽王劉義季に仕えるか[5]）	七月、衡陽王劉義季、徐州刺史となる。
	24年（447）	34歳	この頃、始興王劉濬の国侍郎となるか。	八月、劉義季卒。
	26年（449）	36歳		十月、始興王劉濬、南徐兗二州刺史となる。
	27年（450）	37歳		十二月、北魏太武帝、南侵して長江北岸の瓜歩山まで至る。

	28年（451）	38歳	この頃、始興王国の職を退くか。	正月、北魏撤退。
	30年（453）	40歳		二月、太子劉劭および始興王劉濬（二凶）、文帝を弑逆。
孝武帝				四月、劉駿（孝武帝）即位。五月、二凶を平定。
	孝建元年（454）	41歳	この頃、海虞令となるか。	正月、改元。
	3年（456）	43歳	太学博士、兼中書舎人となる。	顔延之卒（七十三歳）。
	大明元年（457）	44歳	秣陵令に遷る。	
	2年（458）	45歳	永安令に転ず。[6]	
	5年（461）	48歳	臨海王劉子頊の行参軍となる。[7]	歴陽王劉子頊、臨海王に改封。
	6年（462）	49歳	劉子頊に従い江陵（荊州）へ。[8]	七月、臨海王劉子頊、荊州刺史となる。
明帝	泰始元年（465）	52歳		十二月、劉彧（明帝）即位。
	2年（466）	53歳	宋景・姚倹らに殺害される。	正月、晋安王劉子勛、江州で即位。劉子頊、呼応して挙兵。八月、劉子勛、敗死。劉子頊ら、死を賜る。

注

（1）この年譜は、以下に挙げる諸文献を参照して作成した。
呉丕績『鮑照年譜』（一九四〇年、商務印書館。のち一九七四年に再刊）
銭仲聯『鮑参軍集注』附録「鮑照年表」（二〇〇五年、上海古籍出版社。初版は一九五八年、古典文学出版社。のち一九八〇年、上海古籍出版社より再刊。引用頁数は二〇〇五年版に拠る）
曹道衡「鮑照幾篇詩文的写作時間」（『文史』第16号、一九八二年）
幸福香織「鮑照」（興膳宏編『六朝詩人伝』二〇〇〇年、大修館書店）
鈴木敏雄『鮑参軍詩集』（二〇〇一年、白帝社）
丁福林『鮑照年譜』（二〇〇四年、上海古籍出版社）
竹内真彦「鮑照略年譜」（『桃の会論集』第4集、鮑照専号、二〇〇八年）

（2）鮑照の生年は、他に義熙元年（四〇五）とする説（呉丕績氏前掲書）、同十二年（四一六）とする説（丁福林氏前掲書）がある。虞炎「鮑照集序」に拠れば、泰始二年（四六六）に鮑照が殺害された際に「時に五十餘」であったという。従って、その享年は五十一から五十九までであったと考えられる。このことから逆算すると、彼の生年は、義熙四年（四〇八）から同十二年（四一六）の間に求められる。呉氏の説はこの範囲から外れることになるが、この説は、まず「擬行路難」十九首（『鮑氏集』巻八）を元嘉元年（四二四）の作と想定した上で、その末首に「余當二十弱冠辰」の句があることから、鮑照の生年を推定したものである。ちなみに呉氏は、虞炎「鮑照集序」との齟齬について、「五十餘」が「六十餘」の誤りであると説明しているが、その根拠は未詳である。今、銭仲聯氏前掲書の説に従う。

（3）丁福林氏前掲書では、元嘉十二年（四三五）に鮑照が劉義慶（当時は荊州刺史）に接近し、国侍郎に就任したとする。この説は、元嘉二十一年（四四四）の義慶没後の作品「臨川王服竟還田里」詩（『鮑氏集』巻五）に「捨耨將十齡（耨を捨てて将に十齢ならんとす）」とあることから導き出されたものである。しかし、この「十齢」が実数を表すとは限らないであろう。なお、銭仲聯氏前掲書（370頁、【増補】）では、「将」字を「未満の意」と解釈している。ここで筆者は、「臨川王服竟還田里」

詩の直前の作と考えられる「通世子自解（啓）」（『鮑氏集』巻九）に注目したい。この書簡文は、義慶の死後、その世子哀王燁に提出されたものであり、王国における「所職」を自ら解くことを求めるものである。そこでは、「自奉清塵、于茲六祀、墜辰永往、遺恩在心（清塵を奉りしより、茲に于いて六祀にして、墜辰 永往するも、遺恩 心に在り）」と言う。丁氏は、この「六祀」について、世子哀王燁との交流があった期間であると指摘する。しかし、鮑照が劉義慶に仕えた後、どの時点で臨川王世子との交際が始まったのかを示す確たる資料があるわけではなく、今のところ未詳とせざるを得ない。また、強いて世子との交流期間であると解釈するならば、前二句と後二句との繋がりが不自然なものになりはしまいか。後二句は、『論語』為政篇「子曰、爲政以德。譬如北辰居其所而衆星共之（子曰く、政を為すに徳を以てす。譬へば北辰の其の所に居て衆星これに共《むか》ふが如し）」を踏まえて、義慶の逝去と、その「遺恩」が鮑照の胸の内にしっかりと刻み込まれていることとを述べているためである。筆者は、「六祀」について、これを義慶からの「遺恩」を受けた期間、すなわち鮑照の在幕期間と解釈したい。

（4）前年（元嘉二十年＝四四三）末、劉義慶は病のために建康への帰京を許されている（『宋書』宗室・劉義慶伝）。

（5）銭振倫（銭仲聯氏前掲書）は、この時期に鮑照が衡陽王劉義季に仕えたことを推定している。その根拠は、第一に、「論国制啓」（『鮑氏集』巻九）に「伏見彭城國舊制、猶有數卷」とあることから、鮑照が「彭城の僚属」であったと考えられること。第二に、「従過旧宮」詩（『鮑氏集』巻五）の「旧宮」が、彭城に建立された劉氏の宗廟を指すと考えられること。第三に、「征北世子誕育上表」（『鮑氏集』巻九）の「征北」が、元嘉二十一年（四四四）に征北将軍に任ぜられた劉義季を指すと考えられること。第四に、「見売玉器者」詩（『鮑氏集』巻七）、「臨川王服竟還田里」詩（『鮑氏集』巻五）、「過銅山掘黄精」詩（『鮑氏集』巻五）に洛陽を表す字句が使用されていることから、劉義季に仕えて徐州に赴任したものと推定している。しかし、これらの根拠については、それぞれ次のような反論が提出されている。第一の点については、「論国制啓」が必ずしも徐州で作られたものでなく、後年の作である可能性について、銭振倫自身が言及しており、丁福林氏前掲書はこれを承けて、同「啓」を元嘉二十三年（四四六）から始興王幕下であった元嘉二十七年（四五〇）までの作としている。第二の「従過旧宮」詩については、熊清元「鮑照〈従過旧宮〉詩新箋」（『古籍整理研究学刊』二〇〇一年、第1期）において、南徐州刺史始興王劉濬に随従して京口に赴任した時、すなわち元嘉二十六年（四四九）の作であったことが推定されている。第三の点については、銭仲聯氏（銭氏前掲書、59頁、**【増補】**）が、「征北」の指し示す人物として、義季と同様に征北将軍となった始興王の可能性を指摘しており、曹道衡氏前掲論文及び丁氏前掲書も、義季と劉濬との年齢を比較した上で、始興王説を採る。第四の点については、伊藤正文「鮑照伝論」（『建安詩人とその伝統』二〇〇二年、創文社。223～262頁。初出は神戸大学『研究』14号、一九五七年）において、北魏との抗争中であった当時、鮑照が洛陽に遊んだとは考えがたいとの指摘がある。以上の反論を検討するに、鮑照が衡陽王劉義季に仕えたという確証は得られないのであって、今は仮説のひとつとして保留しておく。

（6）虞炎「序」に拠れば、鮑照は秣陵令に出た後、「又た永嘉令に転」じたとある。その一方、「謝永安令解禁止啓」（『鮑氏集』巻九）なる書簡文が残っており、呉丕績・銭仲聯両氏ともに「永嘉」は「永安」の誤りではないかという疑問を提出している。この問題に対して丁福林氏前掲書では、宋斉時代に「永嘉県」は置かれず、隋に至って旧「永寧県（永嘉郡治）」を改めて「永嘉県（浙江省温州市）」が置かれた経緯を明らかにし、「永安令」を是とする有力な説を提出している。今、これに従う。なお、丁氏前掲書は、「永安」が二県（一は湖北省松滋県、一は四川省成都市。ともに僑県）存在することをも指摘している。鮑照がどちらの令となったかは未詳。

（7）虞炎「序」には「大明五年、前軍行参軍に除せられ、臨海王の荊州に鎮するに侍し、内命を掌知し、尋いで前軍刑獄参軍事に遷る」とある。臨海王は孝武帝の第七子。大明四年（四六〇）に歴陽王に封じられ、冠軍将軍・呉興太守となった。翌五年（四六一）、改めて臨海王に封じられ、同年、使持節・征虜将軍・広州刺史に遷ったが、未だ鎮に行かないうちに荊州刺史となった。『宋書』本伝には荊州刺史任命時期を明示していないが、同書の孝武帝紀に拠れば、大明六年（四六二）七月のこととされる。また、将軍号はもとの征虜将軍のままであり、大明八年（四六四）に前将軍に進んだ。ちなみに銭振倫は、鮑照「呉興黄浦亭庾中郎別」詩・「送盛侍郎餞候亭」詩（ともに『鮑氏集』巻六）について、顔真卿「妙喜寺碑」に「橋南に黄浦亭有り。宋の鮑照 盛侍郎及び庾中郎を送りて詩を賦するの所なり」とあるのを紹介しており、丁福林氏前掲書は、両詩が呉興太守であった臨海王劉子頊に仕えていた時の作であると指摘する。

（8）臨海王幕下における鮑照の官歴は、前軍（征虜）行参軍―前軍刑獄参軍事―記室参軍である。丁氏前掲書では、最初の「前軍行参軍」(虞炎「序」は「前軍行参軍」、『宋書』本伝は「前軍参軍」とする)について、これを所謂「不署曹参軍」であるとする。つまり「○○参軍」(例えば、鮑照の場合では「刑獄」や「記室」)のように担任する部局名を冠しない参軍である。厳耕望『中国地方行政制度史—魏晋南北朝地方行政制度—』上冊(一九六三年、中央研究院歴史語言研究所専刊之四十五。のち二〇〇七年に上海古籍出版社より再刊。引用頁数は二〇〇七年版に拠る)では、「不署曹参軍」は単なる略称ではなく、実務に携わらない「散員」であり、「無禄秩」であったことが指摘されている(巻上 第三章 州府僚佐。207~208頁)。また、同書に拠れば、「刑獄参軍事」は長流参軍とともに刑獄のことを司るが、より下位に位置するという(同前、206頁)。更に「記室参軍」は文書の起草を職掌とするものであり、「華要」(『宋書』孔覬伝)と称される要職であったことが指摘されている(同前、199~201頁)。虞炎「序」や『宋書』本伝には、鮑照が「記室参軍」であったことは記していないが、『宋書』本伝に「掌書記之任」とあるのは、或いは記室参軍を示唆するものではあるまいか。丁福林氏前掲書は、『宋書』鄧琬伝の「荊州治中宗景・士人姚儉等勒兵入城、殺道憲・道預・記室參軍鮑照、劫掠府庫、無復孑遺、執子頊以降(荊州治中宗景・士人姚儉等 兵を勒して城に入り、道憲・道預・記室参軍鮑照を殺し、府庫を劫掠し、復た孑遺無く、子頊を執へて以て降る)」という記事を、鮑照の記室参軍就任の根拠として挙げている。なお、『隋書』経籍志には「宋征虜記室參軍鮑照集十巻」とある。

I

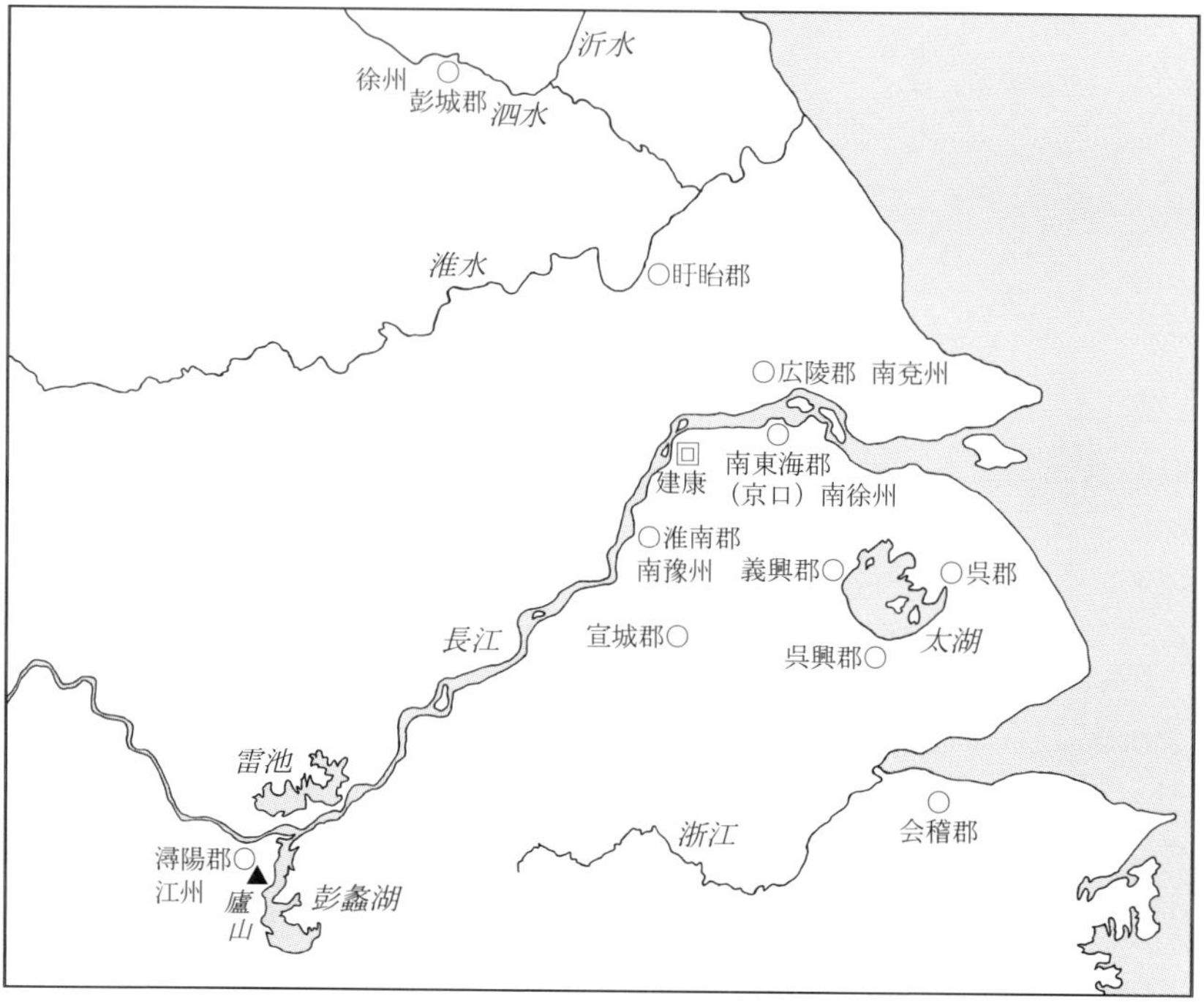

※譚其驤主編『中国歴史地図集』（一九八二年、地図出版社。第四冊、27〜28頁）に基づき作成。また、興膳宏編『六朝詩人伝』（二〇〇〇年、大修館書店。巻末「六朝詩人関係地図」）、鈴木敏雄『鮑参軍詩集』（二〇〇一年、白帝社。「関連地図」760〜763頁）を参照。

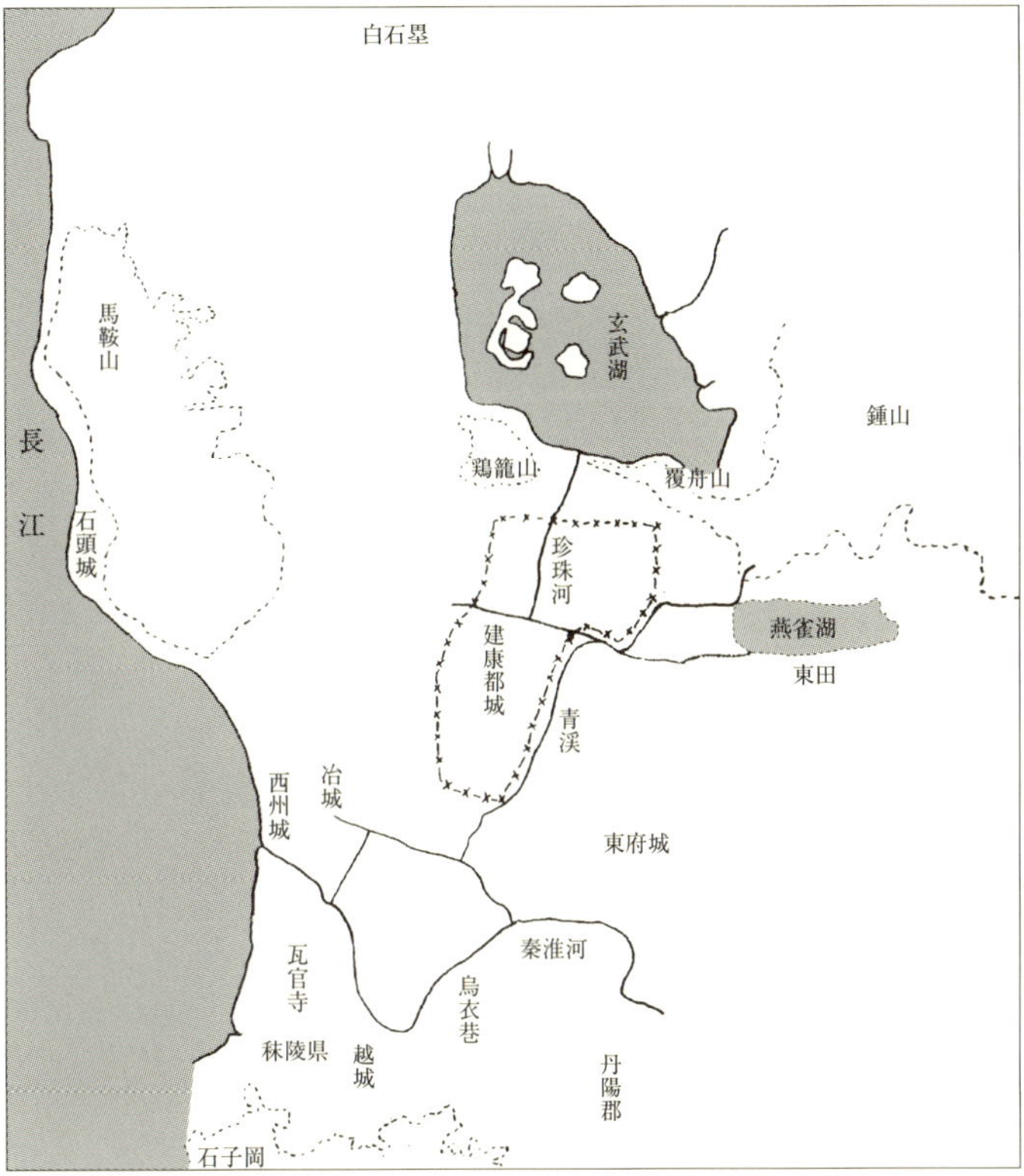

※朱偰『金陵古蹟図考』（上海、一九三六年。のち中華書局より二〇〇六年に再版）「南朝都建康総図」に基づき作成。但し、「建康都城」の形状及び位置については、中村圭爾『六朝江南地域史研究』（二〇〇六年、汲古書院。第十一章「建康の『都城』について」、453～475頁）を参照し、同書462頁の「図C」に基づいて書き改めた。また、「越城」については、盧海鳴『六朝都城』（二〇〇二年、南京出版社。第四章「建康的城堡軍塁和郡県治所」89～125頁）の「六朝建康城堡軍塁示意図」（90頁）に基づいて書き加えた。「秣陵県」については、盧氏前掲書及び本書上篇第三章「鮑照の後半生について」における推定に基づいて書き加えた。

あとがき

本書は、二〇〇八年一月に九州大学より博士（文学）の学位を授与された論文『六朝寒門文人鮑照の研究』を基に、その内容や構成を再検討した上で、全体に加筆修正したものである。

博士論文は、九州大学の竹村則行先生、静永健先生、柴田篤先生、川本芳昭先生、そして東京学芸大学の佐藤正光先生により審査を受けた。審査の際には、主査の静永先生をはじめ、ご列席された先生方から貴重なご教示を賜った。本書では、未だ充分とは言えないが、口頭試問の場で出された宿題にひとつひとつ解答するつもりで、論述に修正を加えた。

鮑照という文人は、一般にはさほど広く知られているわけではない。筆者は、卒業論文で漢代古詩や楽府について調査している時に、その作品と出会い、心を惹かれた。彼の遺した作品には長篇あり短篇あり、形式的にも内容的にも極めてバラエティに富む。また、その表現技巧についても、強いコントラストを狙った対偶もあれば、新奇な造語もあるなど、恰も独自の感覚のみを拠りどころとして一心に細工に打ち込む職人芸の如くであり、その鮮烈な印象が他の作品にはない魅力として映ったのである。この時の筆者は、未だ必ずしも鮑照という作家研究の基盤を固めていたわけではなかった。ただ、彼には、屈託ばかりではなく、意外に悠々とした一面もあるように思われ、様々な役回りを演じるエンターテイナーのように一筋縄では捉えきれぬ人物、というイメージを持った。

卒論執筆時には、右のような漠然とした感想を抱いたに過ぎなかったが、それでも、都留文科大学の恩師、寺門日出男先生は、鮑照についての一節に「ハナマル」を下さった。思えば、このことが始まりであった。

その後、いよいよ本格的に研究者となることを目指して、筆者は九州大学大学院に進学した。修士課程の時には竹村則行先生がご指導下さり、博士課程では、筆者の進学と同時に着任された静永健先生が指導教員となって下さった。学問研究についてはもちろんのこと、折に触れて社会人としての姿勢まで範を示して下さる両先生に師事することができたのは、筆者にとって最大の幸福である。また、静永先生には、本書の刊行に当たって、汲古書院へご紹介して頂いたばかりか、序文まで忝なくした。ご恩は、研究に邁進することによってお返しする他ない。今、決意を新たにしたところである。

ところで、本書では、筆者の第一公刊論文及び第二論文を、下篇第一章「鮑照『代東門行』と古辞『東門行』」及び第二章「鮑照『学劉公幹体五首』考」として収載している（「論文初出一覧」を参照）。両論文を執筆していた時期、筆者は寒門文人についてあやふやな理解のまま、既成の鮑照像に沿って研究を進めていた。しかし、その後さらに筆者の研究が進展するとともに、従来の鮑照の捉え方そのものに疑問が生じてきた。そこでやむなく博士論文執筆時に、特に鮑照の創作動機の部分を中心として、初出時の原稿を大幅に修訂した。本書も修訂稿に基づくものである。かつての自説を撤回したことをここに記しておき、読者の了承を乞いたい。

さて、筆者の考えが大きく転換したのは、いつ頃のことであったろうか。今から思えば、中国政府招待留学生として、上海の復旦大学中文系に留学したことが、ひとつのきっかけであった。復旦大学では、駱玉明先生、汪涌豪先生に公私ともにお世話になった。また、陳尚君先生は、碩士班（修士課程）を対象とする課外授業にも、筆者を参加させて下さった。まさに蒙を啓かれる思いで中国の最高度の学問水準に触れた感激は、今も色褪せない。のみならず、先生方は、時に「日本朋友」として、筆者を遇して下さることがあった。忝なくももったいないことであるが、面映ゆいような喜びや驚きから、やがて筆者は、人と立場の問題をあらためて考えるようになった。また、留学中、筆者が大学の外に得た幾人かの友人の影響も大きい。彼らは、下は高校生から、上は夜間学校に通う勤労学生まで様々であったが、中国語の勉強に限らず様々な面で、この場違いの異邦人（筆者）とも真摯につきあってくれた。

人には、それぞれの立場というものがある。それを越えて交わされる情義は、もちろん限界もあるが、しかし、決して成り立たないわけではない。そう言えば、かの「人虎伝」も、このテーマを描いたものではなかったか。

帰国後、筆者はもういちど鮑照の出自や人間関係を洗い直すことにした。ちょうどその頃のことであったが、九大中国文学研究会が主催している中国文芸座談会に岡村繁先生がお見えになった時、思い切って寒門文人の立場についての考えを申し上げた。それは、今ほどはっきりした形にはなっていなかったが、そんな茫乎とした見通しにも関わらず、先生は頷きつつ聞いて下さった。そして、貴族文化とこれを支えた工人との関係に喩えて、筆者の考えを応援して下さった。

かくして博士論文の完成に向けて研究の方向性が定まった頃、望外にも日本学術振興会特別研究員に採用された。受け入れて下さったのは、東京学芸大学の佐藤正光先生である。先生は、政治状況や制度、慣習など文学の社会的背景を重視され、これを作品の読みに活かす研究方法について手ほどきして下さった。本書の随所に、先生に教えて頂いたことを応用したつもりである。また、同大学の松岡榮志先生には、『鮑氏集』の版本を研究する上で様々に貴重なご助言を頂戴した。そればかりか、先生の還暦記念論文集を刊行される際には、受業生のひとりとして筆者を加えて下さった（本書には上篇第三章「鮑照の後半生について」として収録）。身にあまる光栄である。

資料の調査では、国立公文書館、静嘉堂文庫、中国国家図書館、上海図書館に特にお世話になった。とりわけ、静嘉堂文庫には、口絵として同文庫所蔵影宋鈔本『鮑氏集』の画像掲載まで許可して頂いた。ここに記して鳴謝する次第である。

こうして振り返って見ると、頼りない足取りながら本書をまとめ上げることができたのは、何よりも、恩師と仰ぐ先生方のご指導があってのことである。ここに、本書を上梓したことをご報告するとともに、その学恩に感謝を捧げたい。

また、学界の内外を問わず、本当に多くの先生方に見守られつつ、ここまで歩いてくることができた。今おひとりずつお名前を挙げることはしないが、全ての方にお礼を申し上げる。

さらに、この場を借りて、連日深夜まで研究室に籠もって共に学んだ同学にも感謝したい。他愛もない雑談と真剣な議論。そこから研究上の示唆を受けることも度々であった。あの頃のことは、かけがえのない思い出として今も胸に去来する。

そしてもうひとり、今も常に筆者を支え励ましてくれている妻規子に感謝する。本書執筆時はもちろんのこと、ここに収めた論考の大半は、初出の時から、その内助なくしては成らなかったものである。本書によって僅かでもその苦労に報いることができれば、うれしい。

最後になってしまったが、本書の刊行をご快諾下さった汲古書院の石坂叡志代表取締役、種々手厚くお世話して下さった編集部の小林詔子女史に、深甚の感謝を申し上げる。

二〇一三年八月十八日

土屋　聡

論文初出一覧

序論

○「鮑照の文学とその立場―行旅詩を中心に―」（日本中国学会『日本中国学会報』第56集、二〇〇四年。32〜46頁）に基づき加筆修正。

上篇　鮑照の文学とその立場

第一章　鮑照の行旅詩について

○「鮑照の文学とその立場―行旅詩を中心に―」（日本中国学会『日本中国学会報』第56集、二〇〇四年。32〜46頁）に基づき加筆修正。

第二章　鮑照「蕪城賦」編年考

○「鮑照『蕪城賦』編年考」（九州大学文学部『文学研究』第104輯、二〇〇七年。63〜87頁）に基づき加筆修正。

第三章　鮑照の後半生について

○「鮑照の後半生について」（佐藤正光・木村守編『松岡榮志教授還暦記念論集　中國學藝聚華』二〇一二年、白帝社。16〜31頁）に基づき加筆修正。

下篇　六朝文学の中の鮑照

第一章　鮑照「代東門行」と古辞「東門行」―宮廷楽府に対する鮑照の見識―

○「鮑照『代東門行』と古辞『東門行』―その『代』作の意図についての一考察―」（九州大学中国文学会『中国文学論集』第29号、二〇〇〇年。1～19頁）に基づき加筆修正。

第二章　鮑照「学劉公幹体五首」考―六朝宋における五言八句詩―

○「鮑照『学劉公幹体五首』考―六朝宋における五言八句詩―」（九州大学中国文学会『中国文学論集』第30号、二〇〇一年。1～18頁）に基づき加筆修正。

第三章　陶淵明及び鮑照の「酒」―宋斉の陶詩受容について―

○「陶淵明及び鮑照の『酒』―宋斉の陶詩受容について―」（岡山大学教育学部国語研究会『岡山大学国語研究』第25号、二〇一一年。1～14頁）に基づき加筆修正。

第四章　上海図書館蔵『鮑氏集』十巻と孫毓修―第二の毛斧季校宋本『鮑氏集』について―

○「上海図書館蔵『鮑氏集』十巻と孫毓修―第二の毛斧季校宋本『鮑氏集』について―」（六朝学術学会『六朝学術学会報』第11集、二〇一〇年。33～48頁）に基づき加筆修正。

結論

○書き下ろし。

参考文献著者名索引

＊この索引は、本書の参考文献著者名を検索するために作成したものである。基本的に近人に限定し、全て日本漢字音による五十音順に配列した。

A Study on Bao Zhao as the Typical Literati in the Six Dynasties Period

by Satoshi TSUCHIYA

2013

Kyuko-Shoin, Tokyo

著者紹介
土屋　聡（つちや・さとし）
1975年、神奈川県横浜市生まれ。都留文科大学文学部国文学科、九州大学大学院人文科学府に学ぶ。九州大学大学院人文科学研究院助手、日本学術振興会特別研究員（東京学芸大学）を経て、現在、岡山大学大学院教育学研究科講師（2010～）。博士（文学）。
最近の論文に「六朝時代の漢字文化―『萬』『万』字を中心として―」（『漢文学報』第27輯、成均館大学校、2012年）などがある。

六朝寒門文人鮑照の研究

平成二十五年十月二十五日　発行

著　者　土　屋　　聡
発行者　石　坂　叡　志
整版印刷　富士リプロ㈱
発行所　汲　古　書　院
〒102-0072 東京都千代田区飯田橋二-五-四
電　話　〇三（三二六五）九七六四
ＦＡＸ　〇三（三二二二）一八四五

ISBN978 - 4 - 7629 - 2875 - 8　C3098